Morderstwa
i woń
migdałów

Camilla Läckberg

Morderstwa i woń migdałów

Przełożyła Inga Sawicka

Wydawnictwo Czarna Owca
Warszawa 2016

Tytuł oryginału
MORD OCH MANDELDOFT

Redakcja
Grażyna Mastalerz

Koncepcja graficzna serii
www.blacksheep-uk.com

Projekt okładki
Panczakiewicz Art.Design

Zdjęcie na okładce
© Rolf E. Staerk / Shutterstock

DTP
Dariusz Piskulak

Korekta
Beata Wójcik
Maciej Korbasiński

Wydanie I

Druk i oprawa
READ ME

Książka została wydrukowana na papierze Creamy 70 g/m², vol 2,0
dystrybuowanym przez ZiNG

ISBN 978-83-8015-493-3

Wydawnictwo
CZARNA OWCA

ul. Alzacka 15a, 03-972 Warszawa
www.czarnaowca.pl
Redakcja: tel. 22 616 29 20; e-mail: redakcja@czarnaowca.pl
Dział handlowy: tel. 22 616 29 36; e-mail: handel@czarnaowca.pl
Księgarnia i sklep internetowy: tel. 22 616 12 72; e-mail: sklep@czarnaowca.pl

Mojemu Tacie Jensowi

Spis treści

Słowo wstępne

Zawsze chciałam zostać pisarką. To marzenie towarzyszyło mi, odkąd sięgam pamięcią. Chyba przyszłam z nim na świat. Miałam szczęście, bo mój ojciec kochał książki. Zawsze gdy go wspominam, widzę go z książką w ręku. Wiecznie coś czytał. Wcześnie zaczęliśmy rozmawiać o książkach, zwłaszcza że nasza domowa biblioteka była dobrze zaopatrzona. Miałam siedem lat, kiedy sięgnęłam tam po książkę. Stąd wzięło się moje zamiłowanie do powieści kryminalnych. Była to *Śmierć na Nilu* Agathy Christie. Moja fascynacja nagłą, gwałtowną śmiercią zdążyła się wprawdzie objawić już wcześniej, bo moje dzieciństwo było pełne strasznych opowieści o zamordowanych krasnalach i tym podobnych historii, ale kiedy przeczytałam tę książkę, zrozumiałam, że chcę zostać autorką powieści kryminalnych.

Im byłam starsza, tym to marzenie wydawało się mniej realne. Nadal połykałam książki, a proces przekształcania słów w opowieść ciągnącą się przez setki stron odbierałam jako czystą magię. Wydawało mi się, że jest to poza moim zasięgiem, że równie dobrze mogłabym marzyć o zostaniu gwiazdą rocka. Wybrałam więc inne życie. Takie, w którym tylko się czyta opowieści innych ludzi, a nie opowiada własne historie.

Ale marzenia mają to do siebie, że nie da się ich lekceważyć. Ani zdusić. Nie da się ich nawet odsunąć, zepchnąć w jakiś ciemny kąt. Po kilku latach, gdy idąc co rano do biura, miałam wrażenie, że pomału umieram, nagle pojawiła się szansa. Małe okienko z widokiem: kurs kreatywnego pisania kryminałów. I wtedy, w wieku dwudziestu pięciu lat, po raz pierwszy poczułam, że to jednak możliwe, że naprawdę mogłabym napisać książkę. Pierwsze niepewne kroki w stronę *Księżniczki z lodu* zrobiłam w ciągu trzech kolejnych weekendów, bo tyle trwał kurs. Nie było to łatwe. Musiałam podjąć masę najrozmaitszych decyzji i stworzyć zupełnie nowy świat. Nawet w najśmielszych wyobrażeniach nie przypuszczałam, że dziesięć lat później Erika i Patrik nie tylko będą ważną częścią mojego życia, ale też że miliony ludzi na całym świecie będą śledzić w napięciu ich codzienne zmagania w małym miasteczku na zachodnim wybrzeżu Szwecji. Wciąż nie mieści mi się to w głowie.

Erika i Patrik są dla mnie bardzo realni, choćby z tego względu, że w ciągu ostatniej dekady spędziłam z nimi więcej czasu niż z moimi prawdziwymi przyjaciółmi. Istnieją w swego rodzaju równoległej rzeczywistości. I cieszę się, że stworzyłam postaci, które nadal lubię. Zawsze uważałam i nadal uważam za wielki przywilej fakt, że mogę uczestniczyć w ich życiu, w ich radościach i codziennych problemach. To prawdziwe szczęście móc wzbudzać u czytelników takie emocje.

Trzynaście lat temu po raz pierwszy trzymałam w ręku *Księżniczkę z lodu*. Patrząc wstecz, odczuwam przede wszystkim ogromną wdzięczność za to, co mnie spotkało: spełniło się moje marzenie, mogę pracować i utrzymywać się z tego, co jest moją pasją. W dodatku zwiedziłam świat, poznałam fantastycznych ludzi i współpracowałam z utalentowanymi osobami. Przede wszystkim jednak jestem wdzięczna za przywiązanie, które mi okazują czytelnicy, za odzew, z jakim się spotykam. Za ogromną liczbę maili i komentarzy w mediach społecznościowych. Za spotkania podczas wykładów i podpisywania moich książek. Za to, że ktoś, przechodząc obok mnie, klepnie mnie w przelocie po ramieniu, mówiąc: „Chcę tylko powiedzieć, że bardzo lubię pani książki". Za listy, które zostały w moim sercu. Jeden dostałam od człowieka, który czytał moje książki w ramach rehabilitacji po udarze. Inny od rodziców, którzy czytali je w szpitalu, gdzie przez wiele tygodni czuwali nad chorym dzieckiem. Jeszcze inny od trzynastolatka, który napisał, że dzięki moim powieściom znalazł drogę do cudownego świata książek. Za wszystko to – i jeszcze więcej – jestem bardzo wdzięczna.

A zaczęło się od książek Taty. Od tego, że przyjemność, jaką czerpał z czytania, zainspirowała mnie i obudziła we mnie chęć opowiadania. Bez tej chęci moje marzenie nigdy by się nie spełniło. Bez Niego by się nie spełniło.

A więc dedykuję tę książkę mojemu Tacie. I myślę, że on gdzieś tam jest i wie, i jest ze mnie dumny, chociaż nie zdążył być świadkiem tego wszystkiego.

Camilla Läckberg

Sen o Elisabeth

Plusk fal uderzających o burty działał usypiająco. Lekkie kołysanie, gwar dochodzący z innych łodzi, upał, od którego w dole pleców zbierały się kropelki potu. Wszystko to spychało ją w taki stan, że czuła, że za moment weźmie ją w posiadanie sen. Od pewnego czasu potwornie się tego bała. Ale jej ciało było tak ociężałe i rozgrzane, że nie umiała się zatrzymać, przestać się osuwać w podświadomość. Napłynęły obrazy. Czerwień na tle bieli. Krew na kafelkach. Wspomnienia przyprawiające o ból. Umysł wzywał ciało, żeby się poruszyło, zrobiło coś, cokolwiek, byle się wydostać z tej matni.

– Malin, obiad.

Drgnęła i usiadła z ulgą. Łodzią zakołysało i instynktownie złapała się linki.

– Jedzenie na stole!

Lars wyszedł z kambuza. Przez chwilę chciała mu opowiedzieć o obrazach, przez które ciągle tak źle spała, ale się powstrzymała. Nie warto. Był czas, kiedy myślała, że będą umieli ze sobą rozmawiać. Już nie miała takich złudzeń.

– Kto to dzwonił?

Przyglądała mu się, nakładając sobie sałatki Cezar, którą przygotował.

– Nikt.

Nie patrząc jej w oczy, zbył to pytanie. Machnął tylko ręką.

– Ktoś przecież dzwonił.

Na chwilę zapadło milczenie.

– Z pracy – odpowiedział w końcu.

– Nie wiedzą, że masz urlop?

Wiedziała, że nie powinna, że w ten sposób niczego nie osiągnie. Że go rozdrażni. Ale nie mogła się powstrzymać.

– Mówiłeś, że wziąłeś urlop i że nie będzie żadnej pracy.

Była zła na siebie, że tak jęczy, jak zawiedzione dziecko, ale złość i frustracja nie zostawiały miejsca na logikę.

– Chcieli się ze mną skonsultować w sprawie pacjenta. Trwało to tylko pięć minut. Przecież i tak spałaś!

Rzucił widelec i spojrzał na morze. Po chwili go podniósł i jedli w ciszy tak nabrzmiałej od niewypowiedzianych słów, że równie dobrze mogliby je wykrzyczeć.

– Przejdę się – odezwał się w końcu, kiedy skończyli.

– Idź, ja pozmywam.

Patrzyła za nim, gdy szedł pomostem.

Trzy dni później obrali kurs na północ, do innego portu. Od ponad półtora tygodnia byli poza domem. Niezrealizowane oczekiwania wypełniły łódź ponad miarę. Oczywiście byli naiwni, sądząc, że wszystko się ułoży, gdy tylko kupią żaglówkę i wypłyną na cały miesiąc. Wierząc, że potrafią zostawić za sobą wszystko, co się zdarzyło w domu, i że wspomnienia ulecą z wiatrem.

Żaglówka to był jej pomysł. Praktycznie rzecz biorąc, wychowała się na łodzi, a Lars, zanim się poznali, również przez wiele lat miał łódkę. Ale pamiętała o tym, co się stało z jego pierwszą żoną, i zwlekała, zanim zebrała się na odwagę i w końcu przedstawiła tę propozycję. Zaskoczył ją jego entuzjazm. Uznał, że to świetny pomysł. I tak kupili łódź, cacko za pięć milionów, wyposażone we wszelkie wygody. Ona mogłaby się zadowolić czymś skromniejszym, ale nie oponowała. I tak nie było większego pożytku z pieniędzy, które mieli na koncie, odziedziczonych po jej dziadku, więc jeśli miały im zapewnić nowy początek, była to dobra inwestycja.

– Proszę! Zrobiłem kawę. – Lars stanął obok niej na dziobie. Znajdowali się na otwartym morzu, nie było widać innych łodzi ani statków, jedynie kilka wysp. Zerwał się wiatr, dziób podskakiwał na falach.

– Dziękuję. – Nie odrywając wzroku od morza, wzięła od niego kubek. Jacht płynął na autopilocie, Lars wciąż stał obok.

– Malin... – odezwał się z ociąganiem.

Nie odwróciła się do niego, w napięciu czekała na dalszy ciąg.

– Malin... – powtórzył. Chyba nie wiedział, jak to powiedzieć.

Czekała.

– Ja...

Zaskoczyła ich wysoka fala. Kiedy się przewaliła, łódź zapadła się głęboko. Malin straciła równowagę. Rzuciło ją na barierkę, poczuła na plecach dłoń męża. Przez ułamek sekundy wydawało jej się, że ją dociśnie, wepchnie do pieniącej się wody. Potem poczuła, że łapie ją za kurtkę i ciągnie do siebie. Odwróciła się.

– Mało brakowało – powiedział. Coś błysnęło w jego oczach. A potem się odwrócił i cofnął. Poszedł do kabiny.

Nic jej nie było. Potwierdzali to kolejni lekarze. Nie znajdowali u niej żadnego defektu. Niczego, co by tłumaczyło, dlaczego dzieci nie mogły zostać w jej brzuchu. Albo dlaczego krew wciąż pojawia się z nieubłaganą pewnością. Trzy miesiące. Tyle trwała jej najdłuższa ciąża. Potem krew barwiła na czerwono kafelki w łazience. Płakała i był to płacz, w którym brzmiała i rezygnacja, i rozpacz.

Na początku Lars był przy niej. Pocieszał, starał się natchnąć otuchą, pilnował, żeby brała witaminy. Chronił ją. Ale z każdym kolejnym poronieniem, gdy traciła jego dziecko, odsuwał się coraz bardziej. W końcu doszła do wniosku, że ich jedyną szansą jest ten urlop. Co za kpina. Nic nie wypadło tak, jak sobie umyśliła.

Skinęła głową parze z sąsiedniej łodzi. Przycumowali w marinie w Grebbestad wśród tysięcy innych żeglarzy. Nie cierpiała tego. Miała klaustrofobię. Ale Lars powiedział, że ma coś do załatwienia i kilka dni musi spędzić na lądzie. Nie chciało jej się nawet pytać, o co chodzi. Na pewno o szpital. Często tak było. Był lekarzem. Gdy w domu zapanował smutny, ciężki nastrój, zawód pozwalał mu uciekać w pracę.

Nie było go od trzech godzin.

Kiedy w końcu wrócił – szedł pomostem do żaglówki – sprawiał wrażenie zestresowanego. Patrzyła na jego szczupłą sylwetkę, na charakterystyczny powolny chód. Nadal wydawał jej się bardzo atrakcyjny. Pięć lat temu, gdy się poznali na imprezie u wspólnych znajomych, nie minęło nawet pięć minut, jak straciła dla niego głowę. Od tamtej pory posiwiały mu lekko skronie, ale to była jedyna oznaka tego, że właśnie skończył czterdzieści pięć lat. A ona zbliżała się do czterdziestki. Czterdzieści lat i bezdzietna. Musiała się ugryźć we własną zaciśniętą pięść, żeby powstrzymać łzy.

– Cześć.

Wszedł na pokład, nie patrząc jej w oczy.

– Cześć.

Zaczęła nerwowo rozwieszać pranie na barierce wzdłuż relingu. Próbowała się powstrzymać, nie zadawać pytań, ale nie dała rady.

– Długo cię nie było.

– Mhm...

Zszedł do kajuty, wciąż nie patrzył na nią.

– Co robiłeś?

Pytanie wpadło do kabiny. Odpowiedział jej jedynie stukot garnków. Pół godziny później obiad był gotowy. Wciąż miała mnóstwo pytań, ale mur między nimi był tak wysoki, że nie przypuszczała, żeby jakieś pytania mogły się przez niego przebić. Prowadzili tylko czczą konwersację o prognozie pogody, o liczbie łodzi cumujących w porcie, o głośnej muzyce dochodzącej z jachtu nieopodal, na którym było pełno młodzieży. Nic ważnego. Same głoski układające się w słowa niezdolne skruszyć muru albo sformułować ważną odpowiedź. Same wdechy i wydechy.

Pod koniec obiadu poczuła w brzuchu ćmiący ból. Wywołał istną eksplozję wspomnień i obrazów. Jakby dzieci, które kolejno traciła, nagle wypłynęły z niej wszystkie naraz. Rzuciła się do relingu i zwymiotowała. A potem zapadła w ciemność.

Chorowała dwa dni, tak jej powiedział Lars. Pierwszym, co sobie przypomniała, kiedy się obudziła, były sny. Upiorne, gorączkowe. Pamiętała je tak wyraźnie, jakby je oglądała w kinie. Śniła jej się pierwsza żona Larsa, Elisabeth, znana jej jedynie ze zdjęcia. Elisabeth, która wypadła z łodzi, gdy podczas rejsu po Morzu Śródziemnym ją i Larsa zaskoczyła gwałtowna burza. Lars nie chciał o tym rozmawiać, ale

Malin z ciekawości odszukała artykuły prasowe na ten temat. Ziarniste gazetowe zdjęcia nie oddawały jego urody.

Zrobiono je już po tym, jak uszkodzona przez sztorm żaglówka dopłynęła do portu, bez Elisabeth, i w kościele, gdy z wynędzniałą twarzą uczestniczył w nabożeństwie żałobnym.

Jej ciała nigdy nie odnaleziono. Wypadła za burtę i zginęła. Na zawsze.

Ale Malin ją zobaczyła. W jej śnie przewróciła się na reling i padła do tyłu, twarzą do niej. Wyraźnie widziała ruchy jej warg. Starała się z nich odczytać słowa. Najpierw wydawało jej się, że mówi: „Ratuj mnie!". Potem pomyślała, że to było: „Ratuj się!". A potem ostatecznie zniknęła w głębinie.

Malin już otwierała usta, żeby powiedzieć o tym Larsowi, ale zanim zdążyła powiedzieć choćby słowo, zmieniła zdanie. Nic nie powiedziała. A kiedy przyszedł sen, znów ujrzała przed sobą twarz Elisabeth.

Gdy tylko wydobrzała, wypłynęli z Grebbestad. Do tej pory to Lars najczęściej stał przy sterze, ale teraz, gdy płynęli na silniku, mając za sobą port, Malin upierała się, że to ona będzie sterować. Po pewnym czasie postawili żagle, a gdy wydęły się od wiatru, poczuła, jak jej świadomość uwalnia się od doświadczeń ostatnich dni. Już miała powiedzieć Larsowi, żeby wybrał szoty, kiedy to zrobił. Uśmiechnęła się. Przynajmniej na jachcie stanowili zgrany zespół.

Wyczuwała w nim jakieś oczekiwanie, napięcie. Promieniował energią, chociaż ze wszystkich sił udawał obojętność. Niepokoiło ją to. Sny o Elisabeth wydawały się takie realne. Natarczywe. Jakby na coś nalegały. Jakby Elisabeth na coś nalegała.

– Wiatr się chyba wzmaga.

Drgnęła. Pogrążona w myślach nie zauważyła, kiedy Lars wszedł do kokpitu. Podążyła wzrokiem za jego spojrzeniem, na horyzont. Rzeczywiście. Zebrały się wielkie, ciemne chmury i wiatr się wzmógł. Jacht pędził naprzód, wokół dziobu pojawił się pienisty biały grzebień.

– Nie sprawdziłeś porannej prognozy? – spytała, patrząc na niego. – Chyba mówiłeś, że będzie pogoda i lekki wietrzyk.

Z irytacją przeczesał włosy palcami. Dobrze znała ten gest.

– Nie mówiłem. Myślałem, że ty sprawdziłaś, skoro się uparłaś, że dzisiaj będziesz skiperem.

Zacisnęła zęby. Nie ma sensu się kłócić, co kto powiedział albo zrobił. Jest, jak jest, trzeba sobie radzić.

– Poluzuj szota – powiedziała, gdy łódź za bardzo się przechyliła. Musiała się mocno zaprzeć nogą, żeby utrzymać równowagę. – Może powinniśmy zawrócić? – dodała niespokojnie, patrząc na niego.

Gwałtownie pokręcił głową.

– Nie, jeszcze dziś musimy być w Strömstad.

Zaskoczyła ją ta ostra reakcja. Spojrzała na niego ze zdziwieniem.

– A to dlaczego? Dlaczego musimy płynąć do Strömstad?

– Bo tak – odparł krótko.

– Ale...

Chciała zaprotestować, ale on odwrócił się do niej plecami.

– Kurde, płyń i już! – krzyknął.

Wzdrygnęła się. Nieprzyjemne uczucie, które narastało od początku urlopu, wybuchło z całą siłą. Ledwo go poznawała. Wszystkie te tajemnice, samotne wycieczki, dziwne telefony. Niepokój mieszał się z obrazami ze snu – z obrazami Elisabeth. Widziała ją na jachcie, pod ciężkimi chmurami, podczas sztormu, który zmuszał jacht do poddania się. I w wodzie. Pod wodą, z długimi włosami unoszącymi się wokół jej twarzy. Z martwymi oczami.

Obserwując Larsa, który poszedł poluzować szota, poczuła, jak chłód ściska jej serce. Nagle wydało jej się, że patrzy na kogoś obcego. Usiłowała przywołać wspomnienia ze wspólnych lat, ale widziała tylko krew na kafelkach, gdy wyciekało z niej nowe życie. A współczucie i czułość, które widziała na jego twarzy, gdy ją obejmował po poronieniu, teraz wydawały jej się maską. Jakby pod tą maską ukrywał się ktoś inny. Dlaczego lekarze nic u niej nie znaleźli? Żadnego konkretnego powodu, żeby nie mogła utrzymać ciąży?

Wiatr wzmagał się z każdą chwilą. Zaczęła się bać. Była wprawdzie doświadczoną żeglarką, ale w taką niepogodę jeszcze nie pływała. Dlaczego on nalega, żeby płynęli dalej?

Nagle to do niej dotarło – i to z taką siłą, że o mało się nie przewróciła. Chwyciła ster mocniej. Wpatrywała się w nadchodzący sztorm, a kolejne fragmenty układanki składały się w całość. Dłoń na jej plecach, która ją złapała, ale równie dobrze mogła popchnąć. To, co powiedział o zatruciu, o tych chwilach, kiedy na przemian zapadała w sen i w świat Elisabeth, i się budziła. A teraz to. Podobno był przekonany, że sprawdziła prognozę. I zupełnie tak samo jak sześć lat wcześniej, podczas rejsu z Elisabeth, nastąpiło załamanie pogody. I jeszcze nalega, żeby płynęli dalej, w sam środek sztormu.

Zaczęła dygotać, kompletnie straciła kontrolę nad własnym ciałem. Właśnie przed tym ostrzegała ją we śnie Elisabeth. Ratuj się. Te słowa wypowiedziała, zanim przeleciała przez barierkę. Popchnięta przez Larsa. Malin nie miała już żadnych wątpliwości, że właśnie tak było. Wszystko się zgadzało. Za chwilę zginie, a on znów odegra rolę zrozpaczonego wdowca i odziedziczy po żonie spory majątek. Ależ to banalne, po prostu arcybanalne.

Patrząc, jak jej mąż walczy z żaglem, podjęła decyzję. Posłucha rady, którą dała jej we śnie Elisabeth. Będzie się ratować. Za wszelką cenę. Nie zamierza zostać jego następną ofiarą.

Zdecydowanie skręciła w lewo, zmieniając kurs. Poleciał bom, Lars ledwo zdążył się pochylić.

Odwrócił się, jego twarz wyrażała tyle samo zdumienia co wściekłości.

– Co ty wyprawiasz?! – zawołał, przekrzykując wycie wiatru.

Nie odpowiedziała, nie przestała skręcać. Lars ruszył w jej kierunku. Fale rozpryskiwały się na łodzi, zalewały mu twarz. Zdała sobie sprawę, że ona też jest cała mokra, ale już nic nie czuła. W środku miała pustkę. Chłód. Zupełnie jak po poronieniu.

Lars podszedł do niej, gdy zdążyła całkiem zawrócić i żagle znów wybrzuszył wiatr. Wciąż na nowo odtwarzała w myślach obraz ze snu: widziała, jak Elisabeth wypada za burtę. Zaskoczenie na jej twarzy, przechodzące w przerażenie. A potem usta powtarzające w kółko: „Ratuj się. Ratuj się. Ratuj... się...".

Lars zeskoczył do kokpitu i złapał ją za ramię. Mocno. Czuła, że wpada w panikę, i usiłowała się uwolnić.

– Co ty wyprawiasz?! – krzyknął jej prosto do ucha.

Była tak przerażona, że nie zdołała odpowiedzieć. Szarpnęła się mocno i oswobodziła rękę. Zdążyła zrobić trzy kroki w stronę pokładu, gdy ją dogonił i znów chwycił za ramię.

– Uspokój się! Co się z tobą dzieje?

Serce biło jej jak szalone. Wiedziała, że jeszcze kilka sekund i tak jak Elisabeth znajdzie się w odmętach. Z rezygnacją zamknęła oczy, czekała na nieuchronne. Już nic nie zrobi.

W tym momencie łodzią zarzuciło, jakby protestowała przeciwko temu, że nikt nie stoi przy sterze. Tym razem Lars nie zdążył się schylić. Bom z trzaskiem uderzył go prosto w potylicę. Malin rzuciła się w bok, gdy leciał obok niej na barierkę, usiłując się czegoś złapać. Widząc jego wyciągniętą rękę, panikę w jego oczach, stanęła przed wyborem. Odruchowo wyciągnęła do niego swoją, jakby była oddzielona od reszty ciała. Jeszcze centymetr, może dwa, i w jej głowie znów odezwał się głos Elisabeth.

Cofnęła rękę.

Trzęsącymi się dłońmi trzymała ster. W oddali widać było port w Grebbestad, zaledwie dziesięć minut dalej. Kusiło ją, żeby wrócić, ale zdała sobie sprawę, że byłoby to najgłupsze rozwiązanie. Nie zgadzałoby się z jej historyjką o tym, że Lars wypadł za burtę zmieciony przez sztorm. Z wahaniem obejrzała się za siebie. Zobaczyła gnane wiatrem fale. Przez moment wydawało jej się, jakby w tych falach mignął jej Lars. To o wszystkim przesądziło. Zmieniła kurs. Skierowała się do Strömstad i łódź szarpnęła się niesfornie. Bała się sztormu, ale dopingował ją głos Elisabeth. Nie chodziło jedynie o to, żeby ratować siebie. Robiła to także dla Elisabeth.

Po pewnym czasie w oddali dojrzała port w Strömstad. Raz za razem powtarzała sobie w myślach, co ma robić. I mówić. Nie będzie musiała udawać zdenerwowanej. Po gwałtownym wyrzucie adrenaliny przyszedł spazmatyczny płacz. Musiała zmobilizować wszystkie siły, żeby przycumować w marinie na miejscu dla gości. Padła z wyczerpania i trzęsąc się, leżała w kokpicie. Raz za razem wracała do tego, co się stało. W ustach miała gorycz, czuła się martwa. Ubranie miała przemoczone do nitki, ale nie zwracała na to uwagi. Jakby jej zmysły się wyłączyły. Nie czuła nic. Kompletnie. I nie miała żadnych wątpliwości, że zrobiła to, co musiała. Jedno z nich miało z tego rejsu nie wrócić. Tym razem był to Lars. Nie ona.

– Malin?

Jakiś głos przedarł się przez mgłę zmęczenia. W pierwszej chwili pomyślała, że to głos Elisabeth. Ale zabrzmiał jakoś znajomo. Otumaniona, podniosła głowę, wytężyła wzrok. Chyba ktoś wypowiedział jej imię, ale wydało jej się to tak niedorzeczne, że natychmiast wykluczyła tę możliwość.

– Malin!

Postacie na pomoście stały się wyraźniejsze. Teraz nie miała już żadnych wątpliwości, że ktoś ją woła.

– Yvonne? – zdziwiła się. Patrzyła na swoją najbliższą przyjaciółkę. Przecież Yvonne powinna być w Sztokholmie. Tyle myśli chodziło jej po głowie. Przez moment podejrzewała, że ze zdenerwowania ma halucynacje. Ale na pomoście była nie tylko Yvonne. Stała tam również jej siostra, Lotta, trzy koleżanki z pracy i kilkoro przyjaciół. Z trudem usiadła i przyjrzała się ich twarzom. Były tak blisko, wyrażały niepokój i zdumienie.

– A gdzie Lars? Co za straszna pogoda na rejs. Dzwoniliśmy do Larsa, zanim wypłynęliście z Grebbestad, mówiliśmy mu, że możemy tam przyjechać. Ale on włożył tyle wysiłku w zorganizowanie twoich czterdziestych urodzin, nawet tutaj, w Strömstad, wynajął lokal, więc...

Yvonne urwała, spojrzała niepewnie na jacht.

Malin poczuła, że znów odpływa. Przyśniła jej się Elisabeth. Ale tym razem z Larsem u boku.

Kawiarnia Wdów

Drożdżówki leżały na paterach, ciasteczka w pięknych słojach na ladzie koło kasy, a nowy nabytek w postaci maszyny do espresso lśnił siwą stalą. Marianne obeszła ladę dookoła i cofnęła się kilka kroków. Przypatrywała się swemu dziełu. Robiła to każdego ranka, odkąd trzy lata temu otworzyła Kawiarnię Wdów. Raz ze wszystkiego była zadowolona, innym razem nie. Tego dnia nie do końca podobała jej się szyba, za którą leżały świeżo przygotowane kanapki z szynką, serem, rostbefem i krewetkami. Kilka wprawnych ruchów ściereczką i doczyszczona szyba zalśniła w promieniach słońca wpadających przez okno od frontu. Zobaczyła w niej własne odbicie. Okrągłą twarz, która w młodości tak ją irytowała, a teraz ładnie harmonizowała z siwymi kręconymi włosami, wciąż gęstymi i zdrowymi.

Zakochała się w tym miejscu z powodu jego położenia. Od dawna nosiła się z zamiarem otworzenia kawiarni, ale była to myśl bez konkretnego zaczepienia. Podczas jednego ze swoich długich spacerów przypadkiem zobaczyła stary wiejski sklep – i wtedy właśnie zaczepiło, i nie chciało puścić. Obraz budyneczku ze wszystkimi dziurami i spękaniami zapadł jej w pamięć. Widziała jednak nie skazy, ale to, co pod spodem i co wydobyła trzy lata później. W renowację włożyła wszystkie pieniądze po Rubenie i była to inwestycja warta każdego grosza. *Best money ever spent*, jak mówią Amerykanie. Dokładnie tak czuła.

Ktoś szarpnął za klamkę. Podeszła do drzwi, żeby wpuścić pierwszego tego dnia klienta.

* * *

– *Okłamujesz mnie?*

W jego głosie zabrzmiał taki ton, że się wzdrygnęła i skurczyła, jakby chciała się stać jak najmniej widoczna. Ale najczęściej to nie działa. On robi krok w przód. Podnosi rękę. Ona patrzy na jego dłoń, na linię życia i linię miłości. Równoległe, a przecież splecione ze sobą. Potem następuje uderzenie. Najpierw trzask: głośny, ostry, siarczysty. Potem ból. Palący. I w końcu ciemność.

* * *

– Gdzie chcesz usiąść?

Na dźwięk jasnego kobiecego głosu Marianne podniosła wzrok i przyjrzała się wchodzącej parze. Kobieta była niewysoka, drobna, miała niespokojne, rozbiegane oczy. Mężczyzna, potężnej postury, szedł w aurze natarczywego nieproszonego gościa.

– A gdzie zwykle siadam?

Słysząc ten ton, kobieta drgnęła.

– Przy oknie – odpowiedziała cicho.

Pierwsza ruszyła do stolika. Rzuciła okiem na Marianne, a ona natychmiast posłała jej uśmiech. Ta kobieta wyraźnie potrzebowała uśmiechu, a może nawet czegoś więcej.

– Ja tylko kawę – odezwał się mężczyzna, siadając na miejscu z najlepszym widokiem na jezioro. Ze zmarszczką rozdrażnienia na czole spojrzał w okno, jakby świat na zewnątrz tylko czekał, żeby go zaatakować. Potem znów skierował wzrok na kobietę, która właśnie szła do Marianne. – Powiedz, że ma być mocna. Nie chcę takiej lury, jaką nam ostatnio podali w mieście.

Kobieta tylko skinęła głową.

– Proszę dwie kawy – powiedziała, wpatrując się we własne dłonie, aż zbielałe od ściskania portfela.

– A może drożdżówkę? – Marianne sięgnęła do patery. – Na koszt firmy. Chyba przyda się pani trochę więcej ciała.

Kobieta patrzyła z wahaniem na drożdżówki. Potem rzuciła okiem na siedzącego przy stoliku męża i zdecydowanie pokręciła głową.

– Nie, dziękuję... Mąż uważa... – urwała i znów pokręciła głową.

Jasne włosy opadały jej miękko na ramiona. Marianne dostrzegła na jej twarzy maleńkie rysy, tam, gdzie skóra została przecięta, a potem się zagoiła.

– Ale poproszę Specjał Wdowy.

Marianne popatrzyła na nią badawczo.

– Na pewno, kochana?

Nie odrywała od niej wzroku. Na chwilę zawisły w powietrzu tysiące niewypowiedzianych pytań. Zniknęły w momencie, gdy kobieta powoli przytaknęła.

– Tak jest – powiedziała Marianne, odwracając się od niej, żeby jak zwykle sprawnie zrealizować zamówienie.

Pół godziny później, kiedy oboje wyszli, szybko sprzątnęła z ich stolika i poszła do kuchni umyć filiżanki. Jak się prowadzi własną działalność, to trzeba się starać.

* * *

– Jesteś beznadziejna, wiesz? Mógłbym cię zgnieść i nawet bym nie poczuł, rozumiesz?

Trzyma ją za ramię coraz mocniej. Nienawiść, złość aż się z niego wylewa. Jest w nim coś mrocznego, jakieś pęknięcie, jama, w której się gromadzą, żeby w końcu wykipieć, bo ona nie spełnia jego oczekiwań, nie robi tak, jak jej kazał. Nie jest taka, jak być powinna.

– Na co mi taka żona. Nie umiesz nawet porządnie posprzątać! Sama zobacz! Widzisz? No, widzisz?

Wyłamuje jej ramię i przygniata do ziemi. Drugą, wolną ręką dociska jej twarz do podłogi koło kuchenki.

– Widzisz? Teraz już widzisz? I to według ciebie jest porządnie?

Ona przygląda się uważnie, na tyle, na ile to możliwe, bo ciśnie ją jego dłoń na karku. Ale nic nie widzi. Podłoga aż lśni. Wyszorowała ją dwa razy. Jest tak czysta i wolna od jakichkolwiek plam, że można się w niej przeglądać. Zresztą widzi czy nie widzi – to bez znaczenia. On widzi, a w takim razie coś tam jest. Już tego nie kwestionuje.

* * *

Dziewczyna, która pomaga czasem w kawiarni, poszła właśnie do domu, gdy zadzwonił dzwonek nad drzwiami.

– Już zamknięte – powiedziała Marianne, nie podnosząc wzroku.

Zajęła się podliczaniem utargu i wolała się nie rozpraszać.

– Nie jestem klientką – odezwał się czyjś głos.

Marianne spojrzała i w pierwszej chwili zobaczyła tylko coś błyszczącego. Uniosła okulary, które stale miała na czubku nosa, i zdała sobie sprawę, że patrzy na policyjną blachę.

– Jestem z policji. Komisarz Eva Wärn.

– Z policji? – Marianne uniosła brew. – O co chodzi? Tylko niech mi pani nie mówi, że jeden z klientów zawraca wam głowę tym chłopcem, który buchnął kilka drożdżówek. Wyglądał na bardzo głodnego i sama bym mu dała, gdyby tylko poprosił.

Eva Wärn zaprzeczyła gestem.

– Nie chodzi o kradzież. – Skinęła głową w stronę stolika koło kasy. – Możemy na chwilę usiąść?

– Oczywiście. Może przy okazji napijemy się kawy? Właśnie kupiłam tę cudowną maszynę, mogę w minutę przygotować dwie filiżanki.

Czule poklepała maszynę do espresso, która okazała się wprost nieocenionym dopełnieniem jej kawiarni.

– Czy ja wiem... – Eva Wärn ociągała się z odpowiedzią. Już miała odmówić, ale pomyślała o prawdziwej kawie, innej od tej żałosnej lury, którą pili w komisariacie, i kiwnęła głową.

– Poproszę, na pewno nie zaszkodzi. A może być café latte?

– Naturalnie, moja droga – odpowiedziała Marianne i odwróciła się, żeby włączyć maszynę, która zaczęła sapać i stękać. Po chwili postawiła na stoliku dwie latte z oprószoną cynamonem białą pianką.

– No tak, teraz już można rozmawiać – stwierdziła z zadowoleniem. – A więc o co chodzi?

Pani komisarz popijała kawę małymi łykami i wyraźnie nie kwapiła się, żeby powiedzieć, z czym przyszła. Po dłuższej chwili coraz bardziej niezręcznego milczenia powiedziała:

– Zaobserwowaliśmy dość dziwny zbieg okoliczności.

Marianne z zaciekawieniem pochyliła się do przodu.

– Dziwny zbieg okoliczności? Zaczyna się ciekawie.

Eva Wärn spojrzała na nią surowo.

– Zwróciła naszą uwagę pewna liczba dziwnych zgonów. Nie od razu odkryliśmy tę zbieżność, bo doszło do nich zarówno w naszym dystrykcie, jak i w sąsiednich. Ale kiedy już ją odkryliśmy...

Wypiła kolejny łyk kawy. Unikała wzroku Marianne.

Marianne milczała. Usiadła wygodnie i spokojnie obserwowała siedzącą naprzeciw niej kobietę. Po chwili ciężkiego milczenia Eva Wärn mówiła dalej:

– W ciągu ostatnich trzech lat z niewyjaśnionych przyczyn zmarło czterech mężczyzn. Najmłodszy miał dwadzieścia pięć lat, najstarszy – pięćdziesiąt trzy. Choć nic tego nie zapowiadało, wszyscy w jednej chwili padli nieżywi, a lekarz sądowy z braku innego wytłumaczenia orzekł nagłą śmierć sercową.

– Ale w czym problem? Co jest nadzwyczajnego w tym, że mężczyźni umierają na zawał? Zresztą czterech mężczyzn w ciągu trzech lat... – Marianne nie dokończyła i rozłożyła ręce.

Pani komisarz w zamyśleniu mieszała kawę łyżeczką i w skupieniu przyglądała się piance. Marianne miała okazję dokładnie się jej przypatrzyć. Sprawiała wrażenie zmęczonej życiem. Przypuszczalnie miała około czterdziestki, ale we wpadającym przez wielkie okna ostrym świetle wyglądała na starszą. W czarnych włosach obciętych na pazia – praktycznie, ale niezbyt twarzowo – tu i ówdzie widać było siwiznę. Najwyraźniej nie była na tyle zajęta sobą, żeby chcieć ją ukryć pod farbą.

Eva Wärn podniosła wzrok i spojrzała jej prosto w oczy.

– Rzeczywiście, ma pani rację – odparła, przeciągając słowa. – Mężczyzna umierający na zawał to nic niezwykłego. Niezwykłe jest to, że wcześniej wszyscy byli tutaj na kawie. Ponieważ przyczyna zgonu była niejasna, ich żony zostały przesłuchane i musiały zdać relację z tego, co się działo dzień przed ich śmiercią. I we wszystkich protokołach z przesłuchań wymieniona została Kawiarnia Wdów. Dziwne, nie uważa pani?

Jej spojrzenie było zimne, twarde, ale Marianne się uśmiechnęła.

– Zbiegi okoliczności się zdarzają, i to często. Może do ostatecznego zatkania tętnic przyczyniły się moje pyszne drożdżówki...

Powiedziała to z błyskiem w oku.

– To naprawdę nie jest zabawne, zapewniam panią.

– Skądże znowu – odparła z powagą Marianne, ale błysk bynajmniej nie znikł z jej oczu. – Nie wiem, czego pani ode mnie oczekuje – dodała i znów rozłożyła ręce. – Ci mężczyźni przyszli tu z żonami na kawę i ciastka, a potem mieli pecha i umarli na zawał. Nic na to nie poradzę.

– Tych mężczyzn łączyło nie tylko to. – Eva Wärn ani na moment nie oderwała od niej wzroku. – Za wszystkimi ciągnęła się reputacja damskich bokserów.

– Ojej, to przykre. Cóż... po świecie chodzi sporo paskudnych typów.

Marianne sięgnęła do stojącej na ladzie patery po drożdżówkę i z wyraźną przyjemnością odgryzła kęs.

– Na pewno nie ma pani ochoty? Na koszt firmy.

– Nie, dziękuję – odparła Eva Wärn, jakby sama myśl o tym wydała jej się odstręczająca. Zerwała się. – Dziś raczej nie posuniemy się dalej.

– Zapraszam ponownie – odparła pogodnie Marianne i również wstała, strzepując cukier z palców.

Komisarz Wärn nie odpowiedziała. Gwałtownie zamknęła za sobą drzwi i dzwonek nad drzwiami zadźwięczał głośno.

* * *

– Gdzieś ty była? Niemożliwe, żebyś takie zakupy robiła całą godzinę! – krzyczy.

– W sklepie było dużo ludzi. Przecież jutro święto. Wszyscy chcieli... – Sama słyszy panikę w swoim głosie. Stojąc w długich kolejkach do kas, przestępowała z nogi na nogę i patrzyła na zegarek, bo domyślała się, że po powrocie do domu będzie miała problemy.

Trzask! Jego pięść ląduje na jej kości policzkowej. Zdążyło jej nawet przemknąć przez myśl pytanie, ile ciosów może wytrzymać taka kość, zanim pęknie. Tym razem wytrzymała. Gdyby jeszcze nie ten tępy, palący ból.

– Z kim się spotkałaś, co? Lepiej się przyznaj! Z kim się spotkałaś za moimi plecami? Odpowiadaj!

Krzyczy tak głośno, że sąsiedzi zaraz zadzwonią na policję. Ona już wie, co będzie dalej. Przyjedzie policja, zapuka. On otworzy. Grzecznie, uprzejmie wyjaśni, że żona ma gwałtowne usposobienie i niepotrzebnie podnosi głos. Ale to nic poważnego. Mała wymiana zdań i tyle. Podziękuje im, że się zainteresowali. Potem oni odjadą, a on odreaguje to upokorzenie na niej.

Więc się poddaje. Jak zwykle. Nie protestuje. Nie broni się. Inkasuje to, czym on ją częstuje.

* * *

Eva wyszła i zderzyła się z upalnym powietrzem. Jak ze ścianą. W policyjnym uniformie zawsze jest jej za gorąco, poczuła, że pot ścieka jej po plecach. Dziwnie było w tej Kawiarni Wdów. Miłe wnętrze, promieniujące spokojem. Właścicielka przypominająca kochającą babcię, z tymi siwymi włosami, okularami na czubku nosa i uśmiechem. Ma w sobie coś matczynego i takie ciepło, że chciałaby się przytulić do jej bujnej piersi, wdychać zapach drożdżówek i cynamonu.

W kąciku jej oka pojawiła się łza. Starła ją ze złością. Wstyd, to po prostu żałosne. Jak mogła dopuścić do tego, żeby ta wizyta tak ją poruszyła? Z drugiej strony wiedziała przecież, że tak będzie. Już wtedy, gdy czytała protokoły z przesłuchań i tylko przypadkowo odkryła, co łączy te sprawy z Kawiarnią Wdów, wiedziała, że to wszystko zmieni. Wcześniej dochodziły ją różne słuchy. Krążyły od lat. Ale nikt nie powiedział nic wprost. Dla nich była obca. Była wrogiem. Nie domyślali się, że jest jedną z nich. Nikt się nie domyślał.

Wsiadła do radiowozu i postarała się opanować. Pora wracać do pracy. W komisariacie nie wiedzieli o jej odkryciu. I tak ma zostać. Teraz trzeba się zastanowić.

Pod koniec lata Marianne prawie zdążyła zapomnieć o wizycie policjantki, chociaż tkwiła gdzieś w jej podświadomości. Nie dlatego, żeby była przykra. Przeżyła tyle, że nieczęsto była czymś nieprzyjemnie poruszona. Chodziło raczej o to, że pod surową maską tamtej kobiety wyczuła pewną bezbronność. Czasem to wspomnienie wracało, jak teraz, gdy spojrzała na wchodzącą parę. Nigdy wcześniej ich nie widziała. Nie należeli do jej stałych klientów. Miała niemal fotograficzną pamięć do twarzy, pamiętała wszystkich, którzy kiedykolwiek odwiedzili jej kawiarnię. A jednak od razu wiedziała. Wyczuła więź, niewidzialną nić łączącą ją z tą kobietą. Takie jak ona mają w oczach coś, co je natychmiast zdradza. Przestrach, przyczajony paniczny lęk.

Obserwowała ich, gdy siadali przy stoliku w rogu. Mężczyzna robił wrażenie dobrodusznego. Niewysoki, przeciętny szary człowieczek. Ale i on miał w oczach coś, co natychmiast rozpoznała. Miał oczy jak Ruben, a w nich nienawiść, ślepy gniew, agresję i złośliwość. Znała to na pamięć.

Ich spojrzenia się spotkały i splotły. Marianne poczuła ból w sercu. Cierpienie tamtej było tak dojmujące jak jej własne. Może nawet gorsze, bo przecież jej cierpienie już minęło. Zmierzyła się i z nim, i ze swoim strachem. W końcu. Kobieta podeszła do niej.

* * *

Wracali prawie pół godziny. Kjell czuł, jak kipi w nim złość. Godzina drogi, żeby pójść do jakiejś głupiej kawiarni. Beata od tygodni nie dawała mu spokoju, ciągle mówiła o tej wycieczce, więc w końcu się zgodził. Sam nie wiedział po co. W tej kawiarni nie było nic szczególnego. Owszem, ładne miejsce. Ale to tylko... zwykła kafejka. W mieście jest takich pełno. Wróciliby do domu w kilka minut. Chociaż musiał przyznać, że kawa była dobra. Mocna, gorąca, z jakąś... nutą. Pewnie z jakąś przyprawą. Może z kardamonem.

– I co, zadowolona jesteś?

Zatrzasnął drzwi samochodu. Drgnęła, co odnotował z satysfakcją.

– Może teraz wreszcie przestaniesz marudzić! Żebym jeszcze mógł zrozumieć, po jaką cholerę tam jechaliśmy! Pół niedzieli stracone. Zdajesz sobie sprawę, ile mogłem zrobić przez ten czas?

Popychając ją przed sobą, wszedł do mieszkania. Aż się w nim gotowało ze złości, z każdym słowem coraz bardziej. Ledwo mógł się doczekać, kiedy będzie mógł się wyładować. Bo potem zawsze czuł tę wspaniałą, zbawienną wręcz ulgę. Napięcie ustępowało, znów oddychał lekko. W takich chwilach zdarzało mu się odczuwać lekkie wyrzuty sumienia, ale z czasem nauczył się ich szybko pozbywać.

– Skąd ci przyszło do głowy coś tak idiotycznego! Myślisz, że nie mam w niedzielę nic lepszego do roboty, tylko chodzić do kawiarni?

Złapał ją za włosy i pociągnął, przechylił jej głowę do tyłu. Ale ku swemu zdziwieniu nie zobaczył w jej oczach uległości i rezygnacji, tylko coś jakby... niemożliwe – triumf?

Podniósł rękę, żeby jej wybić z głowy tę nieoczekiwaną bezczelność. I wtedy nagły, ostry ból zmusił go do opuszczenia ręki. Przytknął ją do piersi. Miał wrażenie, jakby wokół jego serca zacisnęły się szpony. Nawet nie zauważył, że jego druga ręka puszcza włosy Beaty. Osunęła się na podłogę u jego stóp. Siedziała i obserwowała go. Ból się nasilał, podłoga była coraz bliżej, i znów zobaczył ten triumf w jej oczach.

* * *

Na początku Ruben wcale taki nie był. Wydawał się spokojny, miły i prawie nieśmiały. Bardzo jej się to podobało. Dorastała z czterema braćmi łobuziakami, więc naprawdę doceniała jego łagodność, kiedy się do niej zalecał.

Nie minęły dwa dni od wesela, kiedy pierwszy raz dał upust wściekłości. Potem stale chodził podminowany, kipiał złością, bez przerwy dopatrywał się jakichś jej przewinień, szukał powodu, żeby bluznąć lawą nienawiści. Już nie pamiętała, co spowodowało tamten pierwszy, ale bynajmniej nie ostatni wybuch. Może coś istotnego. Może nie. To już nieważne.

Dwadzieścia lat to wytrzymywała. Dwadzieścia lat, które na zawsze naznaczyły jej ciało, duszę i serce. Kiedy w końcu położyła temu kres, sama się zdziwiła, że to było takie łatwe. Że Ruben okazał się słaby. Znalazła na niego sposób, przecież była doświadczoną pielęgniarką. Czasem przeklinała własną głupotę: że też wcześniej nie zrobiła tego, co powinna. Okazało się to takie proste.

Postanowiła, że naprawi swój błąd, dzieląc się z innymi swoją wiedzą i doświadczeniem. Wieść o tym szybko się rozeszła po tajnej sieci łączącej kobiety niemające wyjścia.

Zgłaszały się do niej. Nie było ich znowu tak wiele, ale więcej, niż myślała tamta policjantka.

Wszystkie przychodziły do Kawiarni Wdów.

Pod oknami fruwały tumany unoszonych wiatrem liści. Interes kręcił się znakomicie przez całe lato, ciągle pojawiali się nowi klienci. Jesienią przychodzili tylko stali bywalcy. Zawsze wybierali ten sam stolik, tę samą kawę i to samo ciastko. Cenili stabilizację, lubili to, co znali, kawiarnię i jej właścicielkę traktowali jak bezpieczną przystań na morzu codzienności.

Tę porę roku Marianne lubiła najbardziej. Taką ciszę i spokój, że goście musieli mówić ciszej, żeby inni nie słyszeli ich rozmów. Stuknięcie łyżeczki o porcelanowy talerzyk było jak strzał z pistoletu, wszyscy aż podskakiwali na krzesłach. Sezon letni był niezbędny, żeby działalność się opłacała, ale to jesień przynosiła spokój duszy.

Dzyń.

Zadzwonił dzwonek, ktoś wszedł. Marianne przykucnęła za ladą, żeby sprawdzić, ile ma jeszcze kawy, i musiała się podnieść, żeby zobaczyć kto to.

– Dzień dobry.

Komisarz Eva Wärn szybko skinęła głową.

– Dzień dobry – odpowiedziała Marianne, z zainteresowaniem przyglądając się pani komisarz i jej towarzyszowi.

Dwoje policjantów. Oboje w mundurach, z marsowymi minami.

– Czym mogę dziś służyć władzy? – spytała Marianne z uśmiechem.

Eva Wärn szybko rzuciła okiem na swego partnera.

– Ja to co zwykle – rzucił opryskliwie i usiadł przy stoliku pod oknem, tyłem do Marianne.

Pani komisarz powoli podeszła do lady. Unikając wzroku Marianne, przyglądała się leżącym za szybą wypiekom.

– Jest pani dziś służbowo? – spytała Marianne, ale nie otrzymała odpowiedzi.

Eva Wärn wpatrywała się w witrynę z taką uwagą, jakby od tego, czy wybierze właściwą drożdżówkę, zależało jej życie.

– Proszę dwie bułki cynamonowe – odezwała się w końcu, podnosząc wzrok.

– Tak jest, bułki cynamonowe – odparła pogodnie Marianne, kładąc dwie duże bułki na talerzykach.

– Mąż wolałby bez cukru perłowego – dodała Eva Wärn. Obejrzała się szybko za siebie, spojrzała na siedzącego pod oknem mężczyznę.

Marianne nie odpowiedziała, uniosła tylko brwi. To coś nowego. Wymieniła bułki na inne, z posypką migdałową, i przyjrzała się pani komisarz uważniej. Podobnie jak za pierwszym razem zobaczyła na jej twarzy wyraz znużenia, umęczenia. I jeszcze coś. Jak mogła to przeoczyć? Zobaczyła... siebie.

Położyła rękę na jej dłoni i spytała miękko:

– A do picia?

Eva Wärn przez chwilę milczała, patrzyła na jej rękę na swojej dłoni. A potem podniosła wzrok i odezwała się mocnym głosem:

– Dla mnie café latte. A dla męża Specjał Wdowy.

Marianne dłuższą chwilę patrzyła jej w oczy. Potem się odwróciła i zajęła przygotowywaniem zamówienia.

Elegancka śmierć

Paskudnie to wygląda, jakby włamanie przerodziło się w napad rabunkowy, który skończył się zabójstwem – powiedział Patrik Hedström, rozglądając się po pokoiku socjalnym.

Wszędzie było pełno krwi, zwłoki kobiety leżały na podłodze między stołem a lodówką. Szeroko otwarte niewidzące oczy, wgniecenie w czaszce. Zbryzgane białe ściany i spora kałuża krwi pod głową i torsem.

– Chyba rzeczywiście – przyznał Martin Molin, który stał za kolegą.

– Cholernie dużo krwi.

Patrik pokręcił głową. Tyle razy patrzył na zwłoki, ale widok krwi zawsze wywoływał u niego odruch wymiotny.

– Ktoś musiał widzieć gościa, który to zrobił. – Martin aż pobladł.

– A kto powiedział, że to facet? – odparł Patrik. – Za wcześnie na takie przypuszczenia.

– No tak, wiem, ale pomyślałem... tyle w tym zaciekłości. Nie wydaje mi się, żeby kobieta mog...

Urwał. Patrik oczywiście miał rację, więc zamiast dokończyć, spytał:

– Wiesz, kto to jest?

– Lisbeth Wåhlberg. Jest stąd, ale wiele lat mieszkała w Göteborgu. Jej mąż niedawno umarł na zawał i wtedy wróciła do Fjällbacki. Mieszkała na pięterku, a sklep otworzyła zaledwie kilka tygodni temu.

– Czyli w kasie nie mogło być tyle pieniędzy, żeby się opłacało rozwalać jej czaszkę.

– Rzeczywiście – przyznał Patrik.

Obrzucił spojrzeniem ciasny, skąpo umeblowany pokoik za sklepem. Kącik kuchenny ze zlewem, maszynka do kawy i suszarka do naczyń, a na niej kilka filiżanek. Pod oknem biały stoliczek i dwa krzesła, a przy ścianie naprzeciwko kuchennego blatu – lodówka. To wszystko. No i masa krwi. Strasznie dużo krwi. Zastanawiające. Ktoś musiał być na Lisbeth bardzo wściekły.

Erika aż się rozpłakała ze złości. Nie mogła sobie poradzić z włożeniem dżinsów. Starała się ze wszystkich sił, ale nie dała rady.

– Co za cholerne gacie! – krzyknęła, ściągnęła je i cisnęła przez pokój. Zanim urodziła dzieci, prawie z nich nie wychodziła, teraz ledwo dały się wciągnąć powyżej kolan.

Opadła na łóżko w samych majtkach. W praktycznych, białych bawełnianych sloggi, co stwierdziła z pewnym żalem. Postanowiła, że musi z tym skończyć, inaczej jeszcze przed czterdziestką zamieni się w stateczną pańcię z krótko, praktycznie obciętymi włosami i równie krótkimi paznokciami. Crocsy już miała, więc jeden z warunków spełniała. Ba, miała nawet trzy pary.

Nowe życie zacznie od szybkiego spaceru. Skorzysta z okazji, że dzieci są u teściowej. Dziesięć minut później była w drodze do miasteczka. Za rogiem, tam, gdzie dawniej był urząd telegraficzny, stanęła jak wryta. Kawałek dalej zobaczyła policyjne radiowozy i funkcjonariuszy w liczbie wykraczającej poza możliwości kadrowe ich dystryktu. Stali przed sklepikiem vintage, otwartym zaledwie kilka tygodni wcześniej. Były z Anną na uroczystym otwarciu, zaprosiła je właścicielka.

– Patrik?

Zobaczyła swojego męża. Z ponurą miną wychodził ze sklepiku. Zaciekawiona szybko do niego podeszła.

– Co ty tu robisz? – Patrik zmarszczył brwi.

– Spaceruję. Co się stało? – Wyciągnęła szyję, żeby zajrzeć do środka. – Było włamanie? – Nic sobie nie robiła z miny Patrika, który wyraźnie chciał, żeby sobie poszła. Powinien już wiedzieć, że nic z tego nie będzie.

– Erika, ja nie mogę... – urwał, bo obok nich zatrzymał się samochód. Wyskoczyły z niego dwie kobiety.

– Co się stało? Gdzie ona jest?! – krzyknęła jedna z nich, szykownie ubrana, koło czterdziestki. Na twarzy drugiej, nieco młodszej, malowało się przerażenie.

Erika pamiętała je z otwarcia. Córki Lisbeth Wåhlberg.

– Na razie trudno powiedzieć – odpowiedział Patrik, stając przed drzwiami sklepu.

– Czy mama... Mama jest w środku? – spytała starsza z sióstr, wskazując na sklep. Patrik wziął głęboki oddech.

– Przykro mi, ale wasza matka nie żyje.

Starsza krzyknęła. Na twarzy młodszej malowała się taka rozpacz, że Erice ścisnęło się serce.

– Chciałbym możliwie jak najprędzej z paniami porozmawiać. Ale w tej chwili spytam tylko, czy jest ktoś, do kogo mogłyby panie zadzwonić. A może wolą panie, żebyśmy poprosili tutejszego pastora?

Speszył się. W tym momencie wkroczyła Erika. Położyła dłoń na ramieniu starszej siostry.

– Chodźmy na kawę, na rynek – powiedziała, popychając je lekko do samochodu. – Dajcie kluczyki, poprowadzę.

Pięć minut później siedziały w kawiarni U Józefiny nad filiżankami gorącej, mocnej kawy.

– Sąsiedzi do nas zadzwonili – odezwała się starsza. Miała na imię Tina. – Mamy z mężem letni dom na drugim końcu miasteczka, a siostra przyjechała w odwiedziny i mieszka w domku dla gości. – Skinęła w stronę siedzącej obok młodszej siostry, w milczeniu wpatrującej się w swoją filiżankę. – No tak, miała zostać na tydzień, ale jak zwykle namieszała i teraz Bóg jeden wie, jak długo będzie u nas siedzieć.

Młodsza spojrzała na Erikę.

– Dziewczyna, od której wynajmowałam mieszkanie, wróciła przed czasem. Próbuję właśnie znaleźć nowe lokum.

– Przepraszam, jak masz na imię? – spytała Erika. Poczuła, że Tina budzi w niej coraz większą niechęć.

– Linnea – odparła cicho. Jej ręka trzymająca filiżankę drżała. – Czy mama naprawdę nie żyje? – spytała. Łzy popłynęły jej po policzkach. – Po prostu nie mogę w to uwierzyć.

– W takiej sprawie raczej by nie kłamali, prawda? – prychnęła Tina i wstała, żeby dolać sobie kawy. Nie spytała, czy Erika albo młodsza siostra też chcą dolewkę.

– Opowiedz mi o swojej mamie – powiedziała Erika.

– Właśnie spełniła swoje wielkie marzenie – odparła Linnea, delikatnie ścierając wierzchem dłoni łzy.

– Masz na myśli sklep?

– Tak. Zawsze kochała ciuchy. Wiele lat była krawcową, świetnie szyła i miała klientki wśród zamożnych mieszkanek Göteborga. Oprócz tego robiła poprawki, dopasowywała ubrania z dużych domów mody. Od wielu lat marzyła o tym, żeby otworzyć mały sklepik vintage z najlepszymi kreacjami. Dior, Chanel, Hermès, Louis Vuitton.

– Rzeczywiście miała w sklepie piękne rzeczy – przyznała Erika. – Ale nie tanie. Zastanawiałam się nawet, czy ten interes akurat we Fjällbace może się udać.

– Właśnie – parsknęła Tina, która akurat wróciła do stolika. – W życiu nie słyszałam o tak idiotycznym pomyśle. Równie dobrze mogłaby spalić cały spadek po tacie.

– No i co z tego? – odezwała się Linnea. – To były jej pieniądze i mogła z nimi zrobić, co chciała. Mama nie była naiwna, wiedziała, że na tym straci, że więcej w to włoży, niż zarobi. Nie robiła tego dla zysku. Chciała mieć dom, w którym się wychowała, a na parterze butik z rzeczami, które lubiła. Dlatego otworzyła ten sklep. Żeby żyć tak, jak sobie wymarzyła, nie żeby zarabiać.

– Ale z finansowego punktu widzenia to szaleństwo. – Głos Tiny przeszedł w pisk.

– I co z tego? – powtórzyła Linnea. – To były jej pieniądze.

Tina pokręciła głową i zerwała się z krzesła.

– Nie mam siły słuchać takich głupot. Zresztą musimy się zająć praktycznymi sprawami.

Erika spojrzała w smutne oczy Linnei. Najwyraźniej pomyślały o tym samym: że ciało jej matki nawet nie zdążyło jeszcze wystygnąć.

– To pewnie jakiś miejscowy ćpun myślał, że w kasie jest gotówka – powiedział Mellberg, drapiąc się w głowę.

– Nie byłbym tego taki pewny – odrzekł Patrik.

Pogładził Ernsta, który siedział obok krzesła swego pana w pokoiku socjalnym i przekrzywiając łeb, żebrał o drożdżówkę.

– Stary, nie będzie bułki, jesteś za gruby. Przynajmniej twoja pani tak mówi – powiedział Mellberg do psa, a pies zaskomlał żałośnie. – A zresztą... nikt jeszcze nie utył od paru bułek. Spójrzcie na mnie: jestem w świetnej formie, a zjadam co najmniej dwie dziennie.

Poklepał się po pękatym brzuchu i rzucił Ernstowi bułkę. Patrik i Annika z rozbawieniem wymienili spojrzenia. Gdyby samooszukiwanie się było dyscypliną olimpijską, Mellberg byłby w niej wielokrotnym złotym medalistą.

– Jakoś trudno mi sobie wyobrazić, żeby ktoś z miejscowych zaatakował ją z taką furią. Odniosłem wrażenie, że to raczej... osobista sprawa – zauważył Patrik.

– Co wiemy o narzędziu zbrodni? – spytał Martin i również dał Ernstowi bułeczkę.

Nikt nie potrafił się oprzeć błagalnemu spojrzeniu jego brązowych oczu, chociaż mało brakowało, żeby ciągnął brzuch po ziemi.

– Minęły dopiero dwa dni, więc nie ma jeszcze definitywnej odpowiedzi z Państwowego Laboratorium Kryminalistycznego i pewnie potrwa, zanim ją dostaniemy. Ale poprosiłem o nieoficjalną opinię i dowiedziałem się, że był to zapewne ciężki przedmiot o ostrych krawędziach – powiedział Patrik.

– Coś ciężkiego o ostrych krawędziach. To może być wiele różnych rzeczy – skonstatował ponuro Mellberg. – A jakieś konkrety po zbadaniu miejsca zbrodni? Czyli sklepu?

– Żadnych – odparł Patrik. – Ewentualne ślady zostały zadeptane przez klientów, którzy ją znaleźli.

– I nikt nie widział nikogo wychodzącego stamtąd? Dziwne. Przed sklepem musiał stać jakiś samochód. A z prywatnej części domu nic nie zginęło?

Martin sięgnął po następną bułeczkę i kiedy Annika zapytała, czy chciałby jeszcze kawy, kiwnął głową.

– Drzwi na piętro były zamknięte na klucz, więc nikt nie mógł wejść. Córki mówią, że nikt niczego nie ruszał i nic nie zginęło. Ale... – Patrik się zawahał. – Chciałbym, żeby technicy sprawdzili również mieszkanie...

– A po co? – spytał kwaśno Mellberg. – Po co marnować na to pieniądze, skoro nikt tam nie wchodził? Przecież wiesz, że mamy skromny budżet...

– Oczywiście, że wiem. Ale mam przeczucie... Chciałbym się też przyjrzeć jej sytuacji finansowej, zarówno prywatnej, jak i firmowej.

– To będzie kosztowało. W dodatku sprawca to na pewno któryś z naszych stałych klientów. Włamał się i sytuacja go przerosła. Ale niech ci będzie. Jeszcze tym razem – powiedział Mellberg i rzucił Patrikowi gniewne spojrzenie.

Patrik stwierdził, że jego szef najwyraźniej jest w dobrym humorze, i westchnął z ulgą. Wstał i skinął głową na Martina. Mieli przed sobą dużo pracy.

– I co my z tym wszystkim zrobimy? – Linnea przesunęła ręką po wieszakach z ciuchami.

– Już rozmawiałam z Once More z Göteborga. Biorą wszystko – odpowiedziała Tina. – Tylko najpierw sprawdzę, czy nie znajdą się tu dla mnie jakieś wyjątkowo smaczne kąski.

Zdjęła z wieszaka długą, głęboko wydekoltowaną i obcisłą suknię, jak z czerwonego dywanu w Cannes, i oczy jej zalśniły.

– To Dolce. Absolutna bajka.

Odłożyła ją na bok i wróciła do przeglądania ciuchów. Część odwieszała, inne odkładała na rosnącą stertę – dla siebie.

– Nie chcesz czegoś? – spytała ze śmiechem i zmierzyła wzrokiem młodszą siostrę: od stóp w praktycznych, wygodnych butach po szary podniszczony sweter bez marki.

– Nie – odpowiedziała Linnea z zakłopotaniem. Nie znała się na ciuchach ani na modzie. Nie to co Tina. I mama.

– Ale mama potrzebuje jakiegoś ubrania do trumny – powiedziała cicho, wpatrując się w swoje buty.

– Człowiek, który idzie do ziemi, nie musi być jakoś szczególnie ubrany – prychnęła Tina, odkładając na stertę bluzkę z wplecionym w deseń wyraźnym logo.

– A jednak. Chciałabym, żeby ładnie wyglądała.

– Ojej, no to weź coś dla mamy. Tylko najpierw sprawdź metkę, żeby nie było drogie. Bo to by było naprawdę zbyteczne.

– Oczywiście – odparła Linnea, nie odrywając wzroku od swoich butów.

Zimą Tina zaczęła mieć problemy i stała się dla siostry jeszcze bardziej wyniosła niż przedtem. Jej stosunki z mamą też się pogorszyły.

– Nie stój tak, pomóż mi zanieść to do samochodu.

Wskazała na stertę ubrań. Linnea westchnęła i chwyciła ubrania.

– Zastanawiam się nad motywem – powiedział Patrik, obierając następną krewetkę. Na talerzu miał już całkiem imponujący stosik skorupek.

– A to nie był napad rabunkowy? – spytała Anna. Sięgnęła po butelkę białego wina i nalała wszystkim do kieliszków.

– Owszem, pieniądze z kasy zniknęły, ale według młodszej córki nigdy nie było ich tam dużo.

– A ubrania? Chyba są trochę warte? – spytała Erika i wzięła garść krewetek z dużej miski stojącej na środku stołu.

– No tak, ale niełatwo sprzedać taki łup. Zresztą trudno mi uwierzyć, żeby ktoś rabował sklep z używanymi ciuchami.

– Patriku, to nie są używane ciuchy, to vintage.

– Dobra, niech ci będzie. Ale to mało prawdopodobny motyw zabójstwa.

– Chociaż ten żakiet Chanel, który sprawdzałam na prośbę Lisbeth, mógłby pójść za pół miliona, gdyby się trafił odpowiedni kupiec.

Anna właśnie odgryzała spory kęs kanapki z krewetkami, którą sobie przyszykowała, ale widząc spojrzenia Eriki i Patrika, przestała żuć.

– Co, nie wiedzieliście? Lisbeth zadzwoniła do mnie tydzień temu, może dwa. Powiedziała, że dostała sporo ubrań po jakiejś zmarłej, między innymi żakiet, który, jak przypuszczała, pochodził z pierwszej kolekcji Coco Chanel. Gdyby tak było, byłby to prawdziwy rarytas. Wiedziała, że mam znajomych w Sotheby's, z czasów kiedy jeszcze pracowałam przy aukcjach. Jej córka Tina przesłała mi mailem zdjęcia tego żakietu, żebym sprawdziła przez znajomych. Ale Tina chyba wam o tym powiedziała?

Przełknęła kęs kanapki. Patrik powoli pokręcił głową.

– Nie, ani słowa. A właśnie się dowiedziałem, że wpakowała się w niezłą kabałę, bo koło ostatniego Bożego Narodzenia zrobili kontrolę w firmie, w której pracuje, i okazało się, że w kasie brakuje przeszło pół miliona koron. Prowadzą dochodzenie w tej sprawie, chociaż są prawie pewni, że wyprowadziła je Tina na podstawie sfałszowanych faktur. Ale opowiedz coś więcej o tym żakiecie.

– No więc przesłałam te zdjęcia dalej. Moi rzeczoznawcy oczywiście chcieli zobaczyć żakiet przed wydaniem opinii. Ale na razie wygląda na to, że to autentyk. Cena zależy oczywiście od tego, czy trafi się klient z kasą, ale jeśli będzie kilku kolekcjonerów i dojdzie do licytacji, to... pół miliona nie wydaje się przesadzoną sumą.

– Za jeden żakiet. Boże, przecież to absurd!

Patrik pokręcił głową.

– No rzeczywiście – prychnęła Anna. – Tyle co za jeden palec u nogi Zlatana, kiedy go sprzedają do jakiegoś klubu. To i tak umiarkowana cena.

– Tego się absolutnie nie da porównać – zaoponował Patrik. – Zlatan to... zresztą co ja wam będę tłumaczył, przecież wy się w ogóle nie znacie na sporcie.

– Masz rację, Patriku. Wolałabym kawałek Zlatana niż ten żakiet Chanel – zaśmiała się Erika.

– Ja nawet wiem, który kawałek bym kupiła – wtrąciła Anna z szerokim uśmiechem.

– O Boże. Obie jesteście beznadziejne... Ale dzięki za pomoc, Anno. Będzie jutro co robić. Mamy zgodę na przeszukanie prywatnego mieszkania zamordowanej.

– Jutro pogrzeb – dodała Erika. Przed oczami miała smutne spojrzenie Linnei.

Nad cmentarzem we Fjällbace powiał wiosenny, ale chłodny wiatr. Uczestnicy pogrzebu stali tyłem do kościoła. Wznosił się nad miasteczkiem jak potężna granitowa baszta. Mało ludzi przyszło, stwierdziła Tina. Nic dziwnego. Matka była skromna i wiodła zwyczajne życie. Wyróżniała ją tylko świetna znajomość mody. Rozumiały się wyłącznie na tej płaszczyźnie.

I właśnie w tym Tina widziała ratunek. Wiedziała, że musi zwrócić pieniądze, które pożyczyła z firmowej kasy. Pół miliona koron. Dużo. Nie chciała, żeby wyszło aż tyle. Z początku brała niewielkie sumy, żeby kupić sobie coś ekstra. Parę czarnych szpilek od Louboutina. Bluzkę od Chloé. Apaszkę Hermèsa. Drobne przyjemności, dzięki którym życie nabiera kolorów. I nagle drobne sumy urosły do takich rozmiarów, że nie była w stanie ich oddać. Więc uznała, że cała nadzieja w matce. Ostatecznie odziedziczyła po ojcu trzy miliony koron. Część powinna przypaść jej. Ale matka użyła tych pieniędzy, żeby spełnić swoje idiotyczne marzenie. Równie dobrze mogłaby nimi napalić w piecu. No i ten żakiet. Kiedy matka poprosiła ją o pomoc przy wycenie, pomyślała, że to klucz do wydostania się z potrzasku. Pół miliona koron. Rozwiązałoby to wszystkie jej problemy. Prosiła i błagała, ale matka uparcie kręciła głową i wciąż powtarzała te swoje głupoty: że powinna wreszcie wziąć odpowiedzialność za swoje życie i że nie może ciągle liczyć, że inni rozwiążą jej problemy. Ciągle te same idiotyzmy co zawsze. Więc wpadła w taką furię, jakby w jej głowie doszło do krótkiego spięcia. Złapała żelazko i tłukła nim raz za razem, aż matka przestała oddychać.

Domyślała się, że wszystko się wyda, że to tylko kwestia czasu. Policja miała przeszukać mieszkanie matki. Znajdą ślady jej obecności, bo poszła tam zmyć z siebie krew. Więc przygotowała plan. Zabukowała bilet na samolot. Po pogrzebie wróci po żakiet, potem pojedzie prosto na lotnisko, jakoś go sprzeda i razem z pieniędzmi, które wzięła z konta męża, zrobi się z tego przyjemny kapitalik na nowy początek.

Musiała zapanować nad sobą, żeby się nie uśmiechnąć. Ludzie są tacy tępi i słabi. A jej rodzina jest najgorsza. Zwłaszcza Linnea: stoi i rozpacza, gdy opuszczają trumnę do grobu.

– W co ją ubrałaś? – spytała. Głównie po to, żeby siostra przestała szlochać.

– Nie brałam niczego ze sklepu, żeby przypadkiem nie wziąć czegoś drogiego – odparła Linnea, pociągając nosem. – Miałam w domu czarne spodnie z H&M, które kiedyś pożyczyłam od mamy i nie zdążyłam oddać. I czarny żakiet. Był w foliowej torbie w kuchni.

Tina wbiła wzrok w siostrę. A potem spojrzała na trumnę.

Zamieć śnieżna i woń migdałów

Śnieg wisiał w powietrzu. Do Bożego Narodzenia został zaledwie tydzień, a grudzień już zdążył przynieść i silny mróz, i rekordowe opady śniegu. Na wysokości Fjällbacki morze skuł gruby lód. Wskutek kilkudniowej odwilży stał się niebezpiecznie kruchy. Martin Molin stał na dziobie łódki płynącej rynną wyżłobioną w lodzie aż do wyspy Valö. Zastanawiał się, co tam właściwie robi i czy na pewno podjął słuszną decyzję. Ale Lisette prosiła tak bardzo, wręcz go błagała. Mówiła, że źle się czuje na spotkaniach rodzinnych i że łatwiej jej będzie z nim. Problem w tym, że jego udział w spotkaniu rodzinnym sugerował, iż łączy ich coś poważniejszego. A o tym zdecydowanie nie mogło być mowy. W każdym razie nie z jego strony. Stało się. Obiecał jej, że będzie. Płynął do dawnego ośrodka kolonijnego na Valö. Miał tam spędzić z jej rodziną dwa dni.

Odwrócił się. Pomyślał, że Fjällbacka bez wątpienia jest niezwykle piękna. Także zimą, gdy niewielkie drewniane domki otula śnieg. Wielka skała górująca nad osadą nadawała obrazowi rys dramatyczny i fascynujący zarazem. Przemknęło mu przez myśl, że może należałoby się tam przenieść z Tanumshede, i aż się roześmiał. Najpierw musiałby wygrać w lotto.

– Rzucisz cumę? – zawołał z pomostu mężczyzna, budząc go z rozmyślań. Pochylił się i chwycił leżącą na dziobie linę. Gdy podpłynęli bliżej, przerzucił ją przez reling. Mężczyzna złapał ją zręcznie i przywiązał.

– Jesteś ostatni. Wszyscy już są.

Mężczyzna podał mu rękę i Martin ostrożnie zszedł na pomost.

– Miałem jeszcze coś do zrobienia, musiałem skończyć przed wyjazdem.

– Tak, słyszałem, że policja zjeżdża do nas na weekend. Człowiek od razu czuje się bezpieczniej. – Mężczyzna zaśmiał się i przedstawił. – Börje, jestem właścicielem pensjonatu. Prowadzę go z żoną. Można powiedzieć, że jestem stolarzem, kucharzem, służącym i złotą rączką. Wszystko w jednym. – Znów zaśmiał się głośno, serdecznie.

Martin chwycił swój bagaż i poszedł za mężczyzną w stronę migających między drzewami świateł.

– Słyszałem, że zrobiliście ze starego ośrodka prawdziwe cudo – powiedział.

– Kosztowało to sporo roboty – odparł Börje z dumą. – I pieniędzy. Przyznaję. Ale wyszło całkiem dobrze. Przez całe lato i kawał jesieni mieliśmy pełne obłożenie. Pakiet świąteczny też cieszy się nadspodziewanym powodzeniem.

– Ludzie pewnie chcą uciec od świątecznych przygotowań – powiedział Martin.

Szli pod górę i starał się nie sapać. Był zażenowany. Zważywszy na wiek i zawód, powinien mieć lepszą kondycję.

Podniósł wzrok i z zachwytu stanął jak wryty. Rzeczywiście, dokonali prawdziwego cudu. Jak większość ludzi dorastających w okolicy przyjeżdżał tu na wycieczki szkolne i obozy. Miał w pamięci piękny, choć zapuszczony budynek stojący pośrodku olbrzymiego trawnika. Dawną zieleń elewacji zastąpiła biel. Odnowiony i wyremontowany dom mienił się jak klejnot, biała fasada aż promieniała w ciepłym świetle padającym z okien. Przed schodkami prowadzącymi do domu płonęły pochodnie, a w jednym z okien na parterze dojrzał wielką choinkę. Było tak pięknie, że na chwilę przystanął, żeby popatrzeć.

– Ładnie, prawda? – powiedział Börje. On też przystanął.

– Nie do wiary – odparł Martin. Był naprawdę zachwycony.

Tupiąc mocno, żeby strząsnąć śnieg z butów, weszli do środka.

– Przyjechał ostatni gość! – zagrzmiał Börje, stając w przedpokoju.

Martin usłyszał lekkie kroki.

– Martin! Ale się cieszę, że jesteś! – Lisette rzuciła mu się na szyję, a on znów pomyślał, że chyba nie powinien był przyjeżdżać. Musiał przyznać, że jest ładna i miła, ale coś mu się zdawało, że dla niej ich znajomość jest poważniejszą sprawą niż dla niego. Ale było już za późno. Pozostało jakoś przetrwać ten weekend.

– Chodź! – Lisette chwyciła go za rękę i nie tyle zaprowadziła, ile zaciągnęła do salonu, na lewo.

Pamiętał, że była tam zastawiona piętrowymi łóżkami sypialnia. Teraz zobaczył salon połączony z biblioteką. Na samym środku królowała olbrzymia, ubrana zgodnie z tradycją choinka.

– Jest! – zakomunikowała Lisette z triumfem.

Jej krewni wpatrywali się w Martina, a on nieco głupkowato pomachał ręką. Powstrzymał się od poluzowania kołnierzyka. Lisette szturchnęła go w bok. Uprzytomniło mu to, że pewnie oczekują czegoś więcej. Posuwając się metodycznie w prawo, zaczął się witać ze wszystkimi po kolei. Lisette objaśniała, komu podaje rękę.

– Mój tata, Harald.

Potężny mężczyzna z bujną fryzurą i równie bujnym wąsem wstał i energicznie potrząsał jego ręką w górę i w dół, jakby pompował.

– To moja mama, Britten.

– Naprawdę mam na imię Britt Marie, ale odkąd skończyłam pięć lat, nikt nie nazywa mnie inaczej jak Britten.

Matka Lisette również wstała. Martina uderzyło podobieństwo córki do matki. Ta sama zgrabna sylwetka, te same orzechowe oczy i ciemne włosy, chociaż u Britten tu i ówdzie pokazały się srebrne nitki.

– Cieszę się, że wreszcie mogę cię poznać – powiedziała, siadając.

Martin wymamrotał uprzejme kłamstewko. Postarał się, żeby nie było zbyt oczywiste.

– A to stryj Gustav – powiedziała Lisette. Widać było, że wyglądający jak nieco mniejsza, wysuszona wersja Haralda stryj nie należy do jej ulubionych krewnych.

– Bardzo mi miło, bardzo miło – powiedział Gustav Liljecrona sucho i ukłonił się lekko.

Martin zastanawiał się, czy on też nie powinien się ukłonić, ale tylko lekko skinął głową. Ton Lisette wskazywał na to, że następnej osoby również nie darzy ciepłymi uczuciami.

– Ciocia Vivi.

Martin dotknął suchej, pomarszczonej dłoni. Ostro kontrastowała z twarzą, całkowicie wolną od zmarszczek, ze skórą napiętą jak membrana bębna. Pomyślał, że gdyby zajrzał za uszy, dostrzegłby blizny po licznych liftingach. Pohamował się, ale z trudem.

Znacznie serdeczniejsze uczucia łączyły chyba Lisette z mężczyzną siedzącym obok cioci, bo „mój kuzyn Bernard" powiedziała ciepło i radośnie. Martin natomiast poczuł niechęć do elegancko ubranego, mniej więcej trzydziestoletniego mężczyzny. Miał ulizane włosy, zaczesane do góry w sposób, który z nieznanych Martinowi powodów był popularny w kręgach finansjery.

– A więc to jest policjant naszej Lisette... – powiedział przeciągle sztokholmskim dialektem, i choć to stwierdzenie było równie prawdziwe, jak niewinne, Martin czuł, że za nonszalanckim tonem kryje się coś więcej, jakieś bliżej nieokreślone lekceważenie.

– Zgadza się – odparł krótko i przesunął spojrzenie na dziewczynę stojącą obok Bernarda.

– Miranda, siostra Bernarda – wyjaśniła Lisette.

Martin chwycił jej wyciągniętą rękę i aż mu dech zaparło. Była oszałamiająco piękna. Miała około dwudziestu pięciu lat, takie same jak brat kruczoczarne, choć dłuższe włosy i niesamowicie błękitne oczy, które teraz wpatrywały się w niego. Przez chwilę nie potrafił zebrać myśli. Lekkie chrząknięcie Lisette uzmysłowiło mu, że chyba trochę za długo trzymał rękę jej kuzynki. Puścił ją jak oparzony.

– Mój brat Mattias. Wszyscy mówią na niego Matte – powiedziała Lisette lodowato.

Martin pośpiesznie przeniósł spojrzenie na starszego brata Lisette, mężczyznę o otwartej, sympatycznej twarzy, który z entuzjazmem potrząsał jego ręką.

– Dużo o tobie słyszałem! Lisette od kilku miesięcy mówi wyłącznie o tobie. Bardzo, bardzo mi miło cię poznać!

Nastąpiła teatralna pauza, a potem Lisette powiedziała:

– I wreszcie, bynajmniej nie ostatni, dziadek Ruben!

Martin stanął przed siedzącym na wózku inwalidzkim starcem. Nogi miał przykryte kocem. Użyczył rysów obu synom, a sam skurczył się do rozmiarów dziecka. Uścisnął Martinowi rękę niespodziewanie mocno, spojrzenie miał zaskakująco żywe.

– Proszę, więc to jest ten młody człowiek – powiedział z rozbawieniem.

Martin poczuł się jak uczniak stojący przed dyrektorem szkoły. Stary człowiek miał w sobie coś naprawdę imponującego. Martin oczywiście znał jego przeszłość. Urodził się biedny jak mysz kościelna, a potem z niczego stworzył imperium obracające miliardami – na całym świecie.

Tę historię znali w Szwecji niemal wszyscy.

– Podano do stołu! – usłyszeli kobiecy głos od drzwi.

Wszyscy spojrzeli na przepasaną staroświeckim białym fartuszkiem kobietę. Wskazała w stronę jadalni. Martin domyślił się, że to żona Börjego.

– Zjem coś z prawdziwą przyjemnością – powiedział Harald Liljecrona i pierwszy ruszył do nakrytego stołu. Za nim pozostali, w zwartej grupie.

Martin z rozbawieniem obserwował, jak jeden przez drugiego rzucają się do fotela dziadka Rubena. Najszybsza okazała się stojąca najbliżej Lisette. Rzuciła cioci Vivi zwycięskie spojrzenie. Martin pomyślał, że najwyraźniej dzieją się tutaj rzeczy, w które nie został wtajemniczony. Znów westchnął w duchu. To będzie bardzo, bardzo długi weekend.

Lisette pchała przed sobą wózek z dziadkiem. Czuła na sobie spojrzenia całej rodziny. Policzki jej płonęły. Czuła się jak zwyciężczyni i miała nadzieję, że ten mały sukces zapowiada, że wygra znacznie ważniejszą bitwę. Tę o pieniądze dziadka. W głowie jej się kręciło na samą myśl o tym, ile jej kiedyś przypadnie. Miliony to mało, w grę wchodziły miliardy. Trzeba tylko zadbać o dobre stosunki z dziadkiem i liczyć na to, że tamci będą się po kolei kompromitować i odpadać. Co wcale nie było takie nieprawdopodobne. Wiedziała, że zarówno ojciec, jak i stryj są bliscy spalenia za sobą wszystkich mostów. Oni nie będą poważną przeszkodą. Bernard i Miranda też nie. Jej największym rywalem w walce o spadek był Matte. Musiała przyznać, że obecnie brat jest dziadkowi bliższy niż ona. Była jednak pewna, że to chwilowe. Wystarczy poczekać. Matte też ujawni jakąś słabość, a ona zdoła ją wykorzystać.

– Oj, przepraszam. – Niechcący najechała wózkiem na stopę Martina i zatrzymała się, żeby go przepuścić.

Przez chwilę nie była pewna, czy dobrze zrobiła, zapraszając go. Ale bardzo jej zależało, żeby pokazać dziadkowi, że jest dorosła i dojrzała. Stały chłopak, w dodatku policjant, pasował do tego obrazu. Wolałaby tylko, żeby podczas prezentacji nie wypadł tak nieporadnie. Wystarczył rzut oka na Bernarda, żeby się przekonać, co sądzi o Martinie. Zastanawiała się, czy pozostali myślą tak samo. Martin jest oczywiście sympatyczny i uroczy, ale wyraźnie brak mu obycia. Trudno, jest, jak jest, musi jakoś przetrwać ten weekend. Wtoczyła wózek do jadalni.

Widok potraw stojących na ciągnącym się wzdłuż najdłuższej ściany stole aż przytłaczał. Całe mnóstwo rozmaitych pyszności: szynka, rolada z boczku, sałatka śledziowa, marynowane śledzie, klopsiki, paróweczki i tak dalej, bez końca. Wszystko, co Szwed chciałby zobaczyć na świątecznym stole. Martin zawstydził się, gdy zaburczało mu w brzuchu.

– Coś mi się zdaje, że chłopak jest głodny. – Harald się roześmiał i grzmotnął Martina w plecy.

– Rzeczywiście, przydałoby się coś zjeść – odparł Martin z wymuszonym uśmiechem. Wolałby, żeby ojciec Lisette nie nabrał zwyczaju mówienia o nim chłopak i grzmocenia go w plecy.

Wszyscy szybko nałożyli sobie jedzenie na talerze i usiedli przy pięknie nakrytym stole. Za oknem padał śnieg, zaczynała się zamieć. Börje obszedł stół, nalewając do kieliszków zimną wódkę. Wyglądał na zmartwionego.

– Kiepsko to wygląda. Prognozy mówią, że zanosi się na prawdziwą burzę śnieżną. Może być ciężko z powrotem na stały ląd, gdyby zaszła taka potrzeba – powiedział, wskazując na okno.

– Nic nam nie będzie – powiedział Ruben suchym starczym głosem. – Przecież aż do niedzieli nigdzie się stąd nie ruszamy, a śmierć głodowa nam nie grozi.

Wszyscy się roześmiali. Nieco za głośno i nieco zbyt serdecznie. Między krzaczastymi brwiami Rubena pojawiła się zmarszczka niezadowolenia. Pewnie miał dość lizusostwa. Martin i Ruben spojrzeli na siebie i Martin zdał sobie sprawę, że stary przejrzał jego myśli. Spuścił wzrok i skupił się na nakładaniu musztardy na frankfurterkę z rozciętymi końcówkami. W dzieciństwie nazywał je zakręconymi kiełbaskami. Rodzice przypominali mu o tym w każde wspólne święta.

– Powiedz, Bernardzie – odezwał się Ruben, przenosząc wzrok na wnuka. – Jak twoja firma? Na giełdzie krążą rozmaite dziwne pogłoski.

Zapadła ciężka cisza. Bernard odpowiedział dopiero po chwili:

– To złośliwe plotki. Firma ma się świetnie, lepiej niż kiedykolwiek.

– Tak? Słyszałem co innego – powiedział łagodnie Ruben. – A moje źródła są... jak wiesz... w najwyższym stopniu godne zaufania.

– Nie zamierzam krytykować twoich źródeł, dziadku, ale sądzę, że nie są już na bieżąco. Co mogą wiedzieć o... – Bernard dostrzegł znaczące spojrzenie Vivi i umilkł. Dokończył potulniej: – Mogę tylko powiedzieć, że twoje źródła się mylą. Następny bilans wypadnie bardzo dobrze.

– A ty, Mirando? Jak twoja firma?

Spojrzenie Rubena przeszyło ją jak promienie rentgena. Zaczęła się wiercić na krześle.

– Niestety mieliśmy pecha. Część zamówień w ostatniej chwili wycofano, musieliśmy zrobić kilka rzeczy za darmo, żeby zdobyć klientów referencyjnych i...

Ruben powstrzymał ją gestem kościstej dłoni.

– Dziękuję ci, wystarczy. Myślę, że mam dostatecznie jasny obraz sytuacji. Innymi słowy nie zostało ci wiele z kapitału, który zainwestowałem.

– No właśnie, dziadku, chciałam z tobą o tym porozmawiać... – Patrzyła na niego przymilnie, kręcąc palcem kosmyk pięknych czarnych włosów.

– Dzieci są takie dzielne i tak ciężko pracują. W domu prawie ich nie widujemy, bez przerwy tylko praca i praca... – trajkotała Vivi, usiłując ratować sytuację. Nerwowo gmerała przy perłach.

Martin poczuł, że kęsy kiełbasy rosną mu w ustach. Atmosfera gęstniała. Poszukał spojrzenia Lisette. Tak jak pozostali członkowie rodziny w napięciu. Chciwie słuchała tej wymiany zdań.

– Lisette, masz jakieś plany? Podejmiesz jakąś pracę?

Lisette zamknęła usta. Dziadek tak nagle zwrócił uwagę na nią.

– Ja... ja... przecież ja się uczę – wyjąkała nerwowo i skurczyła się na krześle.

– Tak, wiem, że studiujesz – odparł sucho Ruben. – Płacę za twoje studia. Od ośmiu lat. Zastanawiam się, czy nie pora część wiedzy wykorzystać w praktyce – mówił podejrzanie łagodnie.

Lisette ze strachu spuściła wzrok i wymamrotała:

– Oczywiście, dziadku.

Ruben prychnął i spojrzał na synów.

– Słyszałem, że firma ma jakieś problemy.

Bystre oko Martina wychwyciło wymianę spojrzeń między Haraldem i Gustavem. Trwało to mgnienie oka, nie padło ani jedno słowo, ale zauważył i nienawiść, i strach.

– A co też tata słyszał? – spytał w końcu Harald, z wesołym, dość niemądrym uśmiechem. Prawdziwe uczucia zdradzały tylko jego rwące na strzępy serwetkę ręce. – Wszystko kręci się normalnie. Wiesz, *business as usual**. Jak za twoich czasów.

– Za moich czasów – parsknął Ruben. – Wiesz doskonale, że moje czasy były niecałe dwa lata temu. A ty mówisz tak, jakby minęło sto lat, odkąd stałem u steru. I gdybym nie nabawił się tego... – szukał właściwego słowa – tych problemów ze zdrowiem, nadal bym stał. Ale wciąż mam swoje źródła i doszły mnie bardzo niepokojące słuchy. – Pogroził palcem, wodząc wzrokiem od Haralda do Gustava.

Harald ponaglił Gustava spojrzeniem. Gustav chrząknął i zabrał głos:

– Jak powiedział Harald, wszystko jest w najlepszym porządku. Nie mam pojęcia, co mogłeś słyszeć...

---

* *Business as usual* (ang.) – pracujemy jak zwykle (wszystkie przypisy tłumaczki).

Ruben znów parsknął, a potem wybuchnął, pryskając śliną:

– Ale z was żałosna zgraja! Podczepiliście się pode mnie, żyjecie na mój koszt i wydaje wam się, że powinienem was karmić złotą łyżeczką. Wy musicie tylko otwierać dziobki! Wbrew własnym przekonaniom ciągle dawałem wam kolejne szanse, dokładałem coraz więcej do waszych przedsięwzięć. Wam – kiwnął głową w stronę synów – przekazałem prowadzenie firmy, bo bardzo chciałem, żeby została w rodzinie. A wyście mnie zawiedli! Wszystko, co wam dałem, zmarnotrawiliście, roztrwoniliście albo uszczupliliście. Więc teraz mówię: dość! – Grzmotnął ręką w stół, wszyscy drgnęli.

Instynkt podpowiadał Martinowi, że powinien uciekać. Robiło się co najmniej nieprzyjemnie. Z drugiej strony miał ten odruch, który mają wszyscy, kiedy przejeżdżają koło miejsca wypadku: nie mógł się powstrzymać, żeby nie spojrzeć.

– Żebyście wiedzieli, wszystkich was wydziedziczę! Testament został spisany, podpisany i poświadczony. Dostaniecie tylko tyle, ile musi wam przypaść zgodnie z prawem. W dniu, w którym wyciągnę nogi, kilka starannie przeze mnie wybranych organizacji dobroczynnych podziękuje swojej szczęśliwej gwieździe, bo to one dostaną całą resztę!

Wszyscy wpatrywali się w siedzącego na wózku inwalidzkim starca. Zastygli, jakby ktoś wcisnął stop-klatkę. Ciszę zakłócał jedynie syczący oddech Rubena i dzikie wycie wichury za oknem.

Po tym wybuchu Rubenowi najwyraźniej zachciało się pić. Trzęsącą się ręką podniósł do ust szklankę wody i chciwie wypił. Nikt się nie odezwał, nie poruszył. Ruben odstawił szklankę. Wyglądał, jakby powoli schodziło z niego całe powietrze, jak z dziurawego balonu. Lekkie drżenie twarzy było pierwszą oznaką, że coś jest nie tak. Potem przeszył ją skurcz, przeszedł z prawej strony na lewą. Później zaczęły się spazmy: objęły całe ciało, początkowo lekko, potem coraz gwałtowniej. Z jego krtani wydobył się gardłowy odgłos. Zareagowali dopiero wtedy, gdy zaczęło rzucać całym jego chudym ciałem.

– Dziadku! – krzyknęła Lisette, rzucając się w jego stronę.

Również Bernard zerwał się na równe nogi. Oboje stali niezdecydowani, nie wiedząc, co robić. Bernard próbował przytrzymać dziadka za chude ramiona, ale za bardzo się rzucał.

– On umiera! – krzyknęła Vivi i mocno pociągnęła za naszyjnik. Pękł i perły posypały się kaskadą po całej podłodze.

– Zróbcie coś w końcu! – wykrzyknęła Britten, rozglądając się bezradnie.

Martin ruszył naprzód, ale w chwili gdy dobiegł do Rubena, wszystko nagle się skończyło i jego głowa z głuchym odgłosem opadła na stojący przed nim talerz. Martin chwycił chudy nadgarstek. Palcem wskazującym i kciukiem sprawdził puls. Po chwili musiał powiedzieć:

– Nie żyje. Przykro mi.

Vivi wydała kolejny okrzyk, sięgnęła ręką do naszyjnika, którego już nie miała.

Z kuchni nadbiegli Börje i jego żona.

– Wezwijcie pogotowie. Ojciec dostał jakiegoś ataku. Musimy sprowadzić pomoc! – krzyknął do nich Harald.

Börje z ponurą miną pokręcił głową.

– Niestety, wichura chyba zerwała linie telefoniczne. Przed chwilą próbowałem dzwonić. Telefon nie działa.

– Obawiam się, że na niewiele by się to zdało – powiedział Martin, podnosząc się. – Jak już powiedziałem, on nie żyje.

– Co mu się stało? – Britten zaczęła szlochać. – Dostał zawału? Może udaru? Co to było?

Martin już miał wzruszyć ramionami na znak, że nie wie, gdy nagle poczuł unoszący się wokół zmarłego zapach... znajomy zapach... Pochylił się nad Rubenem. Jego głowa spoczywała na stole między śledziami a klopsikami. Powąchał jeszcze raz. Tak jest. Słaba, lecz wyraźna woń migdałów. Zapach, którego nie powinno tam być. Sięgnął po szklankę i wetknął w nią nos. Wyraźna woń gorzkich migdałów potwierdziła jego podejrzenia.

– Został zamordowany.

Miranda patrzyła na czubek głowy dziadka, serce waliło jej w piersi.

Kurczowo trzymała się blatu, nie mogła oderwać wzroku od nieruchomej postaci zmarłego. Wciąż była zła, że na nią napadł. Musiała się powstrzymywać, żeby go nie kopnąć w kostkę. Tak na nią naskoczyć! I to przy wszystkich. Nie tylko przy najbliższej rodzinie, także przed kuzynami, stryjem i ciotką. Patrzyli na nią jak wygłodniałe wilki, które tylko czekają, aż samiec alfa skończy jeść, żeby się rzucić na resztki.

Dlaczego nie dał jej więcej czasu? Kto jak kto, ale on powinien wiedzieć, że stworzenie firmy od podstaw wymaga czasu. Przecież dałoby się to zrobić. Miał tyle pieniędzy, że gdyby jej dał jeszcze parę milionów, nawet by tego nie zauważył. Dla niego byłby to drobny wydatek. Biedny Bernard. On też nie zasłużył na publiczne biczowanie. Natyrał się, naprawdę miał szansę osiągnąć sukces. Gdyby mu dał więcej czasu... I pieniędzy.

Boże! A jeśli on rzeczywiście zdążył zmienić testament? Poraziła ją ta myśl, nie mogła złapać tchu. Wbiła paznokcie w blat, łzy napłynęły jej do oczu. To straszne. A jeśli już zdążył spełnić tę groźbę? Może skontaktował się z adwokatem i jeszcze przed weekendem wprowadził zmiany? Chytry stary złodziej. Musiał tak zrobić, pomyślała. Najpierw z przyjemnością patrzył, jak mu nadskakują, jak się z nim cackają, a potem ich dobił.

Z zachowku, po odjęciu tego, co im dał wcześniej, zostaną okruchy. Może się nawet okazać, że mają długi. Ona już i tak tkwi w nich po same uszy! Poczuła, że robi jej się coraz bardziej duszno. Rzuciła zamordowanemu wściekłe spojrzenie. Nadal siedział na wózku.

Reszta wieczoru upłynęła jak we mgle. Po słowach Martina zapadła ogłuszająca cisza. Po chwili zamieniła się w istną kakofonię. Nikt nie chciał wierzyć w to, co powiedział. Spokojnie wyjaśnił, że migdałami pachnie cyjanek. To, co się działo z Rubenem, również wskazywało na to, że padł ofiarą tej niezwykle silnej trucizny.

Martin poprosił Börjego o papierową torebkę. Ostrożnie włożył do niej szklankę, żeby oddać do analizy resztkę zawartości. Był na siebie zły, że nie pomyślał o tym wcześniej i dotykał jej. Mógł zatrzeć odciski palców.

– Musimy się dostać na ląd – oznajmił Börjemu.

W myślach już układał plan: trzeba zwołać naradę pracowników komisariatu, przesłać materiał do laboratorium i dopilnować odtransportowania zwłok do zakładu medycyny sądowej. A potem przesłuchać świadków. Gdy tylko dostaną się na ląd, ruszy dochodzenie.

– To niemożliwe – odparł cicho Börje.

Wskazał palcem na okno i szalejącą za nim zamieć. Śnieg padał tak mocno, że zobaczyli białą ścianę.

– Jak to niemożliwe? – Martin się zdenerwował. – Musimy się stąd wydostać!

– Nie w taką pogodę. To niemożliwe. – Börje rozłożył ręce.

– Przecież to blisko. – Martin zdawał sobie sprawę, że w jego głosie słychać irytację, i pomyślał, że powinien się zmusić do zachowania spokoju. Ktoś, a on na pewno, musi go zachować.

– Börje ma rację – wtrąciła się jego żona. – Nie da się wypłynąć łódką. Wieje prosto na pomost, i to tak mocno, że to naprawdę niemożliwe. Musimy czekać, aż ucichnie.

– W takim razie musimy zadzwonić do stacji ratownictwa morskiego – stwierdził Martin.

– Przecież telefon nie działa, nie słyszałeś? – powiedział Bernard tonem, który wyraźnie dowodził, że uważa Martina za głupca.

– Są przecież komórki! – Martin wyszarpnął z kieszeni telefon. Mina mu zrzedła, gdy zobaczył, że nie ma zasięgu: na wyświetlaczu nie było ani jednej kreseczki. – Cholera jasna! – Miał ochotę cisnąć nim o ścianę.

– Mówiłem przecież – powiedział Bernard ze złośliwym uśmieszkiem.

Martin pomyślał, że chętnie by mu przyłożył.

– To znaczy, że tu utknęliśmy? – Miranda zaszlochała i uwiesiła się na ramieniu Mattego. Matte nie zwracał na nią uwagi, oczami pełnymi łez wpatrywał się w zmarłego.

Martin zdał sobie sprawę, że Matte jako jedyny członek rodziny uniknął poniżającego przesłuchania przy stole, a teraz jest jedynym, który okazuje żal. Jakby na potwierdzenie Matte podszedł do staruszka, z czułością podniósł jego głowę z talerza i delikatnie wytarł mu twarz serwetką. Wszyscy patrzyli na niego jak zahipnotyzowani, ale nikt się nie ruszył, żeby mu pomóc. Gdy twarz Rubena była czysta, Matte ostrożnie wyprostował go w wózku i poprawił mu koc na kolanach.

– Dziękuję, Matte... – powiedziała Britten, rzucając synowi pełne serdeczności spojrzenie.

– Powinniśmy go położyć w jakimś zimnym miejscu – powiedział Martin, nie patrząc na Mattego. – Skoro nie możemy się stąd wydostać, musimy koniecznie zabezpieczyć... dowody. – Pewnie wyraził się niezręcznie, ale tylko on mógł zadbać o zapewnienie warunków do prowadzenia dochodzenia i zminimalizowanie ewentualnych szkód. W tym domu jest morderca. Nie pozwoli mu uniknąć sprawiedliwości.

– Można go położyć w chłodni. – Börje podszedł, żeby mu pomóc.

– Dobrze – odparł krótko Martin. Ruben wciąż siedział na wózku, przewiezienie go nie było trudne. Sam mógł go wtoczyć do środka. – Czy drzwi można zamknąć na klucz? – spytał.

Börje skinął głową i wskazał na wiszącą przy drzwiach kłódkę.

– Nie chcemy, żeby goście podbierali nam polędwicę wołową – wyjaśnił z krzywym uśmieszkiem. Martin go nie odwzajemnił, więc grymas szybko znikł.

Zamknęli chłodnię i wrócili do jadalni. Wszyscy byli tam gdzie przedtem, jakby nie byli w stanie się ruszyć.

– Chodźmy do biblioteki – powiedział Martin, wskazując głową w stronę pokoju na drugim końcu korytarza. – Börje, znajdzie się jakiś koniak?

Właściciel pensjonatu skinął głową i poszedł po butelkę.

– Słuchaj... nie dałoby się rozpalić ognia w kominku? – Martin zwrócił się do jego żony. Szukał w pamięci jej imienia, ale Börje chyba go nie wymienił. Nazywał ją starą.

– Kerstin. Mam na imię Kerstin – powiedziała. – Tak, oczywiście, zaraz rozpalę.

I pobiegła. Martin spojrzał na członków rodziny Liljecrona. Nikt się nie poruszył.

– Idziemy. Proszę – powiedział stanowczo i ruszył przodem, licząc, że pójdą za nim.

Przeszli do biblioteki. Kerstin rozpalała ogień w kominku. W chwili gdy usiedli, pojawił się Börje z butelką. Wyjął z kredensu kieliszki i do każdego nalał solidną porcję.

– Czy to standardowa procedura? Pojenie świadków alkoholem? – spytał słabym głosem Gustav, po czym z wyraźną ulgą opróżnił kieliszek i podstawił go Martinowi jeszcze raz.

– Tego bym nie powiedział – odparł Martin z bladym uśmiechem. – Ale sytuacja nie jest standardowa. Spróbujemy, zobaczymy.

Zatęsknił za Patrikiem Hedströmem, kolegą z komisariatu. Pracowali razem w Tanumshede od niedawna, ale już myślał o nim z prawdziwym podziwem. Lepiej by się czuł, gdyby Patrik był tu z nim. On by wiedział, co robić. Trudno, jest, jak jest, musi radzić sobie sam. Nie zamierzał zawieść kolegi. W końcu wystarczy pójść po rozum do głowy, zdecydować, co koniecznie trzeba zrobić, i ułożyć plan.

– Nie możemy jechać do komisariatu, więc przesłucham was na miejscu. Wszystkich po kolei. Zakładam, że zechcecie współpracować, żeby wyjaśnić, co się stało. – Przesunął po nich wzrokiem, nikt nie zgłosił sprzeciwu. – W takim razie zaczynajmy. – Skinął na Haralda.

Jej trzymająca kieliszek ręka zadrżała. Z troską spojrzała na znikającą w drzwiach masywną postać męża. Martwiła się o niego, zastanawiała się, jak to zniesie. Wyglądał na silnego. Uosobienie spokoju. Ale ona wiedziała, że to złudzenie. Długie lata małżeństwa nauczyły ją, że ten potężny, hałaśliwy mężczyzna wciąż jest małym wystraszonym chłopcem. Winiła o to Rubena. Był za twardy, za dużo wymagał. Sądził, że jego synowie są ulepieni z tej samej gliny co on, ale żaden z nich nie był. Gustav wyglądał na słabeusza, którym był. Dlatego było mu łatwiej. Natomiast Harald wyglądał na silnego i nikt nie rozumiał, że w środku jest wrażliwy i delikatny. Myślała nawet, że Ruben w gruncie rzeczy o tym wiedział, ale wolał nie widzieć. I za to go znienawidziła.

Postawił Haralda przed wyzwaniem tak trudnym, że jego syn był z góry skazany na porażkę. A pomysł, żeby Gustav i Harald pracowali razem... był tak absurdalny, że gdy Ruben go przedstawił, zastanawiała się, czy jest przy zdrowych zmysłach. Ale synowie oczywiście chwycili przynętę. Z takim zapałem, że prawie wywiesili języki. Ślinili się na samą myśl o tym, że udowodnią ojcu, że się nadają, i za jednym zamachem powetują sobie wszystkie dotychczasowe niepowodzenia. Wreszcie, po latach, dostali szansę, zapracują na szacunek ojca. Może nawet na jego miłość. Ośmielili się tak pomyśleć. Nic z tego nie wyszło. Patrzyła, jak Harald wraca z pracy z coraz bardziej szarą twarzą, coraz bardziej zgarbiony. Zawału, który miał rok temu, się spodziewała. Dał jej nawet pewną nadzieję: Harald przeżył i może teraz jego ojciec zrozumie, że zadanie przerasta siły syna. Nic z tego. Ruben przysłał mu do szpitala naręcze kwiatów, po czym natychmiast spytał, kiedy będzie gotów wrócić do kieratu.

– Jak myślisz, co on powie? – wyszeptał Gustav do Britten. – Sądzisz, że on...

– Nie wiem – odparła opryskliwie. Złościło ją zachowanie szwagra. Od słuchania jego wykrętów i nieustannego utyskiwania dostawała gęsiej skórki.

– Mam nadzieję, że nie... – Znów ten jękliwy głos. Tym razem trochę za głośno. Po chwili powtórzył szeptem: – Mam nadzieję, że on nie...

– Przestań! – Nawet nie słowo, sam ton kazał mu przerwać w pół zdania. – Nieważne, co Harald powie, a czego nie powie. Granica została przekroczona. Niech już lepiej wszystko się wyda.

– Ale... – Gustav podjął jeszcze jedną próbę. Nerwowo wodził dookoła wzrokiem.

Britten miała dość. Odwróciła się od niego, stanęła twarzą do okna, do szalejącej za nim zamieci. Nie było już o czym rozmawiać.

– Jest pan starszym synem zmarłego, prawda?

– Tak. – Harald Liljecrona patrzył przed siebie pustym wzrokiem. Siedzieli w biurze Börjego i Kerstin, po przeciwnych stronach zawalonego papierami biurka. Martin mógł robić notatki – Kerstin dała mu czysty notes i długopis. Wolałby wprawdzie mieć jeszcze magnetofon, jak w komisariacie, ale musiał się zadowolić tym, co miał. – Tak, jestem jego starszym synem – powtórzył Harald i przeniósł spojrzenie na Martina.

– Pracuje pan w rodzinnej firmie, jeśli dobrze rozumiem?

Harald się roześmiał. Piskliwie, groteskowo jak na mężczyznę o tak imponującej posturze.

– Jeśli koncern o globalnym zasięgu, mający wielomiliardowe obroty, można nazwać firmą rodzinną, to tak, zgadza się.

– Jakie stanowisko zajmuje pan w firmie? – Martin przyglądał mu się uważnie.

– Jestem dyrektorem zarządzającym. Gustav jest dyrektorem finansowym.

– Jak wam się układa współpraca?

Znów ten dziwny śmiech.

– Cóż, jeśli o to chodzi, tata miał nie najlepszy pomysł. Powierzył nam obowiązki, które częściowo się pokrywały. Między mną a bratem nigdy się dobrze nie układało. Nie będę udawał, zresztą na pewno niejedno usłyszy pan od nich, zwłaszcza od Vivi. Ten jej ozór nic, tylko sączy truciznę... – Umilkł, ale po chwili zaczął mówić dalej: – Może tata miał nadzieję, że się do siebie zbliżymy, jeśli będziemy musieli razem pracować na co dzień. Niestety, było jeszcze gorzej.

– Czy gdy podczas obiadu pański ojciec zapytał o interesy firmy, miał na myśli coś konkretnego?

Harald już się nie śmiał.

– Nie mam pojęcia, o co mu chodziło. Między mną a Gustavem rzeczywiście nie jest najlepiej, czasem w biurze dochodzi do rzucania talerzami – dosłownie – ale naprawdę nie wiem, czego tata mógł się dowiedzieć, żeby wyciągnąć takie wnioski.

– Więc nie wie pan?

– Nie wiem – odparł Harald sztywno, wyraźnie dając do zrozumienia, że na to pytanie nie zamierza odpowiadać. Nawet gdyby umiał.

– Ma pan jakiś pomysł? Kto mógłby chcieć zamordować pańskiego ojca? – Martin trzymał długopis w gotowości, w napięciu czekał na odpowiedź.

– Sam pan słyszał, co się mówiło przy stole. Jak pan myśli, który z tych sępów nie życzył mu śmierci? – odparł Harald bez zastanowienia. Po chwili najwyraźniej pożałował tych słów. – Może aż tak źle nie było. Toczyliśmy w rodzinie różne spory, były potyczki, nie będę zaprzeczał, ale żeby się posunąć do morderstwa... Nie, nie mam pojęcia.

Martin zadał jeszcze kilka pytań. Donikąd go nie zaprowadziły, więc zakończył przesłuchanie.

Następną osobą, która zasiadła przed Martinem, była Miranda. Nie miał żadnego pomysłu na to, w jakiej kolejności mają wchodzić. Po prostu chciał przesłuchać wszystkich.

Siedząca po przeciwnej stronie biurka kobieta wydała mu się drobna i krucha. Czarne włosy, wcześniej rozpuszczone, związała w koński ogon. Ta prosta fryzura jeszcze bardziej uwydatniła jej piękne rysy.

– To po prostu straszne.

Trząsł jej się podbródek. Martin miał ochotę ją objąć, pocieszyć, powiedzieć, że wszystko będzie dobrze. Rozzłościł się, że reaguje tak nieprofesjonalnie.

– Tak, rzeczywiście – powiedział powoli, bębniąc długopisem o notatnik. – Jak sądzisz, kto mógł chcieć zabić twojego dziadka?

– Ja nic nie wiem, kompletnie nic – szlochała Miranda. – Zupełnie nie rozumiem, jak mogło do tego dojść! Jak można zrobić coś tak okropnego?

Martin się speszył. Sięgnął do stojącego na biurku pojemnika i podał jej chusteczkę. Płaczące kobiety zawsze wprawiały go w zakłopotanie. Chrząknął.

– Wygląda na to, że twój dziadek nie był szczególnie zadowolony z waszych przedsięwzięć biznesowych. – Sam zdawał sobie sprawę ze sztuczności tego sformułowania.

– Dziadek zawsze był bardzo hojny dla swoich dzieci i wnuków – odpowiedziała wśród szlochów. – Pożyczył mi pieniądze na uruchomienie firmy projektowej. Gdyby mi dał jeszcze trochę czasu... i jeszcze trochę pieniędzy, na pewno by mi się udało. Jestem tego pewna. Cały czas miałam okropnego pecha. Klienci nie do końca poznali się na moich projektach i... – Nie dokończyła, zaniosła się płaczem.

– Więc dziadek pożyczył ci pieniądze. Pieniądze się skończyły i zamierzałaś go poprosić o więcej, tak? Dobrze zrozumiałem?

Miranda przytaknęła.

– Tak. Potrzebowałam tylko trochę ponad milion. Wtedy miałabym dość czasu, żeby się wybić. Moda to trudna branża. Żeby odnieść sukces, trzeba odwagi i sporych inwestycji. – Kiwnęła głową, podbródek już jej nie drżał.

– Więc zamierzałaś poprosić dziadka o milion koron?

– Tak. – Znów ten ruch głową. – Dla niego to drobiazg. Masz pojęcie, ile ten staruch ma na koncie? – Przewróciła oczami, ale zorientowała się, co robi, i podbródek znów jej zadrżał.

– Ale nie zdążyłaś poprosić? – Martin z coraz mniejszym współczuciem patrzył na krokodyle łzy spływające po jej policzkach.

– Nie, skąd! – zapewniła, pochylając się nad biurkiem. – Chciałam to zrobić w święta, ale nie zdążyłam.

– A reszta rodziny?

– Co? O co ci chodzi?

– Do nich też miał różne zastrzeżenia. Myślisz, że ktoś z nich mógł zareagować gwałtowniej...

Miranda mu przerwała. Oczy świeciły jej się ze złości.

– Czy ty sobie wyobrażasz, że oskarżę własnych krewnych o morderstwo? Tak to sobie wymyśliłeś?

– Spytałem tylko, czy ktoś spośród nich mógł zareagować gwałtowniej niż pozostali.

– A to nie to samo? – spytała zimno Miranda.

Martin musiał jej przyznać rację. Nagle poczuł się bardzo znużony. Od kilku tygodni czuł się nieswojo w związku z tym zaproszeniem. Można powiedzieć, że rzeczywistość okazała się sto razy gorsza, niż przypuszczał. Spojrzał na zegarek, było po jedenastej.

– Myślę, że na tym na razie skończymy. Zrobiło się późno. Jutro ciąg dalszy.

Na twarzy Mirandy dostrzegł ulgę. Skinęła głową i wstała. Poszedł za nią do biblioteki. Atmosfera była tak gęsta, że miał wrażenie, że wchodzi w ścianę.

– Na dziś koniec przesłuchań. Wszyscy jesteśmy zmęczeni. Wydaje mi się, że jutro, wypoczęci, osiągniemy więcej.

Nikt się nie odezwał, ale wyraźnie im ulżyło.

– Chcesz kieliszek koniaku? – Lisette stanęła obok Martina i pytającym gestem dotknęła jego ramienia.

W pierwszej chwili chciał odmówić, właściwie był na służbie, ale ze zmęczenia, przygnieciony ciężarem odpowiedzialności kiwnął głową, a potem opadł na stojący najbliżej fotel. Za oknem śnieg nie przestawał padać. Jakaś gałąź biła w okno po drugiej stronie domu.

– Czy my naprawdę nie możemy się przeprawić na ląd? – Głos Vivi drżał. Gdy sięgała do szyi, na której już nie miała naszyjnika, trzęsła jej się ręka.

– Przecież słyszałaś, co mówili! Nie da się! – krzyknął Gustav, po czym powtórzył nieco ciszej: – To niemożliwe, Vivi. Zobaczymy jutro. Może wichura ucichnie i uda nam się jakoś przedostać.

– Nie liczyłbym na to – powiedział Harald. – Według prognozy sztorm potrwa do niedzieli. Będziemy musieli tu zostać.

– Ale ja nie mogę dwa dni siedzieć tu... z trupem! – powiedziała Vivi.

Teraz już wszyscy na nią spojrzeli.

– To co według ciebie mamy zrobić?! Przelecieć nad lodem do Fjällbacki?! – wrzasnął Harald.

Gustav wstał i objął żonę.

– Nie odzywaj się do Vivi w ten sposób. Widzisz, że jest w szoku... Jak my wszyscy...

Harald parsknął, ale nic nie powiedział. Wypił spory łyk koniaku.

Z fotela stojącego pod oknem dobiegł niewyraźny głos.

– Jak zwykle tylko się awanturujecie. Nikt nawet nie wspomni o dziadku. Dziadek umarł. Nie ma go!

Nie dociera to do was? Nikt się tym nie przejął. Chodzi wam tylko o to, żebyście mogli się dalej wykłócać. O gówna! I o pieniądze! Dziadek się za was wstydził, i ja go rozumiałem! – Matte pociągnął nosem i rękawem wytarł łzy.

– Posłuchajcie tylko – powiedział Bernard szyderczym tonem. Leniwie rozparty w rogu kanapy obracał w ręku kieliszek koniaku. – Pupilek dziadka się odezwał. Piesek pokojowy, zawsze gotów słuchać dziadkowych opowieści. I jeszcze udawałeś, że z entuzjazmem słuchasz tych bzdur o klubie Sherlocka Holmesa. I nie miałeś nic przeciwko braniu od niego pieniędzy.

– Bernardzie – powiedziała błagalnie Lisette, ale kuzyn nie zwracał na nią uwagi.

– Kiedy poszedłeś na studia, dostałeś od niego mieszkanie w mieście. Ile było warte? Trzy miliony? Cztery?

– O nic go nie prosiłem! – odparł Matte, rzucając Bernardowi gniewne spojrzenie. – W odróżnieniu od was nie latałem do niego po prośbie. Mieszkanie było własnością dziadka. Mieszkałem tam, dopóki studiowałem. Potem zgodnie z umową musiałem sobie radzić sam. Tak jak chciałem! Dziadek o tym wiedział!

Znów wytarł rękawem łzy i odwrócił się do okna, wyraźnie zawstydzony, że płacze.

– Matte, wszyscy wiemy, że byliście sobie bliscy. Wszystkim nam jest bardzo przykro. Tylko że... jak stryj Gustav powiedział... wszyscy jesteśmy w szoku. – Britten przysiadła na oparciu fotela Mattego i delikatnie pogładziła go po ramieniu. Nie odepchnął jej ręki, nadal siedział ze wzrokiem wbitym w ciemność.

– Może byśmy poszli spać, co? – zaproponował Harald, podnosząc się. – Zanim powiemy coś, czego jutro będziemy żałować.

Odpowiedział mu pomruk, wszyscy zaczęli się rozchodzić. Tylko Vivi się ociągała.

– Mamy pokój na piętrze – powiedziała Lisette, lekko ciągnąc Martina za rękaw. – Weź walizkę, moja już tam jest.

Zrobił, jak powiedziała. Wysokimi schodami wszedł za nią na górę. Łóżka okazały się bardzo wygodne, ale i tak długo nie mógł zasnąć. Długo leżał, wsłuchując się w głęboki oddech Lisette. Sztorm szalał coraz gwałtowniej. Martin był ciekaw, co przyniesie następny dzień.

Nabrała tego zwyczaju jeszcze jako młoda dziewczyna: gdy się zdenerwowała, sięgała ręką do pereł, które odziedziczyła po matce. W ciągu minionych lat często tak przy nich majstrowała. W młodości wiele razy słyszała, jak matka mówi: „Viveca jest taka nerwowa". W końcu stało się to samospełniającą się przepowiednią. Na początku myślała, że tak sobie tłumaczą jej wybuchy gniewu, normalne u dziecka, a potem nastolatki. Ale z czasem przylgnęło to do niej jak brudny osad. Skoro i tak traktowali ją jak nerwowo chorą, równie dobrze mogła się zachowywać zgodnie z ich oczekiwaniami. Bała się wszystkiego: zwykłych rzeczy, jak pająki, węże, efekt cieplarniany i wyścig zbrojeń na Bliskim Wschodzie, ale również mniej oczywistych, codziennych: ludzkich spojrzeń, ukrytych znaczeń słów wypowiadanych pod jej adresem, niedostrzegalnych przykrości i nieoczekiwanych ataków na siebie. W końcu groźny stał się cały świat. Ciągle łapała się na tym, że gmera przy perłach. Teraz ich nie ma. Setki perełek rozsypanych na podłodze w jadalni. Kerstin pocieszała ją, że na pewno wszystkie uda się zebrać miotłą. Potem odda się je do nawleczenia i naszyjnik będzie jak nowy. Pewnie tak, ale to już nie będzie to samo. Nowe nie może uchodzić za stare, a coś, co zostało zniszczone, nie będzie już całe.

Przez chwilę miała wrażenie, jakby znów dostrzegła oskarżycielskie spojrzenie Rubena. Zawsze – tak jej się wydawało – tak na nią patrzył. Oskarżycielskie i pełne pogardy dla jej słabości. Marzyła, żeby mieć choć setną część siły, która od niego aż biła. Nie mówiąc już o tym, że pragnęła, żeby Gustav miał choćby część tej siły. Tymczasem razem, we dwoje, byli jeszcze słabsi niż każde z osobna. Nigdy by sobie nie poradzili bez tego jednoczącego i spajającego ich zagrożenia – bez Rubena. Zdawała sobie z tego sprawę. Suchymi, niewidzącymi oczami wpatrywała się w dogasający na kominku ogień, czując, że katastrofa zbliża się nieuchronnie, jak rozpędzony pociąg. Stare tajemnice zaczęły wypływać na wierzch. Jak potwory.

Sztorm szalał również następnego dnia. Börje i Kerstin odważnie zabrali się do odśnieżania wejścia, ale śnieg padał tak obficie, że sięgał niemal do parapetów. Jeszcze jedna doba takich opadów, a zostaną całkiem odcięci od świata.

Podczas śniadania towarzystwo było wyraźnie wyciszone. Czuli się nieswojo, siadając do tego samego stołu co poprzedniego wieczoru, chociaż gdy gospodarze o to spytali, nikt nie zgłosił sprzeciwu. Również na śniadanie podano aż za wiele potraw. Gotowane jajka, trzy gatunki sera, szynka, salami, boczek i chleb prosto z pieca. Mimo to większość rodziny Liljecrona tylko grzebała widelcami w talerzach. Tylko Harald i Bernard sobie nie żałowali. Najwyraźniej to, że doszło do morderstwa, nie było w stanie odebrać im apetytu.

– Dobrze spaliście? – Britten spróbowała skłonić ich do rozmowy, ale tylko niektórzy odpowiedzieli mruknięciem. – Macie bardzo wygodne łóżka – powiedziała do Kerstin, która, obchodząc dookoła stół, nalewała kawę.

Kerstin z uśmiechem skinęła głową.

– Nie zmarzliście, mam nadzieję. Jakby co, proszę mówić, zaraz zorganizuję dodatkowe koce.

– Ależ nie trzeba, było doskonale. W sam raz.

Britten rozejrzała się, jakby chciała sprawdzić, czy ktoś nie chce czegoś dodać, ale wszyscy wpatrywali się w talerze.

Martin, czując, że nie zniesie tak gęstej atmosfery, oznajmił szorstko:

– Chciałbym zaraz po śniadaniu kontynuować przesłuchania. Panie Gustavie, może pan przyjść do biura za... – spojrzał na zegarek – dziesięć minut?

– Oczywiście – odparł Gustav, rzucając żonie wymowne spojrzenie. – Będę za dziesięć minut. Następny do golenia, prawda? – Roześmiał się, po chwili ten śmiech przeszedł w falset. Nikt się nie przyłączył.

– Dziękuję, było pyszne – powiedział Martin, wstając od stołu. Nie miał nic konkretnego do roboty i nie potrzebował tych dziesięciu minut, ale chciał przez chwilę być sam, żeby zebrać myśli.

Dziesięć minut później, co do sekundy, wszedł Gustav Liljecrona. Martina znów uderzyło, jak bardzo bracia są do siebie niepodobni. Harald był potężnym mężczyzną, miał szerokie bary, mocny głos i bujną czuprynę, natomiast Gustav był niski, szczupły, miał ledwo zarysowane barki, a na głowie blade wspomnienie włosów.

– A więc jestem – powiedział, siadając.

Martin nie odpowiedział. Od razu przystąpił do zadawania pytań.

– Jak się panu układało z ojcem?

Gustav drgnął. Wyglądało to tak, jakby nie wiedział, gdzie podziać oczy. W końcu wpatrzył się w blat biurka i przeciągając słowa, odparł:

– Tak... nie, co by tu powiedzieć? Pewnie tak jak w większości rodzin. Innymi słowy było to trochę skomplikowane.

Zaśmiał się nerwowo.

– Trochę? – Martin kartkował notes, szukał notatek z przesłuchania Haralda. – O ile zdążyłem się zorientować, wasze stosunki z ojcem, zarówno pana, jak i brata, były bardzo skomplikowane. Wydaje się, że pańskie relacje z bratem też nie należały do łatwych.

Gustavowi znów wymknął się nerwowy śmieszek. Nadal nie patrzył Martinowi w oczy. Nie odrywał wzroku od blatu biurka.

– No cóż, stosunki rodzinne nie zawsze są łatwe. A ojciec miał wobec nas wielkie oczekiwania. To właściwie mało powiedziane.

– Pomysł, żeby panu i pańskiemu bratu powierzyć kierownicze stanowiska w firmie, miał, zdaje się, służyć temu, żebyście się do siebie zbliżyli, prawda?

Gustav tylko prychnął.

– Zdaje się, że to się nie do końca udało – nalegał Martin.

– Istotnie.

Gustav nie miał wielkiej ochoty o tym rozmawiać, ale Martina to nie powstrzymało.

– A sprawa, o której pański ojciec wspomniał podczas kolacji... dotycząca firmy. O co mu chodziło?

Gustav zaczął się wiercić na krześle.

– Nie mam pojęcia – odparł po chwili.

Odpowiedział tak samo jak brat, ale Martin nie uwierzył ani jednemu, ani drugiemu.

– Przecież musiało mu chodzić o coś konkretnego. Poza tym w ostatnich słowach zapowiedział ni mniej, ni więcej, tylko że was wydziedziczy. Wyraził się dość dosadnie.

– Moim zdaniem to było tylko takie gadanie. – Gustav prychnął. Nerwowo skubał rękaw marynarki. – Co jakiś czas nam tak groził. Jakby chciał pokazać, kto tu rządzi. Wtedy czuł, że nadal ma władzę. Ale wcale nie miał takiego zamiaru.

– Odniosłem zupełnie inne wrażenie – powiedział Martin.

– Może, ale pan nie zna naszej rodziny – burknął Gustav, pociągając nieco mocniej za marynarkę. Ale wyglądał na zaniepokojonego.

Martin nie dał się sprowokować.

– Racja – odparł spokojnie. – Mam jednak nadzieję, że gdy przesłucham wszystkich członków rodziny, będę znacznie mądrzejszy.

Wypytywał go jeszcze pół godziny, ale nie dowiedział się niczego ważnego. Gustav nie wyobrażał sobie, żeby jego ojca mógł zabić ktoś z rodziny. Nie zauważył również poprzedniego dnia nic podejrzanego. Stwierdził, że zupełnie nie ma pojęcia, o co chodziło ojcu, gdy mówił o firmie.

W końcu przerwało im delikatne pukanie. Weszła Kerstin.

– Przepraszam, że przeszkadzam. Chciałam tylko powiedzieć, że nakryłam do kawy w bibliotece, więc jak skończycie...

Martin westchnął.

– Chyba możemy już kończyć. Ale jeszcze do tego wrócimy. Później. – Wcale nie chciał, żeby to zabrzmiało jak groźba, raczej jak informacja, ale Gustav drgnął. Z wyraźną ulgą podniósł się i pośpiesznie opuścił pokój.

Martin denerwował się coraz bardziej. Nie miał pewności, czy podoła zadaniu. Żałował, że nie może liczyć na Patrika. Trudno, jest, jak jest. Trzeba się z tym pogodzić i zrobić, co się da. Gdy tylko uda się odzyskać łączność z cywilizacją, dostanie niezbędne wsparcie. Oby tylko utrzymał pozycje. Potem wszystko się ułoży.

Zbliżał się do biblioteki, gdy dobiegły go wzburzone głosy. Wszedł i zobaczył Gustava i Haralda. Stali naprzeciwko siebie. Obaj czerwoni ze złości, plując śliną, wrzeszczeli na siebie.

– Zawsze byłeś cholernie zarozumiały! Myślisz, że jesteś najmądrzejszy!

Gustav pogroził starszemu bratu pięścią.

– Jeśli jestem zarozumiały, to dlatego, że jestem lepszy od ciebie pod każdym względem! Czy tobie się cokolwiek udało? Co? No powiedz!

Kiedy Martin zobaczył czerwoną twarz Haralda, przestraszył się, że na jego oczach dostanie zawału. Britten musiała pomyśleć to samo, bo stojąc za mężem, próbowała go uspokoić. Ciągnęła go za ramię i prosiła, żeby przestał.

– A tobie niby wszystko się udaje, prawda? Już ja wiem, dlaczego wiosną wycofali się amerykańscy dostawcy. Bo zachowałeś się nieprofesjonalnie, okazałeś się niesłowny. Udało ci się nawet obrazić ich dyrektora naczelnego. Przez ciebie straciliśmy kontrakt, który mógł w przyszłym roku wygenerować do dziesięciu procent obrotów!

Harald rzucił się do przodu, ale Gustav zrobił zręczny unik. Britten jeszcze mocniej pociągnęła męża za ramię.

– Haraldzie, proszę cię, przestań. Nie trzeba! W końcu jesteście braćmi. Pamiętaj o swoim ciśnieniu...

Ale mąż jej nie słuchał.

– Ja przynajmniej nie sprzeniewierzyłem pieniędzy... – syknął Harald. Zwrócił się do Martina: – O tym pan nie wiedział. Kochany braciszek przez rok podbierał pieniądze z firmowych kont. Brakuje przeszło pięciu milionów. Księgowi właśnie to odkryli i na pewno o to tacie chodziło podczas obiadu. Więc jeśli musi pan mieć jakiś motyw, proszę bardzo, jest. Pięć milionów, jeśli chodzi o ścisłość. – Harald triumfalnym gestem wskazał na brata.

Gustav zbladł, zrobił się niemal przezroczysty.

– Ha! Mowę ci odjęło, co?! – Harald odepchnął rękę Britten i skrzyżował ramiona na piersi. Wyglądał jak kot, który właśnie połknął tłuściutkiego kanarka.

– To... To była tylko pożyczka... – wyjąkał Gustav. – Miałem zamiar zwrócić te pieniądze. Słowo honoru. Co do grosza. Pożyczyłem je, bo... ja tylko... – Jąkając się, odwrócił się w stronę żony. Cały czas stała za mężem.

Vivi, równie blada jak jej mąż, wytrzeszczyła na niego oczy.

– Gustavie... – Znów ta ręka przy szyi. – Co... co Harald chce przez to powiedzieć? Pięć milionów? Gustavie...

Gustav z rozpaczą wyciągnął do żony rękę. Vivi szybko cofnęła się o krok, żeby uniknąć jego dotyku.

– Kochanie... ja... – Spojrzał w okno, jakby szukał drogi ucieczki, ale zamieć szalała tak samo jak wcześniej, skutecznie ją odcinając.

Gustav opadł na fotel i ukrył twarz w dłoniach. Zapadła absolutna cisza, wszyscy na niego patrzyli. Vivi z niedowierzaniem, Harald z triumfem, Bernard z wyraźnym rozbawieniem, Britten ze współczuciem.

– Co zrobiłeś z tymi pieniędzmi? – Vivi odezwała się pierwsza. Głos jej drżał. Nie doczekała się odpowiedzi, więc powtórzyła: – Gustavie, coś ty zrobił z tymi pieniędzmi?

Gustav najpierw westchnął, a potem powoli odpowiedział:

– Ja je... przegrałem.

Vivi odebrało mowę. Bernard się roześmiał, Martin zobaczył, jak Miranda wymierza bratu kuksańca i syczy:

– Opanuj się!

– Przegrałeś... pieniądze... – Vivi powoli potrząsnęła głową, jakby to do niej nie docierało. – W co grałeś?

Gustav z twarzą ukrytą w dłoniach wymamrotał:

– Na wyścigach, w pokera w sieci... spytaj lepiej, w co nie grałem. We wszystko, co mi dawało prawdziwego kopa. Z początu wygrywałem. Dużo. Potem zacząłem przegrywać. Pomyślałem, że jeśli jeszcze trochę pogram, wszystko odzyskam. I zwrócę pieniądze firmie.

– Ty ofiaro – powiedział z niesmakiem Harald.

Gustav gwałtownie podniósł głowę i spojrzał na brata z nienawiścią.

– A ty nie bądź z siebie taki zadowolony! Jesteś totalnym nieudacznikiem, tata miał cię zwolnić! Dobrze o tym wiesz! I co byś wtedy zrobił, co? Ani posady, ani pieniędzy ojca. Nie miałbyś nic. Całe życie tylko żerowałeś na ojcu. Sam nigdy byś sobie nie dał rady. Więc jeśli już mowa o motywach, miałeś równie dobry! – Gustav powiedział to, patrząc na Martina, a potem wstał i wybiegł z biblioteki.

Zapadła cisza. Po chwili Bernard powiedział wesoło:

– Koniec części rozrywkowej. Może napijemy się kawy?

Nie mógł się nadziwić tej skłonności do autodestrukcji. Ani temu, że jego stary potrafił zdefraudować pięć milionów. I jeszcze je przegrać! Nigdy by nie przypuszczał, że to możliwe. Zarechotał pod nosem i sięgnął po drożdżówkę z cynamonem. Właściwie powinien mu współczuć, ale nie bardzo potrafił. Często się dziwił, że on, człowiek silny i zdecydowany, wywodzi się od tak żałosnych postaci. Niewątpliwie ciekawy przyczynek do dyskusji o roli genów i środowiska.

Przysiadł się do stolika, przy którym samotnie siedziała jego siostra. Miranda niemrawo mieszała łyżeczką w filiżance.

– Może masz ochotę na kawałek ciasta? – zaproponował, wskazując na uginający się pod wypiekami stół.

– Nie, odchudzam się – odparła z roztargnieniem. Wyglądało to na odruchową odpowiedź odnoszącą się raczej do jej codzienności niż obecnego stanu ducha.

– Żałuj. – Bernard zatopił zęby w drożdżówce.

– Nie rozumiem, jak możesz jeść tyle słodyczy i nie tyć – powiedziała Miranda, patrząc na niego z niesmakiem.

– Dobre geny – odpowiedział Bernard, szczerząc zęby i poklepując się po płaskim brzuchu.

– Tak, wyciągnąłeś los z główną wygraną – stwierdziła kwaśno. – Przypadły ci dobre geny i mamy, i ojca, a mnie... cholera wie co. – Roześmiała się.

– W takim razie to jedyna dobra rzecz, jaką po nich odziedziczyłem – zauważył Bernard z krzywym uśmiechem.

– Rzeczywiście – westchnęła.

Nie po raz pierwszy o tym rozmawiali. Oboje uważali, że nie mają z rodzicami zbyt wiele wspólnego.

– Co o tym wszystkim sądzisz? – Bernard odgryzł kolejny kęs drożdżówki.

– Czy ja wiem... – Miranda znowu westchnęła.

– Myślisz to samo co ja? – wyszeptał.

– Że zdążył zmienić testament? – odpowiedziała szeptem. – Owszem, przyszło mi to do głowy... Przecież sam tak powiedział.

– Nie ma co panikować. Zawsze da się go obalić. Znajdziemy świadków, którzy potwierdzą, że pod koniec życia cierpiał na demencję.

– Hm... – mruknęła, ale widać było, że ma wątpliwości. Nagle przestała mieszać w filiżance. – Jak myślisz, kto go zamordował? – wyszeptała, rozglądając się po pokoju.

– Nie mam pojęcia – odparł Bernard. – Nie mam bladego pojęcia – dodał, wsuwając do ust ostatni kęs drożdżówki.

Martin zjadł za dużo ciasta i poczuł, że ogarnia go obezwładniające zmęczenie. Właściwie powinien przeszukać pokój Rubena. Może znalazłby coś, co by popchnęło dochodzenie. Postanowił jednak na chwilę się położyć i odpocząć. Potrzebował czasu, żeby wszystko przemyśleć. Jak na złość Lisette postanowiła mu towarzyszyć i zamiast odpocząć w ciszy, musiał słuchać jej paplaniny.

– To straszne, że stryj Gustav przywłaszczył sobie pieniądze dziadka. W dodatku mówił takie okropne rzeczy o tacie... Na samą myśl... że tata miałby... Biedny tata. Cóż, przyznam, że nigdy nie przepadałam za stryjem Gustavem. Ani za ciotką Vivi...

Martin westchnął w duchu. Radosna gadatliwość Lisette, która na początku wydawała mu się bardzo pociągająca, teraz zupełnie przestała na niego działać. Coraz wyraźniej zdawał sobie sprawę, że to był zwykły wakacyjny romans i że tak powinno zostać. Że też ciągle wybiera niewłaściwe dziewczyny! Czasem wątpił, czy kiedykolwiek znajdzie taką, z którą będzie chciał iść przez życie. Na razie nie wyglądało to zbyt obiecująco. Z drugiej strony, pomyślał, nie jest jeszcze stary, ma czas. Ale najpierw trzeba się wyplątać z tej pomyłki.

– Zupełnie nie rozumiem, jak Gustav może być ojcem Bernarda. On jest taki przystojny – ciągnęła Lisette. – Z drugiej strony Vivi w młodości była całkiem ładna, widziałam zdjęcia. Więc to pewnie po niej. A Miranda jest naprawdę piękna, prawda?

Martin usłyszał w jej tonie, że za chwilę wkroczy na pole minowe. Wolał nie odpowiadać. Chrapnął, licząc na to, że Lisette się nabierze. Dzięki Bogu. Chyba podziałało, bo nie powtórzyła pytania.

Po chwili zasnął naprawdę.

Martin obudził się, gwałtownie usiadł i zdał sobie sprawę, że przespał całą godzinę. Zaklął i odrzucił kołdrę. Miejsce obok było puste i chłodne. Lisette musiała wstać dobrą chwilę wcześniej. Ze złością przeciągnął dłonią po włosach i wyszedł na korytarz. Kątem oka zarejestrował ruch dwóch cieni. Szybko zniknęły za rogiem. Pobiegł za nimi, ale gdy dotarł do schodów, już ich nie było. Ciekaw był, komu i dlaczego tak bardzo zależało na uniknięciu spotkania z nim.

Lekko zaspany zszedł na dół i ruszył do biblioteki. Słyszał, że ktoś tam rozmawia. Zamieć raczej się nasiliła, niż osłabła. Wszyscy mieli poczucie, że zostali uwięzieni. Stres sprawił, że mieli poszarzałe twarze i napięte rysy. Martin rozejrzał się podejrzliwie. Kto z rodziny tak bardzo chciał uniknąć spotkania z nim na piętrze? Nie zauważył, żeby ktoś był zaniepokojony czy choćby zasapany.

– O, wreszcie się obudziliśmy! – zagrzmiał Harald. – Cieszę się, że pieniądze z moich podatków są wydawane jak należy. Władza śpi, a morderca chodzi wolno. – Zarechotał. I natychmiast dostał mocnego kuksańca od Britten, która uznała ten żart za niesmaczny.

– Chciałbym wrócić do przesłuchań. – Zabrzmiało to opryskliwie, sam to słyszał, więc dodał łagodniej: – Bernardzie, bądź tak uprzejmy...

Bernardowi nie chciało się odpowiadać. Uniósł nonszalancko jedną brew, odstawił kieliszek i ruszył za Martinem.

– Byłeś przed chwilą na piętrze? – spytał Martin, obserwując uważnie mężczyznę siedzącego po drugiej stronie biurka.

– Na piętrze? Nie, byłem na dole, w bibliotece. Chyba widziałeś? – odparł Bernard i we właściwy sobie irytujący sposób założył nogę na nogę.

Martin nie wiedział, czy mu wierzyć.

– A może widziałeś, jak ktoś schodził na dół?

– Hmm... nie. Wszyscy byli w bibliotece. Ale myślałem, że będziemy rozmawiać o wczorajszym wieczorze. Kto zabił kochanego dziadka Rubena, który teraz spoczywa w chłodni... a nie o tym, kto przed chwilą biegał po piętrze.

– Chętnie porozmawiam o wczorajszym wieczorze. Twój dziadek powiedział ci wczoraj przy stole kilka przykrych słów. O co mu chodziło? Jakie źródła miał na myśli i czego mógł się z nich dowiedzieć o firmie, której, zdaje się, jesteś współwłaścicielem?

Bernard zdjął ze starannie wyprasowanych spodni niewidoczne nitki. Dopiero potem spojrzał Martinowi prosto w oczy. W kącikach jego ust igrał uśmieszek. Od całej jego postaci biło lekceważenie i, jak się Martinowi wydawało, poczucie wyższości.

– Jak zapewne również wtedy słyszałeś, nie mam pojęcia, o czym mówił. Moja firma ma się doskonale, właśnie wchodzimy na giełdę. A jeśli chodzi o źródła dziadka... Powiem tak: stary już dawno wypadł z gry. Jego źródła to ludzie, którym też już nie jest dane uczestniczyć w zabawie, więc fundują sobie rozrywkę, rozsiewając złośliwe plotki.

– Nie odniosłem wrażenia, żeby twój dziadek wypadł z gry. Wprost przeciwnie.

Bernard prychnął i zanim odpowiedział, zdjął ze spodni kolejną niewidzialną nitkę.

– Dziadek powierzył mojemu ojcu i stryjowi najważniejsze stanowiska w firmie. Uważasz, że z biznesowego punktu widzenia to była dobra decyzja? Racjonalna?

Martin zrozumiał, co Bernard ma na myśli. Może Ruben rzeczywiście już nie wiedział, co mówi?

– Wydaje mi się, że wasza rodzina miała pewien zwyczaj: biegaliście do dziadka po rozmaite... zastrzyki finansowe... Czy ty również w ten sposób korzystałeś z rodzinnej kasy?

– A jeśli nawet, to co z tego? I tak prędzej czy później mieliśmy odziedziczyć te pieniądze. Chyba lepiej, żeby stary pomagał nam za życia, żebyśmy mieli za co mu dziękować. No i był świadkiem naszych sukcesów...

– Ile? – spytał zimno Martin.

– Ile czego? – Bernard udał, że nie rozumie.

– Ile udało ci się od niego wydębić, żeby zainwestować w firmę?

Bernard się zmieszał, chwilę milczał.

– Dwadzieścia milionów.

– Dwadzieścia milionów? – powtórzył Martin z niedowierzaniem. Na samą myśl o tej sumie zakręciło mu się w głowie.

– Przecież zwróciłbym mu z nawiązką. Zaraz po wejściu na giełdę.

– No to na czym polegał problem? Odniosłem wrażenie, że twój dziadek obawiał się o swoje pieniądze.

– Mówiłem już, nie wiem, o co mu chodziło! Za parę tygodni będziemy notowani na giełdzie. Dostałby z powrotem zarówno te dwadzieścia milionów, jak i dodatkowy, pokaźny worek pieniędzy! – Udawane opanowanie zniknęło. Bernard przeciągnął ręką po ulizanych włosach.

– A jeśli po powrocie do cywilizacji poproszę wydział przestępczości gospodarczej o sprawdzenie twojej firmy, czy nie okaże się, że są jakieś nieprawidłowości?

Znów ręka na tłustych włosach. Martin z satysfakcją zauważył jego rozbiegane spojrzenie.

– Ile razy mam powtarzać? Nie mam pojęcia, o czym dziadek mówił – wycedził przez zęby.

– Więc mówisz, że nie miałeś powodu go mordować. A pozostali? Czy jest w rodzinie ktoś, kto mógł to zrobić?

Bernard odzyskał całą pewność siebie. Odpowiedział właściwie tak samo jak jego siostra.

– Naprawdę myślisz, że bym ci powiedział?

Martin wiedział, że w tej chwili nie dowie się od niego niczego więcej.

– Okej, na tym skończymy. Na razie. Możesz poprosić Mattiasa?

– Nikt tak Mattego nie nazywa. Dobrze, zawołam mojego drogiego kuzyna.

Bernard wyszedł z ociąganiem. Martin spojrzał za nim z rozdrażnieniem. Facet miał w sobie coś strasznie irytującego.

– Wzywałeś mnie.

Matte taktownie zatrzymał się w drzwiach. Miał zaczerwienione oczy. Martin domyślił się, że od poprzedniego wieczoru wylał mnóstwo łez.

– Wejdź, proszę – powiedział serdecznym tonem, wskazując krzesło po drugiej stronie biurka.

– Cholernie udane to twoje pierwsze spotkanie z naszą rodziną – powiedział Matte z bladym uśmiechem.

– Rzeczywiście, nadzwyczajnie, nie do powtórzenia. – Martin się roześmiał, ale natychmiast spoważniał. – Jak się czujesz?

Matte pokręcił głową.

– Nie mogę uwierzyć, że dziadka już nie ma... Ani zrozumieć, jak oni mogą być tacy... obojętni...

– Rozumiem – odparł Martin. – Z całej rodziny tylko ciebie widziałem płaczącego po dziadku. Domyślam się, że byliście bardzo zżyci.

– Mieliśmy pewien zwyczaj: w każdy piątek po południu przychodziłem do niego na herbatę. Rozmawialiśmy o wszystkim. Był jednym z najmądrzejszych ludzi, jakich w życiu spotkałem. Był bardzo oczytany i miał szerokie horyzonty. To wielkie szczęście, że był częścią mojego życia.

– Nie wydaje mi się, żeby reszta rodziny też tak myślała.

Matte prychnął.

– Oni na myśl o dziadku widzieli symbol dolara. Nawet mój ojciec. Myśleli tylko o tym, jak od niego wyrwać jak najwięcej pieniędzy. Nikt nie był ciekaw, jaki był naprawdę.

– Więc to mieszkanie, o którym wspomniał Bernard...

Matte westchnął.

– Miałem z dziadkiem umowę, że podczas studiów będę mieszkał w jednym z jego mieszkań. Nie przepisał go na mnie, wynajmowałem je od niego.

Po chwili milczenia Martin cicho spytał:

– Domyślasz się, kto mógł to zrobić?

Matte zwlekał, a potem potrząsnął głową.

– Nie... nie mam pojęcia.

Ale chyba chciał powiedzieć coś jeszcze, więc Martin spytał:

– Na pewno? Nie masz żadnego pomysłu?

– Żadnego – odparł Matte bardziej zdecydowanie. – Wszyscy na nim żerowali, ale od tego do morderstwa... Nie, nie potrafię sobie wyobrazić, że ktoś z nich mógłby to zrobić.

Martin przyjrzał mu się uważnie.

– Na razie nie mam więcej pytań.

– Nie masz pytań? – zdziwił się Matte. – Przecież jest tyle do wyjaśnienia...

– Tak. Żeby dotrzeć do sedna, będę wam musiał zadać jeszcze sporo pytań. Ale teraz chcę przede wszystkim wyrobić sobie ogólny pogląd na sytuację. Wrócimy jeszcze do tej rozmowy.

Matte wstał, ale nie wyszedł z pokoju. Zatrzymał się w drzwiach i przez chwilę wydawało się, że chce coś powiedzieć. Martin spokojnie czekał. Ale Matte odwrócił się i wyszedł.

Martin zastanawiał się, o co powinien go spytać.

Matte wyszedł na miękkich nogach. W spojrzeniu rudowłosego policjanta było coś, co sprawiło, że poczuł się nagi, przejrzany na wylot. Jego oszustwo zostało rozszyfrowane. W brzuchu odezwały się dobrze znane objawy napadu paniki. Zaczynało się od cichego pomruku. Wiedział, że jeśli tego nie powstrzyma, pomruk osiągnie moc nawałnicy. Kiedy był młodszy, nie miał wyboru i dawał się ponieść fali. W końcu niemal go dusiła. Teraz już umiał sobie z nią radzić. Dysponował odpowiednimi narzędziami, jak by powiedział psycholog. Zrobił parę kroków, doszedł do ściany, osunął się po niej na podłogę, usiadł, oparł czoło o kolana i zamknął oczy. Pozostało mu tylko skupić się na tym punkcie w środku czerni. Siłą woli sprawić, żeby się rozrósł, odzyskał władzę nad oddechem. Wdech, wydech. Spokojny oddech. I jeszcze jeden. I następny, aż do chwili, gdy minie zagrożenie, że oddech przejdzie w zadyszkę.

Ciemność pod powiekami uspokajała. Dziś w dodatku znalazł w niej towarzystwo. W samym centrum rozrastającego się punktu ujrzał dziadka. Pomachał do niego i mrugnął porozumiewawczo: że wszystko w porządku. Wszystko jest jak trzeba.

Jeszcze chwila i mógł wstać. Atak minął.

– Jak sądzisz, kiedy będziemy mogli wyjechać? – spytała Vivi z trzęsącym się podbródkiem.

– Już mówiłem, dopiero gdy wichura ucichnie. – Martin zdawał sobie sprawę, że w jego głosie słychać zniecierpliwienie. Naprawdę tak trudno to zrozumieć? Nie uda im się teraz przedostać na stały ląd. Po chwili odezwały się wyrzuty sumienia. Siedząca przed nim kobieta wydawała się na skraju załamania. Nie ma sensu zachowywać się niemiło i pogarszać sytuację.

– Zobaczy pani, wkrótce pogoda się poprawi – powiedział serdecznym tonem, podając jej chusteczkę. Przyjęła ją z wdzięcznością. – Domyślam się, że dla pani, dla was wszystkich, to bardzo trudne.

– Oj tak. – Vivi zaszlochała i wytarła chusteczką kąciki oczu. – Za dużo jak dla mnie. Widzisz, ja jestem nadwrażliwa.

Martin ze współczuciem pokiwał głową.

– Obiecuję, że będę delikatny. Ale musimy to wyjaśnić.

– Tak, rozumiem. – Znów zaszlochała i ostrożnie wytarła oczy. Chusteczka poczerniała od tuszu do rzęs.

– Co pani wie o... – Martin szukał właściwego słowa – ...poczynaniach męża?

Vivi rozszlochała się na dobre. Znów musiała sięgnąć po chusteczkę, która zdecydowanie nie była już biała. Jej ręka powędrowała do szyi.

– Nic. Kompletnie nic... Jak on mógł... – Głos jej się załamał, dała sobie spokój z ratowaniem makijażu. Na jej policzkach pojawiły się pionowe czarne linie. – Naprawdę nie miałam pojęcia. – Spoczywającymi na kolanach dłońmi mocno ścisnęła chusteczkę.

Martin patrzył na nią badawczo. Był skłonny jej wierzyć. Zostawił to i przeszedł do innych pytań.

– Jak układały się pani stosunki z teściem?

Przestała szlochać i przełknęła ślinę.

– My... Trudno powiedzieć, właściwie niewiele mieliśmy do czynienia ze sobą. Ruben nie był o mnie zbyt dobrego zdania i najczęściej mnie ignorował. Zresztą zawsze się przy nim denerwowałam.

– Denerwowała się pani? – zdziwił się Martin.

– No tak, cieszył się niezwykłym autorytetem. Gustav chciał mu się przypodobać i okropnie się stresował. Pewnie mi się to udzielało, więc... tak, denerwowałam się, to właściwe słowo.

– Czy ma pani jakiś pomysł? Kto mógł mieć powód, żeby pozbawić życia pani teścia?

Ręka Vivi znów powędrowała do szyi.

– Ależ skąd, zupełnie nie mogę sobie tego wyobrazić. To niepojęte. Absolutnie niepojęte!

– Nie aż tak bardzo, ktoś go jednak zamordował – zauważył uprzejmie Martin, przekrzywiając głowę.

Vivi poruszyła się niespokojnie. Albo nie chciała, albo nie potrafiła odpowiedzieć na to pytanie.

Martin nabrał powietrza. Chciał pytać dalej, ale przeszkodził mu jakiś hałas z korytarza. Oboje spojrzeli na drzwi. Z biblioteki dochodziły odgłosy wzburzonej wymiany zdań i przesuwania mebli. Martin zerwał się na nogi. W kilka sekund znalazł się w bibliotece. Zobaczył Mattego i Bernarda. Stali naprzeciwko siebie. Matte wyraźnie miał przewagę. Przyparł Bernarda do ściany. Chwycił go za koszulę i trzymając w żelaznym uścisku, krzyczał mu prosto w twarz. Pryskał na nią śliną. Bernard nie odważył się podnieść rąk, żeby otrzeć twarz.

– Zamknij się, skurwielu! Słyszysz?! Stul pysk! – Matte był blady z wściekłości i z każdym słowem coraz mocniej dociskał Bernarda do ściany. Stojąca obok choinka zachwiała się niepokojąco.

– Bernard nie chciał... – Gustav stał i bezradnie wodził wzrokiem od syna do bratanka.

– Gustavie, co tu się dzieje? – spytała Vivi, która przybiegła za Martinem.

– Twój syn zaczął oskarżać mojego syna – lodowatym tonem odpowiedziała Britten. Po czym, zwracając się do Mattego, powiedziała miękko: – Kochanie, daj spokój. Puść Bernarda. Nie zwracaj uwagi na to, co on mówi. Przecież wiesz, że to idiota.

– Jak ty się wyrażasz o moim synu! – Gustav nadął się, spojrzał na Britten wyzywająco.

– Słyszałeś. Kompletny idiota, to żadna tajemnica!

– I kto to mówi! To twój syn jest psychiczny! Gdyby nie Ruben, nadal by tam siedział! Teraz widać, że powinien!

Gustav i Britten stali naprzeciwko siebie jak dwoje wojowników. Matte nadal mocno trzymał Bernarda, jakby w ogóle nie zauważał, co się wokół niego dzieje. Pozostali stali jak skamieniali.

Martin uzmysłowił sobie, że powinien coś zrobić.

– Spokój! – krzyknął.

Podszedł do Mattego i odciągnął go od Bernarda. Poszło zadziwiająco łatwo. Wystarczyło, że chwycił go za ramię. Z Mattego zeszło powietrze, osunął się na stojący obok fotel.

Bernard się nie ruszył, pocierał pierś. Miał pogniecioną koszulę, zanosiło się na porządnego siniaka. Martin nie wiedział, o co poszło, ale czuł, że Bernard dostał za swoje.

– Proszę się uspokoić – powiedział.

– Powinno się go zamknąć! Czubek cholerny! – syknął Bernard, patrząc na Mattego złym wzrokiem.

Matte już nie zwracał na niego uwagi. Zapadł się w fotelu, oparł głowę na dłoniach i patrzył przed siebie niewidzącym wzrokiem.

Britten uklękła obok fotela. Pogładziła syna po plecach, mówiła coś cicho.

– Kurwa, on zawsze miał coś nie w porządku pod sufitem! – Bernard poprawił krawat.

– Uspokój się – powiedział Gustav i skinieniem dał synowi znak, żeby się odsunął. Bernard posłuchał, ale nie odrywał od Mattego wściekłego spojrzenia.

– Wiem, że to dla wszystkich bardzo stresujące – powiedział Martin, rozglądając się po pokoju. – Ale powinniśmy się postarać i wyjść sobie naprzeciw. Wkrótce wrócimy na stały ląd, a na razie apeluję o spokój. – Zatrzymał wzrok na uczestnikach awantury i powtórzył: – Wszyscy zachowują spokój, okej?

Bernard niechętnie kiwnął głową, ale Matte jakby nie słyszał. Nagle zerwał się, wypadł z biblioteki i pobiegł na górę. Britten zrobiła ruch, jakby chciała biec za nim, ale Harald ją zatrzymał, położył jej rękę na ramieniu.

– Zostaw go. Chce być sam.

– Cały Matte! – odezwała się Lisette z drugiego końca pokoju. – Zawsze musi urządzić przedstawienie!

– Lisette, może powinnaś stanąć po stronie brata? Sama słyszałaś, co powiedział jego drogi kuzyn! Nic dziwnego, że się tak zachował! – powiedziała ze złością Britten.

– Przecież Bernard ma rację. On jest kompletnie stuknięty – powiedziała Lisette płaczliwym głosem.

Z każdą minutą wydawała się Martinowi coraz mniej pociągająca.

– Lisette! – Britten ucięła dalsze komentarze.

Martin skorzystał z okazji, żeby zwracając się do swojej dziewczyny, powtórzyć surowo:

– Powiedziałem: spokój. Takie gadanie donikąd nie prowadzi. Musimy przetrwać tych kilka dni, zanim będziemy mogli wrócić na ląd.

Spojrzenie, które mu rzuciła Lisette, zapowiadało, że w najbliższym czasie nie będzie miło. No i dobrze. Niech się tylko stąd wydostaną, a więcej nie będzie chciał jej widzieć.

Odwrócił się i poszedł do kuchni po kawę. Miał serdecznie dość rodziny Liljecrona.

Lisette patrzyła za nim i aż się gotowała ze złości. Jak on śmiał zwrócić jej uwagę. Zresztą mama też! Ale rodzice zawsze się cackali z Mattem. Jej kosztem. Tylko jego widzieli. „Ty sobie poradzisz, a Mattemu trzeba trochę pomóc". Zawsze był na pierwszym miejscu. Był ważniejszy, on i jego fobie, kompleksy. Na pierwszym roku studiów, gdy się załamał, jakby przestała dla nich istnieć. Był tylko „biedny Matte", który nie zniósł presji, jaką się okazały studia, i musiał „odpocząć". Nawet dziadek się o niego martwił. Matte zawsze był jego oczkiem w głowie. To takie niesprawiedliwe.

Wymieniła spojrzenia z Bernardem. Tylko on ją rozumiał. Niejeden wieczór spędzili razem, rozprawiając przy kieliszku wina o przewinach swoich ojców. Kilka razy nawet wylądowali w jednym łóżku. Nie opowiadali o tym, w końcu byli kuzynami. Właściwie szkoda. Lisette zawsze uważała, że są dla siebie wręcz stworzeni. Bernard to prawdziwy mężczyzna, od stóp do głów. W porównaniu z nim Martin to... chłoptaś, a myśl, że miałaby być utrzymywana z pensji policjanta, wydawała jej się po prostu śmieszna. Więcej miała kieszonkowego od taty.

Na myśl o spotkaniu z Bernardem uśmiechnęła się. Udało im się wymknąć na górę i niewiele brakowało, żeby Martin ich nakrył.

– Lisette, bardzo bym chciała, żebyś się delikatniej odnosiła do Mattego.

Britten stanęła obok niej. Lisette drgnęła i odtrąciła rękę, którą matka położyła jej na ramieniu.

– Ciągle tylko Matte i Matte. Już mi się nie chce tego słuchać. Dlaczego ty zawsze musisz go bronić?! Nie widziałaś, jak naskoczył na biednego Bernarda?

– Myślałby kto – prychnęła Britten. – Wolałabym, żebyś była bardziej rzeczowa, oceniając Bernarda. Nie słyszałaś, co powiedział Mattemu? Nie usprawiedliwiam Mattego, że użył przemocy, to żadne rozwiązanie, ale mogę go zrozumieć, bo to, co powiedział Bernard, było w najwyższym stopniu niewłaściwe...

– Niewłaściwe?! A może duszenie Bernarda było jeszcze bardziej niewłaściwe, co? – Lisette podniosła głos, wszyscy im się przyglądali. Harald spojrzał przepraszająco i podszedł do żony i córki.

– Ćśśś... nie kłóćcie się. Moglibyście się pohamować – powiedział proszącym tonem.

Widać było, że ta sytuacja jest dla niego nieprzyjemna. Lisette zauważyła to z satysfakcją. Ojciec zawsze był strachliwy, bał się konfliktów. Użeranie się z dziećmi zostawiał żonie, sam wolał trzymać się z boku. Lisette spojrzała na ojca, na jego rozbiegane oczy. Ależ nim gardziła. Gardziła całą rodziną. Jedyną pociechą była dla niej perspektywa spadku. Pewnego dnia wypnie się na nich, pojedzie na Riwierę, będzie balować i cieszyć się każdym dniem, nie martwiąc się o przyszłość. Srać na cholerne studia i... żyć!

Popatrzyła zimno na rodziców, obróciła się na pięcie i poszła, myśląc o jednym: żeby jak najprędzej stąd wyjechać.

Börje i Kerstin przygotowywali lunch, gdy do kuchni wszedł Martin.

– Mogę sobie wziąć kawy? – Wskazał głową na stojącą na blacie maszynkę.

– Proszę, nalej sobie – odparła Kerstin, krojąc chleb.

Martin nalał do filiżanki i opierając się o framugę, spoglądał przez okno. Nic nie wskazywało na to, żeby wichura miała się uspokoić.

– Ale tam wesoło – powiedział Börje, wyjmując napoje z lodówki. Butelki głośno zadzwoniły.

– Można tak powiedzieć. – Martin skosztował kawy i omal się nie oparzył. Musiał poczekać, żeby ostygła.

– Słuchaj... – powiedziała z ociąganiem Kerstin, zwracając się do Martina. – Mamy prośbę... mógłbyś przynieść rostbef? Żeby zdążył się rozmrozić do wieczora...

W pierwszej chwili nie zrozumiał, dopiero po chwili to do niego dotarło. Przecież w chłodni leży ciało Rubena. Odstawił filiżankę.

– Pewnie, nie ma problemu.

Wyraźnie im ulżyło.

Jego obojętność była jednak pozorna. Zawahał się, zanim nacisnął klamkę. Gospodarze założyli, że skoro jest policjantem, musi być przyzwyczajony do widoku zwłok. Gdyby pracował w wielkim mieście, na pewno by tak było, ale on widział trupa tylko dwa razy: raz po wypadku drogowym na północ od Tanumshede, drugi, gdy utopił się turysta.

Wszedł do chłodni i z zaskoczeniem stwierdził, że nie jest tak źle, jak się spodziewał. Cisza i spokój.

Ruben leżał na wznak, tak jak go położyli poprzedniego dnia. Dziwne. Nie minęła jeszcze doba od dramatycznego obiadu, a on przez klaustrofobiczną atmosferę panującą w domu miał wrażenie, jakby siedzieli tu od tygodni, miesięcy, od zawsze.

Ostrożnie obszedł ciało, żeby dojść do zamrażarki. Nagle wydało mu się, że kątem oka dostrzega jakiś ruch, ale natychmiast zrozumiał, że to przywidzenie. Ruben się nie ruszał.

Pokrywa zamrażarki przymarzła, musiał szarpnąć z całej siły, żeby ją podnieść. Wzdrygnął się, gdy uderzył go zimny podmuch. Rostbef leżał na samym wierzchu, porządnie oznakowany kobiecym pismem. Paczka była tak zimna, że aż parzyła ręce. Martin pośpiesznie przeszedł obok stołu, na którym leżało ciało Rubena. Poczuł ulgę, gdy drzwi się za nim zatrzasnęły. Chociaż w środku nie było szczególnie nieprzyjemnie.

– Udało się? – Kerstin zadała to pytanie takim tonem, jakby Martin wrócił z wyprawy na nartach na biegun północny, a nie z chłodni, z rostbefem.

– Jasne – odparł, z ulgą odkładając lodowatą paczkę. Roztarł dłonie, żeby pobudzić krążenie, i sięgnął po filiżankę z kawą. Była przyjemnie ciepła.

– Co o tym sądzisz? Ustaliłeś już coś? – Börje kiwnął głową w stronę chłodni.

Martinowi zrobiło się ciężko na sercu. Musiał powiedzieć, jak jest.

– Niestety nie. Nikt nic nie widział i nie słyszał. Nikt nie miał powodu go zabić. A jednocześnie widać, że całe to towarzystwo żyje ze sobą jak pies z kotem.

Börje zarechotał.

– Słyszałem, że zostałeś zaproszony, żeby cię mogli poznać. Cholernie fajny sposób na poznawanie rodziny!

Kerstin szturchnęła męża.

– Ależ Börje, nie można mówić takich rzeczy!

Martin się roześmiał.

– Bez obaw. Masz rację. Cholernie fajny sposób.

Zaśmiali się wszyscy troje. Martinowi zrobiło się lżej na sercu.

Nadal tętniła w nim nienawiść. Musiał stamtąd wyjść, inaczej by nim zawładnęła, pokonałaby go, zrobiłby coś, czego by potem żałował. Siedział w swoim pokoju, plecami do drzwi, i rytmicznie zaciskał dłonie. Bezpieczny czuł się tylko za zamkniętymi na klucz drzwiami. Sam. Inni ludzie stanowili zagrożenie. Mogli być pełni dobrej woli, nawet go kochać, ale tak naprawdę byli groźni, mogli go zdradzić. Dziadek był jedynym człowiekiem, przy którym czuł się bezpiecznie. W jego obecności potrafił się odprężyć i być sobą, powiedzieć, co mu chodzi po głowie, opowiedzieć o wszystkich myślach szukających szczelin w murze. Miejsc, do których mogłyby się dostać. Dziadek go rozumiał, niczego nie kwestionował, nie krzyczał na niego jak tata, nie płakał jak mama i nie patrzył z pogardą jak Lisette. Nie szydził z niego jak Bernard.

Tamci nie rozumieli, skąd u niego ta dzika, oszalała nienawiść do Bernarda. Próbował panować nad sobą, zamieść pod dywan wspomnienia i zachowywać się jak należy. Tak, jak chcieli. Ale wspomnienia siedziały w nim i gdy przestawał się trzymać na baczności, wypływały na wierzch. Chodzili do jednej szkoły. Nie do jednej klasy, ale i tak za blisko. Bernard dręczył go przez wszystkie te lata. Miał osobowość przywódcy, inni szli za nim. Szydził i bił, wyśmiewał i nękał. Zawsze obecny i zawsze z uśmiechem na ustach. Zawsze szukający nowego sposobu, żeby obrzydzić mu życie. Zaczęli dorastać i zrobiło się trochę lepiej. Poszli do różnych liceów. Zresztą Bernardowi pewnie się znudziło, znalazł nowy sposób na rozładowanie złej energii. Ale gdy się spotykali, zawsze miał w zanadrzu ten swój uśmiech. Uśmiech mówiący, że wie, widzi go na wylot, wie dokładnie, który guzik nacisnąć, żeby go zniszczyć.

Tego jednego dziadkowi nigdy nie powiedział. Zdawał sobie sprawę, że dziadek w głębi duszy wie, jaki Bernard jest naprawdę, ale nie do końca, że nie stracił nadziei do reszty. A on nie chciał mu jej odbierać. Dlatego milczał, gdy mówił o nim: „Niech się wyszaleje, jeszcze będą z niego ludzie. Przecież nie ma złych zamiarów". W takich chwilach spoglądał na dziadka ze zdziwieniem. Czy on wierzy w to, co mówi? Nie widzi, że Bernard nosi maskę i że za pięknym, idealnym uśmiechem wykrzywia się zło? Może tak, może nie. W każdym razie Matte dawno postanowił, że nie będzie dziadkowi odbierał nadziei. Czas zrobi swoje.

Czas przyszedł i minął. Dziadek odszedł. Jego jedyny przyjaciel, jedyny człowiek, przy którym czuł się bezpieczny. Nie ma go. A szyderczy uśmiech Bernarda mówił mu, że ostatecznie to on jest górą.

Nagle zagrzmiało. Tak głośno, że zadzwoniły szyby. Nie dość, że wichura, to jeszcze burza! W tym momencie Matte uzmysłowił sobie, co powinien zrobić. Ale najpierw musi chwilę odpocząć. Położył się na łóżku i zamknął oczy. Wystarczyło kilka oddechów, żeby zasnął.

– No cóż, ja nazywam to dramatem. – Rodzina Gustava Liljecrony rozsiadła się na białym komplecie wypoczynkowym. Z kuchni zaczęły docierać cudowne zapachy. Gustavowi głośno zaburczało w brzuchu. – Dobrze będzie coś zjeść – powiedział z wymuszoną wesołością i wypił łyk koniaku, który już zaczęli obficie rozlewać do kieliszków. W takich okolicznościach wszelkie konwenanse szły na bok.

Nikt się nie rwał do rozmowy. Bernard tarł szyję i mruczał pod nosem:

– Niech to diabli, na pewno będę miał wielkiego siniaka. Fajnie będzie się tłumaczyć w pracy. Pojechał na spotkanie rodzinne i wraca z siniakiem, jakby go dusili...

– Właśnie, Matte zawsze był niezrównoważony. Zupełnie nie rozumiem, dlaczego nie zajmą się tym na serio. Przecież on stanowi zagrożenie dla otoczenia. – Gustav potrząsnął głową, obracając w dłoni koniakówkę.

– Myślicie... – Miranda przerwała, nabrała powietrza. – Myślicie, że to Matte... – Nie dokończyła, nie musiała. Zobaczyła błysk w oczach brata i rodziców.

– No jasne – Bernard aż poweselał. Wyprostował się i ciągnął z ożywieniem: – Oczywiście, że to Matte! Zawsze miał niedobrze w głowie. Zresztą widzieliście, jak na mnie napadł.

– Przecież... on i Ruben byli ze sobą bardzo zżyci – zaoponowała Vivi.

W oczach Gustava również pojawiło się gorączkowe ożywienie. Zbył ją machnięciem ręki.

– Może właśnie dlatego. To sprawia, że wersja, że zabił go Matte, staje się jeszcze bardziej prawdopodobna. Kto wie, jak umysł takiego człowieka reaguje na różne rzeczy? Wiadomo, że najwięcej ludzi ginie z rąk najbliższych.

Bernard i Gustav z zadowoleniem kiwnęli porozumiewawczo głowami. Ale Miranda nadal miała niepewną minę. Nie była przekonana, chociaż to ona rzuciła tę myśl.

– Ale... – zaczęła, szukając poparcia u matki – ...jaki miałby mieć powód?

– Pieniądze, zemsta, rzekoma niesprawiedliwość, czy ja wiem... – prychnął Bernard.

– No nie wiem – powiedziała Miranda, skubiąc leżącą na kanapie poduszkę. – Nie wiem...

– Ale ja wiem – powiedział Bernard, wstając. – Idę pogadać z tym gliniarzem, facetem Lisette, żeby miał właściwy obraz sytuacji. Nie zdziwię się, jeśli go to bardzo zainteresuje.

– Ale... – odezwała się znów Miranda. Wyraźnie miała coś na końcu języka.

Lecz Bernard już stał w drzwiach.

Teraz żałowała, że się odezwała. Właściwie lubiła Mattego. Wcale nie było z nim tak źle. Dobry Boże, niemal co drugi jej znajomy przeszedł załamanie nerwowe, łykał prozac i podobne prochy. Uchodziło to właściwie za normalne, a już na pewno nikt się z tym nie krył. Przeciwnie. Nie zdziwiło jej również, że Matte rzucił się na Bernarda. Kochała brata, ale musiała przyznać, że lubił prowokować. U każdego umiał znaleźć słaby punkt i znajdował perwersyjną przyjemność w korzystaniu z tej umiejętności.

– Co powiedzą Harald i Britten, jak się dowiedzą, że Bernard wskazał na Mattego? – Vivi kręciła się niespokojnie.

– Niech sobie mówią, co chcą. – Gustav znów zakręcił koniakówką. – Matte jest niezrównoważony i, jak widać, również agresywny, więc nie trzeba się długo zastanawiać, żeby go uznać za najbardziej prawdopodobnego kandydata.

– Ale morderca... – zaczęła Vivi, patrząc błagalnie na Mirandę.

– Muszę przyznać mamie rację. – Miranda sama się zdziwiła, że to mówi. Nieczęsto bywały tego samego zdania. Choć raz znalazły się po tej samej stronie. – Wiem, że to ja zasiałam to ziarno, ale... nie, Matte jako wyrachowany morderca? To mi nie pasuje...

– Baby – parsknął Gustav, wypijając spory łyk złotego napoju. – Ależ wy jesteście naiwne. Jak wy sobie wyobrażacie mordercę? Jako dziką bestię z wielką brodą i mnóstwem tatuaży? Jestem przekonany, że Matte jest więcej niż zdolny do morderstwa. – Odchylił się na fotelu, uznając, że to do niego należy ostatnie słowo.

Miranda i Vivi wymieniły porozumiewawcze spojrzenia. Wcale im się to nie podobało. Ani trochę.

– Myślisz, że popełniliśmy błąd? – powiedziała cicho Britten.

Zaszyli się z Haraldem w jadalni, żeby choć przez chwilę nie mieć towarzystwa. Matte i Lisette poszli do swoich pokoi. Gustav z rodziną został w bibliotece, z pewnością upajali się zamieszaniem. Kątem oka zobaczyła Martina. Rozmawiał w kuchni z gospodarzami. Siedzący naprzeciwko niej Harald był zupełnie szary. Zaniepokoiła się.

– Dobrze się czujesz? – spytała, kładąc rękę na jego dłoni.

Zmusił się do niewyraźnego uśmiechu.

– Nie martw się o mnie.

– Wiesz, że nie potrafię.

– Tak, wiem. – Znów się uśmiechnął i oswobodził dłoń, żeby ją poklepać po ręce, jakby ten gest miał ją uspokoić. Na próżno.

– Przyniosłam państwu kawę. Proszę sobie nalewać.

Kerstin postawiła tacę z termosem i filiżankami na stojącym pod ścianą stole i wróciła do kuchni.

– Napijesz się? – Britten podeszła do termosu.

Harald skinął głową, więc nalała również jemu. Czarna dla niej, dla Haralda z mlekiem i dwiema kostkami cukru. Od lat próbowała go przekonać, żeby przestał słodzić kawę, ale w końcu zdała sobie sprawę, że już z nim nie wygra.

– Nie zapomniałaś posłodzić? – zaniepokoił się, gdy podstawiła mu filiżankę.

Uśmiechnęła się.

– Nie, kochanie, nie zapomniałam. – Naprawdę dobrze się znali.

Wypiła kilka łyków, a potem powtórzyła:

– Jak sądzisz, czy popełniliśmy błąd?

– Masz na myśli Mattego? – Harald zamieszał, żeby cukier się rozpuścił.

– I jego, i Lisette. Wiesz, ona ma rację. Zaniedbaliśmy ją. Zawsze więcej uwagi poświęcaliśmy Mattemu. Jej w kółko powtarzaliśmy, że ma być dzielna, że ma pomagać i że da sobie radę. Nie dawała... To znaczy nie poradziła sobie. I nadal sobie nie radzi.

– No i co mieliśmy zrobić? – spytał ze znużeniem Harald, przesuwając dłonią po twarzy. – Matte potrzebował nas bardziej. Zresztą staraliśmy się, jak mogliśmy.

– Na pewno? – Oczy Britten zaszkliły się. – Może mogliśmy postarać się bardziej? Może trzeba było jeszcze trochę się wysilić? Spróbować dać obojgu, czego potrzebowali? Poświęcić jej więcej czasu i uwagi?

Należało jej się. Obawiam się, że teraz już na to za późno. – Łza spłynęła jej po policzku.

Harald wpatrywał się w filiżankę. Potrząsnął głową.

– Może powinienem mniej pracować... – powiedział.

Britten zdała sobie sprawę, że po raz pierwszy słyszy, że do męża zaczyna docierać ta myśl. Tyle razy mu to powtarzała, to prośbą, to groźbą. Teraz, gdy sam to powiedział, uzmysłowiła sobie, że to by się nie udało. Może Harald nie nadawał się na szefa. Doszła do tego już dawno. Ale kochał swoją pracę, uwielbiał ciężko pracować. Niczego innego nie znał i niczego innego by nie polubił. Więc może i miał rację, mówiąc, że starali się, jak mogli.

– Co teraz zrobimy? – spytała, znów kładąc rękę na jego dłoni.

– Zostawmy ich na chwilę w spokoju. Potem, gdy już stąd wyjedziemy, postaramy się coś z tym zrobić. Musi być jakieś wyjście.

W milczeniu popijali kawę. Nie było nic do dodania.

Zagrzmiało jeszcze raz i Martin aż podskoczył. Bał się burzy i wstydził się tego. W końcu jest już dorosły. Przerażało go ostre, jaskrawe światło o ohydnym odcieniu, a potem czekanie na nieuchronny grzmot. Gdy kolejna błyskawica rozświetliła kuchnię, zaczął cicho liczyć. Sto dwadzieścia jeden, sto dwadzieścia dwa, sto dwadzieścia trzy...

– Bum!

Drgnął. Bernard zakradł się i stanął za jego plecami. Uśmiechał się tym swoim paskudnym uśmieszkiem.

– Przepraszam, przestraszyłem cię? – Roześmiał się.

Teraz zagrzmiało naprawdę, już nie tak blisko.

– Nie, skąd – zaprzeczył Martin.

– Kiedy będzie lunch? – spytał wyniośle Bernard, zwracając się do Kerstin i Börjego. Mówił jak do poddanych.

– Za pół godziny – odparła Kerstin, wracając do szykowania posiłku.

– Dobrze, zdążymy porozmawiać. – Bernard kiwnął na Martina, a on niechętnie wyszedł za nim.

Martinowi ten wysoki ciemnowłosy mężczyzna wydawał się wyjątkowo niesympatyczny. Musiał jednak przyznać, że rzeczywiście budzi posłuch i trudno mu odmówić.

– O co chodzi? – spytał Martin, próbując odzyskać kontrolę nad sytuacją.

Bernard nie odpowiedział. Zerknął na siedzących w najdalszym kącie jadalni Haralda i Britten. Wielkimi krokami ruszył do pokoiku, w którym gospodarze mieli biuro. Martinowi przeszło przez myśl, że zasiądzie za biurkiem i zacznie go przesłuchiwać. Na szczęście usiadł na krześle stojącym przed biurkiem i spojrzał na niego wyczekująco.

Martin wbrew własnej woli był zaciekawiony. Usiadł za biurkiem i uniósł brwi, dając Bernardowi znak, że może mówić, o co chodzi.

– Widziałeś, co tu się przed chwilą działo – stwierdził sucho Bernard.

– Masz na myśli... awanturę między tobą i Mattem? – spytał Martin. Był ciekaw, dokąd ich ta rozmowa zaprowadzi. Zaczynał się już domyślać.

– Tak. Widziałeś, jak mnie zaatakował, właściwie bez powodu.

Martin zastanawiał się, jak było naprawdę z tym brakiem powodu, ale nie odezwał się, czekając na dalszy ciąg.

– Cóż, to nic nowego. Matte zawsze miał pewne... problemy... – Zrobił krótką przerwę. – Harald i Britten robili wszystko, żeby go utrzymać w ryzach, a nawet ukryć jego zachowanie. Dziadek im w tym pomagał. Ale prawda jest taka, że Matte jest niezrównoważony i parę razy wylądował u czubków... Tak więc... gdybym ja miał szukać mordercy w tym towarzystwie, to... – Rozłożył ręce.

Martin westchnął. Miał nadzieję, że Bernard podrzuci mu coś bardziej obiecującego. Problemy psychiczne Mattego nie były dla niego nowiną, a już na pewno nie spodziewał się, żeby to popchnęło dochodzenie.

– Ale nic konkretnego nie masz? – spytał ze znużeniem.

– Jak to nic konkretnego! Zaatakował mnie! Dusił! Co może być konkretniejsze? Do cholery, to było usiłowanie zabójstwa!

– To stwierdzenie wydaje się mocno na wyrost. Nie ma też związku między jego zachowaniem a śmiercią waszego dziadka, prawda? W dodatku wszyscy mówiliście, że Matte był z nim najbardziej zżyty. Jaki miałby mieć motyw, żeby go zamordować?

Zagrzmiało, obaj prawie podskoczyli.

Bernard prychnął.

– Jaki motyw? Kto może wiedzieć, jak działa chory umysł? Fakt, że byli do siebie przywiązani, jeszcze bardziej uprawdopodobnia tę wersję, nie?

– Co chcesz przez to powiedzieć? – spytał Martin bez entuzjazmu.

– Że miłość łatwo może przejść w nienawiść. Człowiek niezrównoważony, jak Matte, z łatwością sobie wmawia różne rzeczy. Kto wie, co sobie wymyślił na temat dziadka.

– Hm... wydaje mi się to trochę mętne – powiedział Martin, kręcąc głową. – Zakonotowałem sobie, co powiedziałeś, ale żeby umieścić Mattego na czele listy podejrzanych, musiałbym mieć dowody.

– Musisz wiedzieć, że tak czy inaczej zamierzam złożyć na niego doniesienie. Jak tylko się wydostaniemy z tej cholernej wyspy. Nie będzie na mnie bezkarnie napadał. – Bernard pochylił się w przód. Wpatrywał się w Martina.

– Masz do tego pełne prawo – odparł Martin, wstając na znak, że to koniec rozmowy.

Zagrzmiało ponownie, tym razem już znacznie bliżej.

Podczas lunchu przy stole panowała cisza. Lisette zeszła na dół z ponurą miną, Matte nie przyszedł. Potrawy przygotowane przez Kerstin i Börjego były naprawdę smaczne, ale jakoś nikt nie potrafił się nimi delektować.

Martin był ciekaw, co Harald i Britten powiedzieliby na to, że Bernard uważa za mordercę ich syna. Nie miał jednak zamiaru informować ich o tym. Zerknął na siedzącą obok Lisette. Uparcie patrzyła w talerz. Od chwili kiedy zeszła na dół, nie odezwała się do niego ani słowem. Martin po raz kolejny zdał sobie sprawę, że minęli punkt, gdy można było jeszcze coś naprawić. Zresztą i tak nie miał na to ochoty. Niech tylko stąd wyjadą, a z prawdziwą przyjemnością więcej się z nią nie spotka. Do tego czasu ich wzajemne stosunki będą oczywiście co najmniej chłodne.

– Czy ktoś z państwa rozmawiał z Mattem? – spytał cicho, zwracając się do Haralda i Britten.

Siedzieli naprzeciwko niego. Pokręcili głowami.

– Nie – odparła Britten, zerkając na męża. – Zostawiliśmy go w spokoju. Zazwyczaj się uspokaja, gdy się go zostawi samego.

– Może by do niego zajrzeć? – powiedział Harald stłumionym głosem.

– Nie, dajmy mu spokój – odpowiedziała Britten, choć bez przekonania.

Harald nie nalegał i wszyscy jedli dalej. Panowała przytłaczająca cisza. Przerywał ją tylko brzęk sztućców.

Martin już zaczynał panikować. O niczym tak nie marzył jak o tym, żeby się wydostać z tego domu i z wyspy. Przede wszystkim zaś pragnął, żeby mu pomógł ktoś bardziej doświadczony, żeby ktoś pchnął sprawę do przodu, dostrzegł ścieżki, które jemu umknęły. Nadal nie miał pojęcia, kto mógł zamordować starego, i nie był ani trochę mądrzejszy niż dobę wcześniej. Zaczął poważnie wątpić w swoje możliwości.

– Chyba się zdrzemnę – powiedział Harald, klepiąc się po wielkim brzuchu.

– To chyba dobry pomysł – powiedział Martin, tłumiąc ziewnięcie. Czuł się bardzo zmęczony. Chyba przez tę ciężką atmosferę połączoną z obfitością jedzenia i napojów. A przecież przespał godzinkę.

– Idę na górę, położę się – powiedział do Lisette.

Tylko coś mruknęła, nie spojrzawszy na niego.

Chwilę później, leżąc w łóżku, słyszał, jak zamykają się drzwi kolejnych pokoi. Większość rodziny poszła za jego przykładem. Ostatnim odgłosem, który zarejestrował, był kolejny grzmot za oknem.

Britten obudziła się z wrażeniem, że dzieje się coś niedobrego. Próbowała się z tego otrząsnąć. Może jej się coś przyśniło? A jednak nie mogła się pozbyć przeczucia, że coś jest nie tak. Usiadła na łóżku, nasłuchiwała. Ciszę zakłócało tylko chrapanie Haralda i grzmoty. Nie przypominała sobie, żeby kiedykolwiek przeżyła podobną nawałnicę. Chwilami burza jakby cichła, ale po chwili wracała z nową siłą. Przez chwilę myślała, że może obudził ją grzmot, ale nie miała pewności. Wciąż odnosiła wrażenie, że to coś innego...

Położyła się i zamknęła oczy, ale sen opuścił ją na dobre. Usiadła.

Harald chrapnął głośniej i przewrócił się na bok. Nie obudziłaby go żadna, nawet najstraszniejsza burza. Spuściła nogi na podłogę. Miała na nich pończochy, ale i tak poczuła bijący od desek chłód.

Nagle zaniepokoiła się o Mattego. Prawie ją zemdliło. Żeby wreszcie się skończył ten wieczny niepokój o dzieci. Ciągnie się w nieskończoność od pierwszych chwil na porodówce. Lisette nie rozumie, że niepokoi się o nią tak samo mocno jak o Mattego. I tak samo ją kocha. Chociaż może nie okazuje tego równie wyraźnie. Matte zawsze wymagał więcej zaangażowania niż Lisette. Więcej musieli dla niego robić.

Wstała z westchnieniem i narzuciła sweter. Nie słyszała żadnego ruchu. W domu panowała upiorna cisza.

Powoli podeszła do drzwi, nie bardzo wiedząc, co dalej. Lisette wyciągnęła się na kanapie w bibliotece, nie chciała jej budzić. Nie miała siły na kolejną kłótnię, zwłaszcza teraz, gdy czuła ten dziwny niepokój.

Wyszła na korytarz. Teraz już wiedziała, dokąd iść. Musi zajrzeć do Mattego. Jeśli się okaże, że śpi, pogładzi go po głowie, jak wtedy, gdy był mały. A jeśli nie, porozmawia z nim chwilę, żeby się upewnić, że wszystko w porządku.

Ostrożnie nacisnęła klamkę. Może powinna najpierw zapukać, ale miała nadzieję, że śpi. Chciała tylko przysiąść na brzegu jego łóżka i popatrzeć na spokojnie śpiącego syna, przypomnieć sobie jego kolejne twarze z minionych lat. Matte jako niemowlę, ciekawski pięciolatek, dociekliwy dziesięciolatek i chmurny nastolatek.

Ostrożnie otworzyła drzwi i weszła. Potem rozległ się krzyk.

Vivi nie mogła spać. Od godziny leżała w łóżku, patrząc w sufit. Gustav jak zwykle zasnął w jednej chwili. Zawsze tak było. Zasypiał od razu, podczas gdy ona godzinami leżała, wpatrując się w ciemność. Wcale nie miała ochoty na drzemkę po lunchu, ale wszyscy się rozeszli, więc właściwie nie miała wyboru.

Ktoś chodził po korytarzu. Podniosła się na łokciach, żeby lepiej słyszeć. Po chwili usłyszała odgłos otwieranych drzwi. A potem nieludzki krzyk. Jakby zwierzę wyło z bólu. Była tak wstrząśnięta, że serce zaczęło jej trzepotać w piersi jak skrzydła kolibra.

– Co? Co jest? – powiedział Gustav, siadając i rozglądając się zaspanymi oczami po pokoju. – Do cholery, co się dzieje? – powtórzył nieco wyraźniej.

– Nie wiem – odparła Vivi. Już wstała z łóżka. Włożyła zwisający z brzegu łóżka szlafrok i zawiązała pasek. Wciąż słyszeli krzyk. Nasilał się i cichł, przerywany łkaniem.

Vivi otworzyła drzwi i pośpiesznie wyszła na korytarz. Za nią Gustav w samym podkoszulku i bokserkach. Wszędzie otwierały się drzwi. Reszta rodziny, tak samo zaspana, również wychodziła na korytarz.

– Co się dzieje? – spytał idący z przeciwka Harald. W tej samej chwili spojrzał w stronę pokoju Mattego. Zdał sobie sprawę, że krzyk dobiega stamtąd. Skoczył, otworzył drzwi na oścież i zachwiał się. Britten siedziała na podłodze z głową Mattego na kolanach. Nie przestając krzyczeć, kołysała się w przód i w tył. Kolana miała całe we krwi. Obejmujące głowę syna ręce również. Krew sączyła się z wielkiej rany na jego piersi.

Vivi w pierwszej chwili nie mogła oderwać oczu od rany i od krwi. Stała za Haraldem. Był w szoku, chwiał się. Vivi przesunęła spojrzenie do góry. Matte miał otwarte oczy. Usłyszała jęk i nie zdawała sobie sprawy, że to ona jęknęła. Patrzył wprost na nią. W pierwszej chwili pomyślała, że żyje. Dopiero potem uzmysłowiła sobie, że za tym spojrzeniem nic nie ma. Poza śmiercią. Brakiem życia.

Harald zrobił parę kroków i opadł na kolana obok żony. Płakał. Niezdarnie głaskał ramię Mattego, jakby chciał się upewnić, że to nie jest zły sen. Chciał objąć żonę, ale odtrąciła jego rękę. Wciąż się kołysała, wydawała ten przenikliwy krzyk, przeszywający do szpiku kości.

Vivi wzdrygnęła się. Wciąż nie mogła uwierzyć w to, co widzi.

Ktoś się obok niej przepchnął. Martin Molin.

– Co się stało?

To pytanie w krótkim czasie padło po raz trzeci. Martin również zatrzymał się w pół kroku, ale szybko się ocknął i ukląkł koło zmarłego. Nawet nie musiał sprawdzać tętna. Nie było wątpliwości, że Matte nie żyje.

– Został zastrzelony – stwierdził Martin.

Chyba dopiero teraz zdali sobie sprawę, co oznacza ta rana w piersi. Ktoś głośno zaczerpnął tchu. Weszła Miranda. Stanęła obok Vivi i spojrzała z przerażeniem.

– Czy ktoś słyszał strzał?

– Jak to możliwe? – spytała bezwiednie Vivi. – Przecież musielibyśmy usłyszeć strzał.

– Burza – powiedziała Miranda. – Grzmot go zagłuszył.

Martin skinął głową.

– Bardzo prawdopodobne. Jeśli padł w tym samym momencie co grzmot, na pewno został zagłuszony.

– A gdzie pistolet? – spytała Miranda. Trzęsła się.

Stojąca obok niej Vivi odsunęła się trochę, zaciągając mocniej poły szlafroka. Czuła, że w powietrzu pulsuje tajemnica. Nie była w stanie spojrzeć na Mirandę.

Martin rozejrzał się po pokoju. Podniósł narzutę i zajrzał pod łóżko. Nic nie znalazł. Zajrzał do kominka, ale znalazł jedynie zwęglone kawałki drewna. Pistoletu nie było.

– Morderca musiał go zabrać ze sobą – powiedział w końcu. – W każdym razie tu go nie ma. Proszę, żeby wszyscy wyszli.

Ci, którzy stali w drzwiach, cofnęli się o krok. Harald i Britten zostali na miejscu. Britten już nie krzyczała. Kwiliła, i to brzmiało jeszcze bardziej rozdzierająco.

Martin kucnął obok Britten i zaczął mówić. Spokojnie, wyraźnie, jak do dziecka.

– Muszę sprawdzić, co tu się stało. Czy mogą państwo na chwilę zostawić mnie samego z Mattem?

Położył rękę na ramieniu Britten. Nie odtrąciła jej. Czekał spokojnie. Jeszcze przez chwilę kołysała głowę Mattego. Potem zatrzymała się w pół ruchu, ostrożnie ułożyła ją na podłodze i wstała. Zachwiała się, niemal upadła. Harald ją złapał. Spojrzał na Martina ponad głową żony, a potem ją objął i wyprowadził.

– No już, już, kochanie. Musimy pozwolić Martinowi zrobić, co trzeba. Już, już.

Wszyscy się odsunęli, żeby ich przepuścić. Harald, nie patrząc na nikogo, poprowadził Britten korytarzem i schodami w dół. Wszyscy stali bez ruchu, jak skamieniali. Po chwili ruszyli za nimi. Wszyscy mieli przed oczami zakrwawione ręce Britten.

Martin został sam. Rozejrzał się po pokoju, tym razem dokładniej. Wiedział, że w normalnych okolicznościach koledzy nie daliby mu żyć, gdyby tak łaził po miejscu zbrodni. Ale w tych niezwyczajnych okolicznościach potrzeba niezwyczajnego podejścia. Nie miał wyboru: musiał sam szukać tego, co było do znalezienia.

Zaczął od podłogi. Posuwając się na czworakach, sprawdzał centymetr po centymetrze. Wypatrywał czegoś – czegokolwiek – interesującego. Ale podłoga była czysta. Jeszcze raz odchylił narzutę, zajrzał pod łóżko, ale tam było równie czysto. Matte dbał o porządek. Przy drzwiach stały w równym rządku dwie pary butów. Ubrania były starannie poukładane i rozwieszone w szafie.

Obrócił się o sto osiemdziesiąt stopni, żeby dokładnie sprawdzić drugą część pokoju, z twarzą przy podłodze. Wypatrywał nawet najmniejszego pyłku. Przez jakiś czas nic nie mógł znaleźć, ale gdy spojrzał nieco w lewo, dostrzegł pod nocnym stolikiem coś błyszczącego. Podszedł na czworakach i sięgnął. Dotknął czegoś twardego, zimnego. Telefon komórkowy, z tych bardziej wypasionych, stwierdził. Wydało mu się, że już widział komórkę w tym pokoju. Potwierdzenie znalazł na stoliku. Dużo tańszy model, mocno podniszczony. Domyślił się, że należał do Mattego. Pozostało się dowiedzieć, czyj jest ten z podłogi.

Położył go na stoliku obok telefonu Mattego i szukał dalej. Na podłodze nic więcej nie znalazł. Spojrzał na ciało zmarłego. Dotknął i wzdrygnął się. Zapowiadał się przyśpieszony kurs oględzin zwłok. Najpierw przyjrzał się ranie w piersi. Nie był bynajmniej specjalistą w tej dziedzinie, ale wlot pocisku był mocno osmalony. Przyjął więc, że strzał padł z niewielkiej odległości. Ostrożnie odwrócił ciało i stwierdził, że kula przeszła na wylot. Delikatnie położył je na wznak, wstał i rozejrzał się po pokoju. Ułożenie zwłok wskazywało na to, że pocisk powinien być gdzieś na linii prowadzącej do drzwi. Tak jest. Wbił się w drewno, ale niezbyt głęboko. Opór ciała Mattego osłabił impet. Martin nie dotknął pocisku. Zajmą się tym technicy z ekipy kryminalistycznej. Gdy tylko przyjadą.

Marszcząc brwi, wrócił na środek pokoju. Dziwne. Zauważył to już wcześniej, ale wtedy go to nie zastanowiło. Przykucnął. Na podłodze przed kominkiem zobaczył drobny kamienny pył i kilka nieco większych kawałków muru. Wstał. W gzymsie okalającym kominek znalazł sporą szczerbę. Gdyby nie widział pocisku tkwiącego w drzwiach, sądziłby, że to on go uszkodził. Ale to było niemożliwe. Matte miał jedną ranę postrzałową, nie było śladów po innym strzale. Szczerba musiała powstać jakoś inaczej. Nic jednak nie wskazywało na to, żeby strzał poprzedziła bójka. W pokoju panował porządek. Zakłócał go jedynie uszkodzony gzyms i kupka kamiennego pyłu na podłodze. Dziwne. Jednak szczerba mogła powstać wcześniej. Martin westchnął. Beznadziejna sprawa. Gdyby był tu Patrik Hedström... mogliby pogadać. Sam czuł się kompletnie zagubiony.

Wyszedł z pokoju tyłem. Nic już nie znajdzie. Trzeba położyć ciało w chłodni, na razie niech spocznie obok dziadka. Nie cieszył się na myśl, że będzie musiał poprosić o pomoc w wykonaniu tego zadania.

Lisette spała niespokojnie. Kanapa była wygodna. Odpoczynek zakłóciły jej złe sny. Włożyła do uszu stopery, żeby nie słyszeć burzy, ale wkrótce stwierdziła, że w ciszy jest za dużo przestrzeni dla rozmaitych myśli i lęków.

Prześladowały ją te sny. Stapiające się ze sobą twarze. Ruben stał się Bernardem, a potem Mattem. Oczy oskarżycielskie, smutne, zrozpaczone. Wpatrujące się w nią ze złością i nienawiścią. Jej gałki oczne poruszały się niespokojnie pod powiekami. Jakiś dźwięk z zewnątrz przedarł się przez stopery do jej świadomości. Krzyk bólu, rozpaczy. Granica między jawą a snem pozostała niewyraźna i krzyk stał się częścią snu. Współgrał z oczami, które podążały za nią we śnie.

Walczyła o to, żeby pozostać we śnie. Rzeczywistość była niewiele lepsza, niewarta tego, żeby się dla niej budzić. Ale sen już zaczął ją opuszczać. Poczuła na ramieniu czyjś dotyk. Otworzyła oczy i zobaczyła twarz ojca, wykrzywioną tak bardzo, że ledwie go poznała. W jednej chwili usiadła wyprostowana.

– Tato, co się stało? – Instynkt podpowiadał jej, że coś bardzo złego. Wróciło wspomnienie krzyku ze snu. Wydał jej się taki prawdziwy. Mocno chwyciła ojca za ramię.

– Mów, co się stało. – Dopiero teraz zdała sobie sprawę, że w bibliotece jest pełno ludzi. Wszyscy. Zobaczyła, jak matka opada na fotel, i wpadła w panikę. Uwiesiła się na ramieniu ojca. Ciężko usiadł obok niej. – No co się stało? – Spojrzała na resztę i powoli zaczęło to do niej docierać. Są wszyscy... oprócz...

– Matte! – krzyknęła. – Gdzie Matte? – Chciała wstać, ale ojciec przytrzymał ją, potem objął, jakby jednocześnie chciał pocieszyć i zatrzymać.

– Lisette, stało się coś... strasznego. – Głos uwiązł mu w gardle.

Zdała sobie sprawę, że po raz pierwszy w życiu widzi go płaczącego. Wystarczyło, żeby odezwały się wszystkie dzwonki alarmowe.

– Gdzie Matte? – powtórzyła cienkim, martwym głosem, ale już wiedziała. Mieli to wypisane na twarzach.

Rozszlochała się. Wciąż miała wrażenie, że śni. Przecież to niemożliwe. Nie Matte. W jednej chwili minęło całe rozżalenie, jakby go nigdy nie było.

– Jak? – spytała. Zorientowała się, że trzęsą jej się ręce.

– Został zastrzelony – odparł Harald, kładąc swoje wielkie, ciepłe dłonie na jej rękach.

– Kto? – Próbowała zapanować nad kłębiącymi się w głowie pytaniami.

– Nie wiadomo... – Wolną ręką Harald przesunął po oczach.

W tym momencie Lisette zdała sobie sprawę, w jakim stanie musi być matka, i rzuciła się do niej. Położyła głowę na jej kolanach i z płaczem głaskała ją po rękach. Britten już nie płakała i nie krzyczała, była w szoku. Siedziała sztywno, wpatrzona w przestrzeń. Zaczęła machinalnie gładzić córkę po głowie.

– Potrzebuję pomocy – usłyszeli od drzwi.

Martin miał poszarzałą twarz. Starał się nie patrzeć na Britten, jakby nie potrafił znieść jej bólu. Dopiero po chwili zorientowali się, o co mu chodzi. Pierwszy podniósł się Harald. Gustav zrobił krok w stronę brata i nieporadnie, nienawykłym, choć pełnym współczucia gestem położył mu rękę na ramieniu.

– Haraldzie, zajmiemy się tym. Zostań z rodziną. – Gustav skinął na Bernarda.

Bernard kiwnął głową i ruszył za Martinem. Gustav starannie zamknął drzwi. Nie ma potrzeby, żeby widzieli, co będą robić.

– Co się dzieje? – spytała Britten nieobecnym głosem.

Lisette chwyciła matkę za ręce.

– Mamo, nie myśl o tym.

– Przenoszą Mattego? Gdzie go położą? Muszę go przykryć kocem, żeby mu nie było zimno. – Chciała wstać. Lisette przytrzymała ją delikatnie na fotelu.

– Mamo, zajmą się nim. Naprawdę. Już nic nie możesz dla niego zrobić.

– Ale...

– Ćśśś... – Lisette wcisnęła się na szeroki fotel obok niej, objęła ją i zaczęła kołysać jak dziecko. Miała wrażenie, jakby jej wydarto serce z piersi, ale teraz nie chciała o tym myśleć. Była potrzebna matce.

Zza zamkniętych drzwi biblioteki dobiegł odgłos ciężkich, schodzących po schodach kroków. Nasłuchiwali w milczeniu, dopóki nie ucichły.

Martin wszedł do kuchni i uzmysłowił sobie, że gospodarze nie wiedzą, co się stało. Ale w kuchni ich nie było, widocznie umknął im cały ten dramat. Wkrótce się dowiedzą. Najpierw trzeba umieścić ciało Mattego w chłodni. Martin szedł na przedzie. Udało mu się jedną ręką otworzyć kłódkę, a potem drzwi chłodni. Od nagłej zmiany temperatury aż się zatrząsł. Wszedł tyłem i rozejrzał się, szukając miejsca dla ciała. W rachubę wchodziła jedynie wielka zamrażarka. Ułożenie ciała wprost na podłodze wydało mu się niewłaściwe.

– Połóżmy go na razie na zamrażarce. Potem przyniesiemy stół z jadalni.

Bernard i Gustav skinęli głowami. Starając się nie patrzeć na ciało Rubena, obeszli je dookoła, ułożyli Mattego na zamrażarce i pośpiesznie poszli po stół. Nikt nie miał ochoty zostawać w środku dłużej, niż było trzeba.

Kilka minut później położyli ciało Mattego na stole, obok dziadka. Obu mężczyzn spotkała gwałtowna śmierć. Ktoś przebywający tu, w tym domu, jest mordercą. Zamordował Mattego i jego dziadka. Martin nadal nie miał pojęcia, kto to był. Ta myśl go porażała.

Zostali w kuchni jeszcze chwilę, jakby nie mieli siły zmierzyć się z żałobą tych, którzy zostali w bibliotece. Nalali sobie kawy z włączonej maszynki i popijali w milczeniu.

– Wiecie, czy ktoś z rodziny ma pistolet? Może któryś z was? – spytał Martin.

Zabrzmiało to bardziej obcesowo, niż chciał. Ale trudno takie pytanie owinąć w bawełnę.

Zapadło kłopotliwe milczenie. Bernard i Gustav wymienili spojrzenia. W końcu odezwał się Gustav:

– Ojciec zawsze miał przy sobie pistolet. Od czasu gdy piętnaście lat temu chcieli go porwać.

Właśnie. Zapomniane fakty wskoczyły w głowie Martina na właściwe miejsce. Mafia z Europy Wschodniej podjęła nieudaną próbę porwania Rubena Liljecrony. Policja dowiedziała się o planie i czekała w pełnej gotowości. Ten temat przez wiele tygodni nie schodził z czołówek gazet.

– Od tamtej pory ojciec już nigdy nie czuł się bezpieczny – ciągnął Gustav. – Dlatego postarał się o pistolet i zawsze miał go na podorędziu.

– Jak dostał pozwolenie na broń? – spytał Martin i natychmiast sobie uprzytomnił, jak naiwne pytanie zadał.

Jakby na potwierdzenie Bernard parsknął.

– Nie zawracał sobie głowy żadnym durnym pozwoleniem. Bez problemu załatwił sobie broń.

– Ile osób wiedziało, że miał pistolet i gdzie go trzymał?

– Wszyscy, w każdym razie wszyscy tu obecni – odparł Bernard wciąż tym samym pogardliwym tonem, na który Martin od początku tak się jeżył. – W rodzinie nie ma nikogo, kto by nie wiedział, że zawsze miał przy sobie broń i że nosił ją w specjalnej przegródce w teczce.

– I nikt z was nie wpadł na to, że należałoby mnie o tym poinformować? – powiedział Martin. Był wzburzony. – Mamy do czynienia z morderstwem, z niezidentyfikowanym mordercą, jesteśmy praktycznie uwięzieni na wyspie, a wam nie przyszło do głowy poinformować mnie, że w domu jest pistolet? – Był tak wściekły, że aż się trząsł.

– My... my chyba nie pomyśleliśmy... – powiedział nerwowo Gustav. – Wiemy o tym od tak dawna, że nikomu nie przyszło do głowy...

Powędrował spojrzeniem do drzwi chłodni. Martin miał nadzieję, że pomyślał o tym samym co on: gdyby wcześniej zechcieli powiedzieć o pistolecie, Matte może by tam teraz nie leżał.

– Idę na górę, rozejrzę się – powiedział Martin i z trzaskiem odstawił filiżankę. Idąc po schodach, klął w duchu, że wcześniej nie sprawdził pokoju Rubena. Ale przesłuchania wydawały się ważniejsze. Ostrożnie wszedł do pierwszego pokoju po prawej. Pokój Rubena był największy i najładniejszy w całym domu. Było to zrozumiałe, w końcu to on za wszystko płacił. Na środku stało łóżko z baldachimem, nadal posłane. Ruben nie zdążył się w nim położyć. Duży otwarty kufer z kupkami starannie złożonych ubrań. Na nocnym stoliku książka. Martin odwrócił ją z zaciekawieniem, chcąc zobaczyć, jakiej lekturze oddawał się Ruben. *Przygody Sherlocka Holmesa*. Uśmiechnął się krzywo. W tych okolicznościach... całkiem stosowna. Chciałby mieć choćby cząstkę talentu Sherlocka do wyjaśniania pozornie nierozwiązywalnych zagadek.

Kucnął przy kufrze i zaczął ostrożnie wyjmować zawartość. Koszule, wełniane swetry, spodnie i bielizna. Wystarczyłoby na dwa tygodnie, za dużo na weekend. Oczywiście jeśli samemu nie musi się dźwigać, można zabrać więcej, pomyślał Martin. Nie znalazł nic poza ubraniami, ale obmacał jeszcze pusty kufer. Nie znalazł pistoletu. Tak samo ostrożnie włożył wszystko z powrotem. Rozejrzał się i zobaczył opartą o nocny stolik sporą teczkę. Zapaliła się w nim iskra nadziei. Usiadł na łóżku, teczkę położył obok. Miała cyfrowy zamek, ale nie została porządnie zamknięta. Otworzył ją bez kłopotu. Najpierw zobaczył gruby plik papierów i kilka plastikowych skoroszytów. Wyjął je ostrożnie, tak jak wcześniej ubrania z kufra, i położył na łóżku. Teczka była pusta. Żadnego pistoletu. Włożył rękę do środka i wymacał miękką szmatkę w tym samym kolorze co podszewka teczki. To dlatego nie od razu ją zauważył. Rozwinął ją i pomyślał, że Ruben prawdopodobnie owijał nią pistolet. Wcześniej tu był, ale zniknął. Wpatrywał się w przestrzeń, w głowie miał galopadę myśli. Pistolet zniknął. Nie trzeba być geniuszem, żeby się domyślić, że prawdopodobnie to z niego zastrzelono Mattego.

Martin odłożył szmatkę i zaczął przeglądać dokumenty, w nadziei że znajdzie w nich coś interesującego. Nie znalazł nic, co według niego choćby odrobinę łączyłoby się z morderstwami. Protokół z posiedzenia zarządu, sprawozdanie finansowe firmy oraz analiza ryzyka proponowanej inwestycji. Martin z westchnieniem włożył papiery z powrotem do teczki i zamyślił się. Ktoś tu wszedł i zabrał pistolet. Ten ktoś wiedział nie tylko, że Ruben ma broń, ale nawet gdzie ją trzyma. Prawdopodobnie wiedzieli o tym wszyscy członkowie rodziny. Znów westchnął. Z niechęcią pomyślał o tym, że musi zejść na dół i zmierzyć się z panującym tam smutkiem, ale również z odpowiedzialnością. Bardzo mu ciążyła. Wstał. Trzeba się wziąć do roboty, przecież nie można tak siedzieć.

Otworzyły się drzwi, wpadło zimne powietrze i trochę śniegu. Miranda była akurat w przedpokoju. Wzdrygnęła się. Kerstin i Börje, porządnie opatuleni, głośno tupali, żeby strząsnąć z butów grubą warstwę śniegu.

– Ale zimno! – powiedział Börje, zdejmując rękawiczki. – Ale wydaje mi się, że śnieżyca ustaje. Poszliśmy do pomostu, żeby zobaczyć. Jeśli morze uspokoi się na tyle, że będzie mógł wypłynąć lodołamacz, niedługo będziemy mogli popłynąć na ląd. – Odsunął się, żeby przepuścić Kerstin, i oboje zaczęli ściągać puchowe kurtki, które miały ich ochronić przed wiatrem. Börje właśnie wieszał swoją, gdy dostrzegł coś w spojrzeniu Mirandy. Zastygł. – Co się dzieje? Stało się coś?

Kerstin również znieruchomiała. Uświadomiła sobie, że coś jest nie tak. Miranda zdobyła się tylko na kiwnięcie głową. Ściskało ją w gardle, dławił ją płacz.

Nie była w stanie mówić. Chrząknęła z wysiłkiem, torując drogę słowom.

– Tak... stało się... Matte... on... – Potykała się o słowa, wypowiadała je bez ładu i składu. Musiała się skupić, żeby w końcu wykrztusić: – Matte, on... on nie żyje. – Słowa odbiły się od ścian zimnym echem. Zabrzmiały twardo, ostatecznie. Gula w jej brzuchu rosła z każdą wypowiadaną sylabą. Z biblioteki dochodziły łkania.

Gospodarze wyglądali, jakby ich poraził piorun.

– Co? Co ty mówisz? – spytał z niedowierzaniem Börje. – Ale... co... – On również z trudem formułował zdania. Stojąca za nim Kerstin zbladła jak ściana. – Jak to się stało? – Pokręcił głową, jakby nie chciał tego przyjąć do wiadomości.

Miranda chrząknęła. Coś w gardle nie pozwalało jej mówić.

– Został zastrzelony.

– Zastrzelony? – Kerstin straciła oddech, zachwiała się i oparła o ścianę.

– Zastrzelony? – powtórzył Börje, nie przestając kręcić głową.

– Britten znalazła go w jego pokoju – powiedziała Miranda i powędrowała spojrzeniem do zamkniętych drzwi biblioteki.

– Coś takiego. Biedna kobieta – powiedziała Kerstin ze współczuciem. – Jak ona się czuje? – spytała.

– Jest w szoku. – Dobiegający zza zamkniętych drzwi głośny szloch był dość makabrycznym tłem do tego, co powiedziała.

– Biedna kobieta – powtórzyła Kerstin, odzyskując zdolność do działania. – Börje, trzeba zaparzyć kawy i zrobić kanapki. Niechby coś zjedli. I dopilnować ognia na kominku, żeby nie marzli. Zadbamy przynajmniej o obsługę.

Jej energiczne polecenia sprawiły, że Börje również się ocknął. Szybko zsunął buty i spodnie narciarskie.

– Oczywiście. Zajrzę do kominka, a ty zajmij się kuchnią – powiedział, idąc do biblioteki. Nagle przystanął z ręką na klamce.

– Gdzie on jest?

– W chłodni – odpowiedziała Miranda drżącym głosem. – Położyli go w chłodni.

– I nie wiadomo kto... – Börje nie dokończył.

– Nie wiadomo – potwierdziła Miranda. Odwróciła się i poszła na górę, do swojego pokoju. Musiała pobyć chwilę sama.

Drzwi się otworzyły i Britten podniosła wzrok. Börje dyskretnie przystanął w drzwiach.

– Wyrazy współczucia... – powiedział z zakłopotaniem. Nie wiedział, co mógłby jeszcze dodać.

Rozumiała go. Czy są słowa odpowiednie do takiej sytuacji?

Börje podszedł do kominka, rozgarnął pogrzebaczem żar i dołożył drew.

– Przynajmniej będzie trochę cieplej – powiedział stłumionym głosem i tyłem wyszedł z pokoju. – Kerstin zaraz przyniesie kawę i kanapki – dodał, zamykając drzwi.

Britten apatycznie patrzyła za nim. Zupełnie jej nie obchodziło, czy w pokoju jest ciepło. Nie poczułaby nawet, gdyby był mróz. Jakby jej ciało się wyłączyło, jakby przestało odczuwać rzeczy tak przyziemne jak ciepło, zimno, głód czy pragnienie. Jej umysł przetwarzał obrazy i dane, których przyswoić się nie da. Jak sobie z tym poradzić? Jak ma się pogodzić z tym, że jej Matte nie żyje?

Lisette siedziała skulona u jej stóp, głowę oparła na jej kolanach. Britten gładziła ją po wstrząsanej płaczem głowie, ale nie była w stanie jej pocieszyć. Nie potrafiła przeżywać cudzego żalu, gdy pochłaniało ją własne cierpienie.

Przypomniała sobie dzień, gdy Matte przyszedł na świat. Urodził się w lipcu, w sali porodowej było nieznośnie gorąco. Spostrzegła osę uwięzioną między szybami i potem, kiedy rodziła, cały czas śledziła jej walkę. Ale w chwili gdy go zobaczyła, zapomniała i o osie, i o bólu. Był malutki. Ważył tyle, ile powinien, ale wydawał jej się niesłychanie mały i kruchy. Raz za razem liczyła palce u rączek i nóżek, jakby próbowała sprawić, żeby wszystko było dobrze. Nie krzyczał. Z zadziwieniem stwierdziła, że przyszedł na świat cicho, z oczami szeroko otwartymi ze zdziwienia. Lekko zezował, gdy usiłował skupić wzrok na tym, co go spotkało. Od pierwszej chwili pokochała go tak gorąco, że aż ją bolało serce. Oczywiście gdy kilka lat później na świat przyszła Lisette, ją również pokochała. Ale Matte był jej pierworodnym i od chwili gdy jego zaciekawione spojrzenie spotkało się z jej spojrzeniem, połączyła ich szczególna, wyjątkowa więź. Haralda nie było przy porodzie. Takie były czasy. Więź między nią a Mattem stała się tym mocniejsza. Ich dwoje przeciwko całemu światu. Nic ich nie mogło rozdzielić.

To się zmieniło, gdy zaczął dorastać. Magia pierwszej chwili już nie wróciła, ale sporo z niej zostało. Uczucie, że łączy ich coś szczególnego. Cierpiała, widząc, że wyrasta na udręczoną duszę, i domyślając się, że ścigają go nieznane demony. Zadawała sobie pytania, od których robiło jej się duszno: czy popełniła, a może popełnili, jakiś błąd? W głębi duszy wiedziała, że nie. Już w pierwszych, poruszających chwilach, gdy go położyli cieplutkiego i jeszcze lepkiego na jej piersi, dostrzegła w jego spojrzeniu powagę. Wiekową duszę, która jeszcze raz wkroczyła w życie, choć wolałaby ciszę i spokój. Nigdy nie rozmawiała o tym z Haraldem, ale jakaś część niej nie zdziwiła się, kiedy go znalazła leżącego na podłodze, patrzącego przed siebie niewidzącym wzrokiem ślicznych błękitnych oczu. W pewnym sensie zawsze wiedziała, że wiekowa dusza Mattego nie znajdzie dość sił, żeby przeżyć całe życie. Zbyt dużo już doświadczyła. To, że Matte przeżył trzydzieści lat, przeszło jej najśmielsze oczekiwania, choć nie przynosiło jej to żadnej ulgi. Nie przestawała głaskać córki po głowie.

Martin wszedł do kuchni akurat w chwili, gdy Kerstin wlewała do termosu świeżo zaparzoną kawę.

– Ojej, mógłbym dostać filiżankę? – poprosił. Jeśli miał się uporać z ogarniającym go zmęczeniem i zniechęceniem, pilnie potrzebował czegoś pobudzającego.

– Oczywiście. – Kerstin nalała mu kawy do dużego kubka. Zawahała się, ale w końcu powiedziała: – Słyszeliśmy, co się stało. Jak do tego doszło?

Do kuchni wszedł Börje, chciał usłyszeć odpowiedź. Martin chciwie wypił łyk kawy.

– Został zastrzelony. Matka znalazła go martwego w jego pokoju. Cóż, sytuacja wygląda tak, że nie mamy pojęcia, kto mógł to zrobić.

– To na pewno ten ktoś, kto zamordował Rubena – stwierdził Börje, marszcząc czoło i zerkając na drzwi chłodni.

Martin wzruszył ramionami.

– Szczerze mówiąc, nie mam pojęcia. Ale zgadzam się, chyba trzeba przyjąć takie założenie.

– Znaleźliście broń? – spytał Börje, patrząc na Martina uważnie.

– Nie. W pokoju Mattego nie było pistoletu. Sprawdziłem dokładnie.

– Czy on tam leży? – spytała Kerstin lekko drżącym głosem, kiwając głową w kierunku chłodni.

– Tak. Ułożyliśmy go obok Rubena. Wkrótce trzeba ich będzie przewieźć na ląd. I sprowadzić ekipę kryminalistyczną, zanim zatrzemy wszystkie ślady. – Widać było, że jest sfrustrowany.

Börje powtórzył to, co chwilę wcześniej powiedział Mirandzie:

– Dopiero co byliśmy na pomoście. Ledwo tam dotarliśmy, tyle spadło śniegu. Po pas. Ale da się dojść, więc jak tylko morze się uspokoi na tyle, żeby mógł wypłynąć lodołamacz, na pewno będziemy mogli wrócić na ląd.

– A nie dałoby się uruchomić telefonu? – spytał Martin bez większej nadziei.

Börje z ubolewaniem potrząsnął głową.

– Sprawdziliśmy. Wichura zerwała linię. Nie da się nic zrobić, dopóki nie przyjadą monterzy.

– Trudno. Więc naszą jedyną nadzieją jest lodołamacz – podsumował Martin. – Zauważymy, jak przypłynie?

– Wierz mi, że tak – odparła Kerstin, zabierając się do robienia kanapek. – Potwornie hałasuje, gdy już wypłynie, i ten hałas niesie się aż tu. Nie martw się.

– Przebije się do nas?

Börje kiwnął głową.

– Wiedzą, że mamy gości. Rozmawiałem z nimi w zeszłym tygodniu. Jeśli tylko uda im się wypłynąć, przebiją rynnę aż do pomostu.

– Aha. – Martin sięgnął po kanapkę z serem i szynką. – Więc do tego czasu musimy sobie jakoś radzić.

Wszyscy troje zerknęli na zamknięte drzwi chłodni.

Gustav i Bernard wymienili spojrzenia i wymknęli się z biblioteki. Wrócili tam, gdy tylko pomogli Martinowi przenieść ciało Mattego. Chwilę stali w kącie, szepcząc. Nie wiedzieli, jak się zachować wobec rodziców i siostry Mattego. Vivi i Miranda zdążyły pójść do swoich pokoi, natomiast Bernard z Gustavem włożyli kurtki i wyszli na mróz. Mimo zimna z ulgą odetchnęli świeżym powietrzem. W domu zrobiło się klaustrofobicznie.

– Cygaro? – Gustav podetknął synowi etui z ręcznie robionymi cygarami.

– Chętnie. Okazja równie dobra jak każda inna, nie ma potrzeby czekać na uroczystość – odparł Bernard, wyjmując cygaro.

Wprawnym gestem odciął kapturek, zapalił i zaciągnął się z rozkoszą. Smakowało niebiańsko. Jak znał ojca, pewnie nie było tanie. Miał w domu humidor z cygarami wartymi całkiem niezły majątek. Patrzył, jak ojciec zaciąga się z rozkoszą, przymyka oczy i powoli wypuszcza dym.

– Co o tym myślisz? – Gustav wpatrywał się w ciemność. Mocniej otulił się kurtką.

– A co tu myśleć? – Bernard znów się zaciągnął. – To jakaś farsa.

– Farsa? To raczej nieodpowiednie słowo – odparł Gustav, rzucając mu surowe spojrzenie.

– No tak, nie to miałem na myśli. To wszystko wydaje się dość... absurdalne, o, może to słowo jest właściwsze.

– Zgadzam się. – Gustav ćmił cygaro. – Chociaż to mało powiedziane. Straszny cios dla Britten i Haralda.

– Prawdziwa tragedia, cholera. – Bernard strząsnął popiół.

– Dobrze, ale jak ci się wydaje? Kto zabił Mattego i Rubena? Przyznaję, nie spodziewałem się, że ktokolwiek z tej rodziny potrafi wykrzesać z siebie dość energii, żeby zrobić coś takiego.

Bernard się roześmiał.

– Rzeczywiście, zgadzam się. Wiesz, nawet przez chwilę podejrzewałem ciebie. Ale to było jeszcze przed śmiercią Mattego.

– Mnie?! – Gustav spojrzał na syna z urazą.

– No tak, przecież wiem, jak cię ostatnio dziadek cisnął, więc pomyślałem... że wziąłeś sprawy w swoje ręce. – Znów się roześmiał i wcisnął cygaro w zaśnieżoną poręcz prowadzących do domu schodków.

– No wiesz... – Gustav był oburzony. – Miałbym zabić własnego ojca? Czasem się zastanawiam, skąd ty się właściwie wziąłeś. – Potrząsnął głową.

– Uznaj to za komplement. Przecież wszyscy uważają cię za mięczaka. Przecież moje podejrzenie oznacza po prostu, że wierzę, że mojego starego stać jeszcze na to, żeby coś zrobić.

Gustav przyjął słowa syna z niechętnym zadowoleniem.

– Może i masz rację. – On również zgasił cygaro w śniegu, a potem włożył ręce do kieszeni czarnej budrysówki.

– Sądzisz, że Harald mógłby... – Bernard nie dokończył.

Gustav miał taką minę, jakby chciał zaprotestować, ale zastanowił się.

– Gdyby chodziło tylko o Rubena, to... może. Ale Matte? Trudno mi uwierzyć, żeby mógł z zimną krwią zastrzelić własnego syna.

– Przecież nie wiemy, jak to się stało – zaoponował Bernard. – Może się pobili i pistolet sam wypalił... Sam nie wiem, ale nie jest to całkiem nieprawdopodobne.

– Może i racja – przyznał Gustav z ociąganiem. – Nie jest to całkiem nieprawdopodobne. Harald też dostał od ojca za swoje... poza tym zawsze był wrażliwy... – Zamyślił się.

– Miejmy nadzieję, że wkrótce sprawę przejmie policja ze stałego lądu. Ten facet Lisette jest zupełnie zielony i raczej nie można mieć nadziei, że potrafi ją rozwikłać. – Bernard zaśmiał się pogardliwie.

– Rzeczywiście, nie ma co liczyć na tego żółtodzioba. – Gustav również się roześmiał.

– Żółtodziób! Mówisz, jakbyś grał w komedii z lat trzydziestych – powiedział Bernard, otwierając drzwi.

– Uważaj, nie bądź bezczelny!

Gustav wszedł pierwszy. Obaj szybko postarali się przybrać odpowiedniejsze, smutne miny.

– Mógłbym zamienić z panem kilka słów? Da pan radę? – Martin wsunął głowę do biblioteki.

Harald popatrzył pytającym wzrokiem na Britten. Skinęła głową. Wstał i jeszcze raz spojrzał na żonę i na córkę.

– Może usiądziemy w jadalni? – zaproponował Martin.

Harald nie odpowiedział, ale poszedł za nim. Usiedli przy stole w głębi. Kerstin dyskretnie przyniosła im kawę i kilka kanapek. Resztę zaniosła do biblioteki.

– Niech pan coś zje – powiedział Martin, podsuwając mu kanapki. Ale Harald tylko się skrzywił i odsunął talerz. – Muszę panu zadać kilka pytań.

Czuł się jak zbity pies: musiał się naprzykrzać w takiej chwili. Ale Harald nie miał mu tego za złe.

– Proszę bardzo – odparł ze znużeniem i przeciągnął dłonią po twarzy.

– Chodzi o pistolet pańskiego ojca.

Harald drgnął.

– Pistolet ojca? A co z nim... – Coś mu zaczęło świtać. – To z niego... – Jego twarz poszarzała.

– Nie wiem na pewno, ustalą to technicy, ale go nie ma, więc można założyć... – Nie dokończył. – Kto o nim wiedział? – ciągnął, licząc na to, że Harald potwierdzi to, co już wiedział.

Dłoń Haralda drżała, gdy podnosił do ust filiżankę.

– Cała rodzina. Wszyscy wiedzieli. Piętnaście lat temu ojca chciano porwać. Dwa dni przed planowanym uprowadzeniem jeden z porywaczy upił się w pubie i wygadał się niewłaściwej osobie. Ale wiem, że ojciec się bardzo wystraszył. Może po raz pierwszy w życiu. Mieli przygotowaną skrzynię, w której zamierzali go trzymać. Ojciec zobaczył ją na zdjęciu w gazecie i następnego dnia załatwił sobie pistolet. Zawsze miał go przy sobie. Cała rodzina o tym wiedziała.

– Podobno trzymał go w teczce.

– Tak, zgadza się.

– Zamykał ją? – Martin sięgnął po kanapkę.

– Prawdę mówiąc, stale się o to kłóciliśmy, bo ciągle to zaniedbywał. Teczka ma zamek cyfrowy, ale nie chciało mu się go zamykać. Zwracaliśmy mu na to uwagę, ze względu na pistolet, ale również na rozmaite tajne papiery. Wielu ludzi zrobiłoby wszystko, żeby zdobyć te informacje. Ale w tej kwestii był dziwnie niedbały.

– O tym też wiedziała cała rodzinie?

– Tak. – Harald z niedowierzaniem kiwnął głową. – Ale nie wyobrażam sobie... to znaczy... kto mógłby... Komu w ogóle mogłoby to przejść przez myśl? Żeby Mattego, który nawet muchy by nie skrzywdził... – Oczy zaszkliły mu się od łez.

– Ale Bernarda całkiem ostro zaatakował. – Martin miał opory, żeby to powiedzieć, ale wiedział, że musi.

– Został sprowokowany – burknął Harald, ale złość uszła z niego równie szybko, jak się pojawiła, i dodał łagodniejszym tonem: – Bernard bezbłędnie trafia w czułe punkty. Zawsze miałem wrażenie, że między nimi narasta jakiś antagonizm. Pewnie powinienem był się dowiedzieć, o co chodzi... – Gwałtownie wyprostował się na krześle. – Sądzisz, że to Bernard... – Jego twarz nagle nabrała kolorów.

Martin podniósł ręce w obronnym geście.

– Ja jeszcze nic nie sądzę. Przecież nie chcemy, żeby na skutek fałszywych posądzeń sytuacja jeszcze się pogorszyła, prawda? – Wpatrzył się w Haralda, a on kiwnął głową.

– Słyszę, co do mnie mówisz. Postaram się panować nad sobą, ale jeśli znajdę najmniejszy dowód... – Oczy mu pociemniały.

– Dowód...

To słowo przywróciło Martinowi pamięć. Zapomniał o czymś, co powinien był zrobić lub sprawdzić. Chwilę obracał to słowo w ustach. Dowód... Właśnie! Zapomniał o czymś w pokoju Mattego. Zerwał się na nogi.

– Przepraszam, muszę coś sprawdzić. Dziękuję za pomoc. – Ruszył do drzwi. Zatrzymał się w drzwiach i powiedział serdecznym tonem: – Niech pan spróbuje coś zjeść. – A potem potruchtał do przedpokoju i schodami wbiegł na górę.

Vivi zapukała delikatnie do Mirandy. Pokój córki znajdował się naprzeciwko tego, który zajmowali z Gustavem. Chwilę wcześniej słyszała, jak drzwi się otwierają i zamykają. Leżała na łóżku, patrząc w sufit. Pozwoliła błądzić myślom. Chaotycznym i mrocznym. Wystarczyło, że zamknęła oczy. Natychmiast widziała martwe ciało Mattego. Krew na piersi i na podłodze. Wyraz twarzy Britten, gdy na kolanach kołysała głowę syna. W końcu przestała zamykać oczy. Gdy skupiła wzrok na suficie, obrazy wyblakły, stały się mniej straszne. Wystarczy, że ciąży jej własna wina. Zbyt długo skrywane sekrety. Strach sprawiał, że długo były bezpieczne, ale teraz za wszelką cenę chciały wypłynąć na powierzchnię. Sama nie wiedziała dlaczego. Dotychczas nie czuła potrzeby oczyszczenia sumienia. Swoją tajemnicę zamierzała zabrać do grobu. Miała jednak wrażenie, że wszystko się zmieniło. Może dlatego, że był to jej pierwszy bezpośredni kontakt ze śmiercią. A może to wyraz twarzy Britten. Nie ma nic gorszego niż ból matki po stracie dziecka. W porównaniu z tym wszystko inne wydaje się miałkie. Również tajemnice. Jej matka mawiała, że upiór ginie, gdy się go wystawi na światło dnia. Po raz pierwszy miała wrażenie, że światło padło na jej tajemnicę. Teraz wydawała się mała i nieważna. Wstała. Prawie ją uwierało uczucie niezwykłej jak na nią determinacji. W całym swoim życiu nigdy nie podjęła nawet jednej przykrej decyzji. Zawsze trzymała się prostych, szerokich i równych dróg. Teraz jednak zamierzała dorzucić do ognia, o którym nikt nawet nie wiedział, że płonie.

Naciągnęła sweter, stopy włożyła w ustawione porządnie przy łóżku kapcie. Zawahała się, zanim pchnęła drzwi, ale gdy je otworzyła i wyszła na korzytarz, wiedziała, że nie ma odwrotu. Już czas.

Wystarczyło parę kroków i stanęła pod drzwiami Mirandy. Zapukała delikatnie. Najpierw usłyszała szmer, potem pytający głos córki:

– Kto tam?

– To ja.

Rozległy się kroki, Miranda otworzyła. Na jej twarzy malował się niepokój.

– Stało się coś?

Vivi pośpiesznie pokręciła głową.

– Nie, nic. Mogę wejść na chwilę?

– Oczywiście. – Miranda odsunęła się, żeby wpuścić matkę. – Położyłam się, żeby poczytać. Czułam, że muszę się od tego wszystkiego odciąć. – Po jej twarzy przemknął cień.

Vivi zaczęła się zastanawiać, czy dobrze robi, ale natychmiast odpędziła tę myśl. Pora się oczyścić, przewietrzyć szafy, wyrzucić z nich szkielety.

– Muszę ci o czymś powiedzieć. – Vivi przysiadła na łóżku córki.

– Tak? – Miranda usiadła obok matki.

– Ja... – Głos uwiązł jej w gardle, ręka jak zwykle powędrowała do szyi. Nagle nie wiedziała, jak to powiedzieć. Chrząknęła. – Zrobiłam coś głupiego. Wiele lat temu. Chociaż nigdy tego nie żałowałam... – dodała pośpiesznie.

Córka przyglądała jej się ze zdumieniem. Nie miała pojęcia, o czym mówi.

– Miałam... krótki romans. Z innym mężczyzną. I zaszłam w ciążę.

Miranda zrobiła wielkie oczy. Podniosła ręce, jakby chciała po dziecięcemu zatkać uszy, żeby nie słyszeć. Potem opuściła je na kolana i bez słowa wpatrywała się w matkę.

– Ojciec nie wie. Chyba się zdziwił, że urodziłaś się trochę za wcześnie, ale mężczyźni... cóż, lubią się oszukiwać. Czasem się zastanawiam, czy przypadkiem nie przemknęła mu taka myśl, ale chyba nie. – Prychnęła lekceważąco.

– Więc chcesz powiedzieć, że ja... – Miranda, nie odrywając wzroku od matki, przełknęła ślinę. Próbowała przyjąć do wiadomości to, co usłyszała.

– Tak, chcę powiedzieć, że Gustav nie jest twoim ojcem. – Sama się zdziwiła, jak łatwo wypowiedziała te skrywane od ponad dwudziestu lat słowa. Tak pilnowała, żeby to nie wyszło na jaw, unikała nawet myślenia o tym. A teraz siedzi i mówi o tym spokojnie, rzeczowo. Zrobiło jej się lekko na duszy. Dopiero teraz zdała sobie sprawę, jaki to był ciężar.

– Ale kto... – Miranda znów przełknęła ślinę. Jej spoczywające na kolanach dłonie poruszały się niespokojnie, jak pisklęta.

– Harald – powiedziała Vivi, skubiąc supełki przy narzucie. – Twoim ojcem jest Harald. Mieliśmy krótki romans. Zerwałam z nim, gdy zdałam sobie sprawę, że jestem w ciąży.

Miranda musiała zaczerpnąć powietrza. Vivi, korzystając z okazji, mówiła dalej:

– Nikt poza mną i może Haraldem o tym nie wie. Ale chciałam, żebyś wiedziała, że Matte był twoim bratem przyrodnim, nie stryjecznym. – Odczuła taką ulgę, że niemal zakręciło jej się w głowie. Wreszcie to powiedziała. Jakby wszystko, co się wydarzyło podczas świąt – śmierć Rubena, a potem Mattego – chociaż to niewątpliwie tragedia, dla niej oznaczało wyzwolenie. Czego jeszcze mieliby się bać, skoro niebo i tak spadło im na głowy?

– Matte... był... moim... bratem... – powtórzyła, zacinając się, Miranda. – Nie mogę w to uwierzyć... – Kręciła głową, nie odrywając wzroku od matki. – Ale jak... gdzie?

– O tym potem – powiedziała Vivi, klepiąc córkę po ręce. – Wydaje mi się, że potrzebujesz chwili spokoju, żeby to przetrawić. Potem możesz pytać, ile chcesz. W każdym razie już wiesz.

Wstała, gdy nagle ich uwagę zwróciły pośpieszne kroki na schodach. Otworzyła drzwi i o mało nie została przewrócona przez przebiegającego Martina.

– Przepraszam – powiedziała, ale nie zwrócił na nią uwagi. Zatrzymał się przy pokoju Mattego. Zastanawiała się, co go przygnało.

Martin był na siebie wściekły. Jak mógł się dopuścić takiego niedbalstwa! Miał w ręku dowód, pewnie jeden jedyny, i zostawił go w pokoju. A jeśli morderca już tam był i go zabrał?

Zaklął i szarpnął drzwi. Zobaczył plamę krwi na środku podłogi i zatrzymał się w pół kroku, żeby się uspokoić. Nic nie pomoże, jeśli wpadnie i zadepcze ewentualne ślady. Ostrożnie podszedł do nocnego stolika i zauważył, że wstrzymuje oddech. Zobaczył telefon komórkowy i z ulgą wypuścił powietrze. Ten drugi, nie Mattego, tylko kogoś innego.

Podniósł klapkę. Telefon był wyłączony, musiałby znać PIN, żeby go włączyć i sprawdzić, kto jest właścicielem. Oczywiście! Zamknął klapkę i zabrał telefon ze sobą. Zszedł na dół noga za nogą i na chwilę przystanął przed zamkniętymi drzwiami biblioteki. Otworzył je i wszedł. Natychmiast niemal fizycznie odczuł panujący tam smutek, jakby się zderzył ze ścianą. W pierwszej chwili miał ochotę obrócić się na pięcie, żeby nie przeszkadzać. Wiedział jednak, że to nie jest wyjście.

Chrząknął, żeby zwrócić na siebie uwagę.

– Czy naprawdę nie ma sposobu, żeby się stąd wydostać? – powiedziała Britten słabym, skrzekliwym głosem.

Martin stał dwa metry od niej i ledwo ją usłyszał. Potrząsnął głową.

– Jeszcze nie. Börje i Kerstin byli już na pomoście i mówią, że gdy tylko się jeszcze trochę uspokoi, przypłynie lodołamacz.

– Będziemy mogli zabrać Mattego? – Britten otuliła się mocniej kocem. Szczękała zębami z zimna, choć pokój ogrzał się od kominka.

– Dopilnuję, żeby popłynął z nami – odparł Martin w nadziei, że nie popełnia błędu. Trudno, jeśli będzie trzeba, poniesie konsekwencje tej decyzji. Nie potrafił jej odmówić. Widać było, że w każdej chwili może się rozpaść na kawałki. – Mam pytanie. Czy ktoś z państwa poznaje ten telefon? – Podniósł go do góry.

– To mój – od razu odparł Bernard. – Gdzie go znalazłeś?

– W pokoju Mattego.

– Skąd się tam wziął? – spytał Bernard obojętnie.

– Właśnie o to chciałem spytać – odparł Martin, patrząc na niego wyczekująco.

– Nie mam pojęcia. Ostatnio widziałem go w swoim pokoju. Nie chciało mi się go nosić przy sobie, skoro i tak nie ma zasięgu.

– Kiedy to było?

– Rano, jak tylko się obudziłem – odparł Bernard. – Używałem go jako zegarka, więc spojrzałem, kiedy się obudziłem.

– I od tamtej pory nie byłeś w pokoju Mattego? – Martin miał świadomość, że mówi szorstkim tonem, ale przeżycia ostatniej doby mocno dały mu się we znaki. Nie panował już nad emocjami.

– Ja w ogóle nie byłem w pokoju Mattego! Czy ty mnie o coś oskarżasz?

Bernard zrobił krok do przodu. Ojciec położył mu rękę na ramieniu.

– Bernardzie, Martin wykonuje swoje obowiązki. Uspokój się. W końcu wszystkim nam chodzi o to, żeby wyjaśnić sprawę. – Gustav zerknął na Britten. Patrzyła przed siebie i chyba w ogóle nie docierało do niej to, co mówili.

Bernard odtrącił rękę ojca i spokojnie powtórzył:

– Nie byłem u niego. Ani razu.

– Więc nie wiesz, jak się tam znalazł twój telefon?

– Ktoś musiał go zabrać z mojego pokoju – powiedział Bernard, marszcząc brwi. – Tak jest. Na pewno tak było. Ktoś chce mnie wrobić. Morderca wszedł do mojego pokoju, zabrał telefon i podrzucił go do pokoju Mattego.

– Moglibyśmy pójść do twojego pokoju i się rozejrzeć?

– Oczywiście. – Bernard rozłożył ręce i ruszył do drzwi. – Nie mam nic do ukrycia. Możesz sobie patrzeć, ile chcesz – powiedział nieco szyderczym tonem.

Martin, przechodząc obok niego, miał ochotę kopnąć go w kostkę.

Szedł za nim po schodach. Minęli schodzące na dół Vivi i Mirandę. Obie miały dziwne miny, ale Martin nie miał czasu się nad tym zastanawiać.

– Co robicie? – spytała Vivi, zwracając się do Bernarda.

– Nic takiego. Chcemy tylko coś sprawdzić – zbył ją Bernard.

Martin szedł za nim krok w krok.

– Widzisz, nie jest zamknięty. Każdy mógł wejść. – Bernard demonstracyjnie otworzył drzwi i zrobił zapraszający gest.

Martin wszedł pierwszy.

W pokoju panował wzorowy porządek. W szafie wisiały trzy idealnie wyprasowane białe koszule. Pod nimi stała para wyglansowanych czarnych pantofli, identycznych jak te, które Bernard miał na nogach. Żadnej walizki, widocznie została schowana. Na nocnym stoliku leżała książka, *Przygody Sherlocka Holmesa*. Martin nawet zdążył się zdziwić, nie podejrzewał Bernarda o zamiłowanie do czytania, ale Bernard stanął jak wryty.

– Ja jej tu nie położyłem.

– Czego? – spytał Martin, spoglądając na niego.

– Książki. Nie jest moja.

Martin zmarszczył brwi.

– Chcesz powiedzieć, że ktoś się tu zakradł, wziął twój telefon i podrzucił książkę na twój nocny stolik? Trochę naciągane, jakby kto pytał...

– Ale tak było – odparł Bernard z irytacją. – Ja czytam tylko prasę ekonomiczną. *Sherlock Holmes* to lektura dziadka. Osobiście uważam, że to kompletnie niepoważne.

– Jesteś pewien, że rano jej tu nie było?

– Nie słyszałeś?! – powiedział Bernard głośno, wyniośle. – Nie mam takiej książki. Powtarzam, rano jej tu nie było. Ktoś... ją... podrzucił. – Ostatnie słowa wymówił powoli, wyraźnie, jakby się zwracał do dziecka.

Martina znów kusiło, żeby go kopnąć w kostkę. Z trudem się pohamował.

– Nie przesadzaj. Słyszę, co do mnie mówisz – odparł spokojnie. – Widzisz tu jeszcze coś dziwnego? Coś jeszcze ci podrzucono albo zabrano?

Bernard rozejrzał się i potrząsnął głową.

– Nie. Poza tym wszystko wygląda tak jak wtedy, kiedy wychodziłem.

Martin ukląkł i podniósł narzutę.

– Co ty robisz? – zdziwił się Bernard. – A, szukasz pistoletu.

– Tak – odparł Martin. Zmrużył oczy, żeby zobaczyć całą przestrzeń pod łóżkiem, aż do ściany. – Masz coś przeciwko temu?

– Ależ skąd! Używaj sobie! – Bernard oparł się o ścianę i skrzyżował ramiona na piersi. Z rozbawieniem obserwował posuwającego się na czworakach Martina.

Po chwili Martin wstał, otrzepał spodnie i powiedział:

– Pewnie masz jakąś walizkę. Mógłbym do niej zajrzeć?

– *Sure** – odparł Bernard, wskazując na szafę. – Jest tam. Pogrzeb sobie w moich gaciach.

Martin wyciągnął walizkę z ciasnego schowka, położył ją na podłodze i otworzył. Chwilę szukał wśród ubrań, sprawdził boczne przegródki, ale nic nie znalazł.

– I co, żadnego dymiącego pistoletu? – spytał Bernard, obserwując, jak Martin odstawia walizkę na miejsce.

---

* *Sure* (ang.) – oczywiście.

– Nie, tu go nie ma – odparł Martin.

– Czy jestem teraz głównym podejrzanym? – Wydawał się szczerze ubawiony.

– W każdym razie jesteś w czołówce. Jak to mówią: *don't leave town**.

– Na to się raczej nie zanosi. – Bernard się roześmiał. – Choć zdaje mi się, że na dworze się trochę uspokaja. Może w końcu się wydostaniemy z tej dziury.

– Miejmy nadzieję.

Martin rozejrzał się jeszcze raz, a potem wyszedł. Bernard ruszył za nim.

– Mógłbym odzyskać telefon? – spytał, wyciągając rękę.

– Nie, zatrzymam go – powiedział Martin, kładąc rękę na kieszeni. – I tak nie mógłbyś z niego korzystać, skoro nie ma zasięgu.

– Co zrobimy z książką?

– Spytam na dole, kto ją u ciebie położył. Ale zdziwię się, jeśli ktoś odpowie. A ty jak sądzisz? Może to jakaś zaszyfrowana wiadomość dla ciebie?

– Chyba że sam ją tam położyłem, żeby cię wprowadzić w błąd. Nie zapominaj, że jestem głównym podejrzanym. – Znów się roześmiał.

Tym razem Martin się nie powstrzymał:

– Naprawdę cię to bawi? Twój stryjeczny brat nie żyje, dziadek również, a ty traktujesz to jak rozrywkę.

---

* *Don't leave town* (ang.) – nie opuszczaj miasta.

– Ja rozpaczam w duchu – odparł Bernard i teatralnym gestem chwycił się za pierś.

Martin nie mógł na niego patrzeć. Minął go i zszedł na dół. Natychmiast natknął się na Börjego.

– Uspokaja się – powiedział Börje.

Martin kiwnął głową.

– Tak, zauważyłem. Może niedługo będziemy mogli się stąd wydostać.

– Zazwyczaj nie chcemy, żeby nasi goście marzyli o wyjeździe, ale was rozumiem. – Börje wskazał na bibliotekę. – Zaniosłem tam świeżo zaparzoną kawę.

– Dziękuję – odparł Martin i podszedł do drzwi. Usłyszał, że Bernard schodzi na dół, i szybko wszedł do biblioteki, żeby nie słuchać jego głupich uwag.

– Co robiliście? – Harald częściowo odzyskał swój zwykły, pozornie władczy sposób bycia i spojrzał wyczekująco na Martina.

– Tylko coś sprawdzaliśmy – zbył go Martin. W swoim czasie powie, ale sam zdecyduje kiedy.

Podszedł do stołu, nalał sobie kawy i usiadł na kanapie. Lisette już nie siedziała u nóg matki. Przeniosła się na kanapę. Siedziała w jej drugim końcu i szklanym wzrokiem wpatrywała się w podłogę. Martin pogłaskał ją po leżącej na poduszce ręce. Nie zareagowała, ale też nie odtrąciła jego dłoni. Zdał sobie sprawę, że jako chłopak Lisette poważnie zaniedbał swoje obowiązki. No, były chłopak, ale nawet nie próbował jej pocieszać.

Usłyszał, jak za jego plecami Bernard opowiada ojcu o leżącej na jego nocnym stoliku książce. Musiał się pośpieszyć, uprzedzić go.

– Wygląda na to, że ktoś dzisiaj wchodził do pokoju Bernarda. – Nie wytrzymał i dodał: – W każdym razie tak twierdzi Bernard. Ten ktoś zabrał mu komórkę i zostawił na nocnym stoliku książkę. Czy ktoś z państwa wie coś na ten temat? – Martin rozejrzał się po bibliotece.

Zapadła cisza. Britten jakby nie usłyszała. Bernard i Gustav pokręcili głowami. Vivi i Miranda siedziały naprzeciwko niego na kanapie i wydawały się całkowicie nieobecne. Miranda była blada jak ściana. Martin przypomniał sobie, że gdy je spotkał na schodach, obie miały dziwne miny. Kolejna rzecz do zbadania.

– Co to była za książka? – spytała Lisette, patrząc na Martina.

– O Sherlocku Holmesie. Wydaje mi się, że różne opowiadania.

Lisette zachichotała, dziwnie, pusto.

– To na pewno książka dziadka. Miał fioła na punkcie Sherlocka Holmesa.

– W młodości był prezesem jakiegoś stowarzyszenia imienia Sherlocka Holmesa – dopowiedział Harald. – Członkiem był całe życie. Zawsze miałem wrażenie, że stowarzyszenie – i całe to zainteresowanie – było dla grupki staruchów jedynie pretekstem, żeby się raz w miesiącu spotkać i pobajdurzyć przy szklance whisky.

– Nie, naprawdę się tym interesował – powiedziała Britten lekko łamiącym się głosem. – Mattemu to się udzieliło. Kiedy się spotykali w piątki, często o tym rozmawiali.

– Ale nie wiecie, kto i dlaczego mógł podrzucić książkę?

Nikt nie odpowiedział.

Gustav chrząknął.

– Nie ma śladu po pistolecie, co?

– Niestety.

Znów zapadła cisza. W bibliotece zebrała się cała rodzina i Martina dopiero teraz, po raz pierwszy, uderzyła myśl, że ktoś z nich jest mordercą. Nie było innej możliwości. W chłodni leżały zwłoki dwóch zamordowanych. Jednego otruto, drugiego zastrzelono. Zrobił to ktoś z nich. Musiał się znajdować tu, w tym pokoju. Martin wzdrygnął się, aż mu pociemniało w oczach.

– Co będzie, kiedy wrócimy na ląd? – Miranda zadała pytanie, które zapewne nurtowało wszystkich.

– Zostaniecie przesłuchani przez moich kolegów z komisariatu. Ekipa techników kryminalistyki przypłynie tu i dokona oględzin. – Zawahał się. – Ciała Rubena i Mattego trafią do zakładu medycyny sądowej i zostaną poddane obdukcji. Miejmy nadzieję, że sprawa wkrótce zostanie wyjaśniona.

Miranda kiwnęła głową. Przesunęła wzrokiem po wszystkich po kolei. Myślała zapewne o tym samym co Martin. Jakby ich zobaczyła po raz pierwszy. Spojrzała na matkę i jej twarz znów nabrała tego szczególnego wyrazu. Spojrzenia Vivi i Martina spotkały się. Zobaczył w jej oczach spokój, którego w nich wcześniej nie było. Jakby znikła cała nerwowość i chwiejność nastroju. Zaciekawił się jeszcze bardziej. Postanowił podrążyć.

– Mógłbym z panią zamienić kilka słów na osobności? W biurze?

Skinęła głową i wstała.

Usiedli w tym pokoju po raz drugi podczas tego dramatycznego weekendu, ale tym razem miał przed sobą zupełnie inną kobietę.

– Mam wrażenie, że stało się coś, o czym nie wiem. – Przerwał, ale po chwili ciągnął dalej: – Nie umiem powiedzieć, o co chodzi, ale mam poczucie, jakby...

Szukał właściwego słowa, gdy nagle Vivi mu przerwała:

– Jesteś bystrzejszy, niż myślałam. – Spokój nadał jej nową osobowość. Spodobała mu się. Niewątpliwie zmieniła się na lepsze, cokolwiek wywołało tę zmianę.

– Jeśli powiem, że to sprawa rodzinna, która w żaden sposób nie łączy się z morderstwami, dasz mi spokój? – Przekrzywiła głowę i obserwowała go, czekając na odpowiedź.

– Nie – odparł Martin. – W tej chwili to ja decyduję, co jest dla sprawy istotne, a co nie. Dlatego będę wdzięczny, jeśli mi pani powie, nawet jeśli wolałaby pani zatrzymać to dla siebie.

– Spodziewałam się, że to powiesz – odparła. – Cóż, puszka Pandory została już otwarta, więc równie dobrze mogę poinformować władze.

Roześmiała się. Martin stwierdził, że podoba mu się coraz bardziej. Jakby nagle obudziła się do życia. Silna, energiczna Vivi, która zrzuciła skruszały pancerz.

– Napięcie, które wyczułeś między mną a Mirandą, wzięło się stąd, że powiedziałam jej, że nie jest córką Gustava. Tylko Haralda.

Martin zbaraniał. Na pewno nie tego się spodziewał. Nie odezwał się ani słowem, pozwolił Vivi mówić dalej:

– Miałam z Haraldem krótki romans i zaszłam w ciążę. Urodziła się Miranda.

– A Bernard? – Martin jeszcze nie zdołał się pozbierać.

Vivi prychnęła.

– Bernard niewątpliwie jest synem Gustava, wypisz wymaluj tatuś. Wydaje mi się, że Miranda zawsze była podobna do Mattego. – Po raz pierwszy od chwili, kiedy zaczęła mówić, głos jej zadrżał. – To dlatego jej powiedziałam... Wydawało mi się, że powinna wiedzieć, że straciła brata przyrodniego, nie stryjecznego.

– A Gustav? Czy on wie? – Martin wciąż nie potrafił się zdecydować: wierzyć czy nie wierzyć w to, co usłyszał. Zalatywało kiepską operą mydlaną.

– Nie, chyba nie umiałby sobie wyobrazić, że mogłabym mieć tyle odwagi, żeby zrobić coś za jego plecami. Nigdy się ze mną nie liczył. W żadnej kwestii.

Sądzę, że przede wszystkim byłby... bardzo zdziwiony. No i wściekły na Haralda.

– A Harald? Wie?

Roześmiała się.

– W końcu był przy poczęciu. Chociaż sądzę, że nie miał pewności, czy Miranda jest jego córką. Ale wiedział, że to możliwe.

– Na pewno się pani bała, że to wyjdzie na jaw.

Jego współczujący ton sprawił, że twarz Vivi zmiękła. Przytaknęła.

– Swoje przeszłam. Mnóstwo nieprzespanych nocy. Ale przede wszystkim... – Zawahała się, Martin czekał. – Przede wszystkim niepokoiła mnie kwestia dziedziczenia...

– Spadku? Pieniędzy? – Martin nie rozumiał. – Chodzi pani o to, że Ruben by się zdenerwował...

Vivi gwałtownie potrząsnęła głową.

– Nie chodziło mi o spadek, tylko o genetykę. Zważywszy na wszystko, co przeszedł Matte... te jego depresje. Martwiłam się, że i Mirandę to spotka.

– Ale nie spotkało?

– Na szczęście nie. Dotknęło tylko biednego Mattego.

– Na ile głębokie były jego depresje? Nikt nie chce o tym mówić.

– Ja myślę – odparła zjadliwie Vivi. – Biedak, nie miał łatwo. Britten na pewno robiła, co mogła, ale panowie z tej rodziny zawsze woleli jakieś pokrętne tłumaczenia. Nawet Ruben, który tak się o niego troszczył, nie chciał dopuścić myśli, że Matte ma bardzo poważne problemy psychiczne. Potrzebował profesjonalnej pomocy dużo wcześniej. Nawet kiedy... – W oddali rozległ się huk. Urwała w pół słowa i spojrzała w okno.

– To pewnie lodołamacz w końcu wypłynął – stwierdził Martin i natychmiast ją ponaglił: – Nawet kiedy...

– A, prawda. – Vivi znów spojrzała na niego. – Więc nawet kiedy kilkakrotnie próbował odebrać sobie życie, nie chcieli zrozumieć, że to poważna sprawa. Co jakiś czas oddawali go do szpitala, żeby „nabrał sił", ale o poważnej terapii nie było mowy. Wydaje mi się, że Harald powiedział przy jakiejś okazji: mam nadzieję, że chłopak z tego wyrośnie. – Powtórzyła to z wyraźną złością.

Przerwało im pukanie do drzwi. Wszedł Börje.

– Płynie do nas lodołamacz. Powinniśmy się spakować i ruszać na pomost.

Martin spojrzał na Vivi.

– Dobrze. Myślę, że skończyliśmy.

Skinęła głową i wstała.

– Idę się spakować. Muszę powiedzieć, że wyjazd stąd będzie prawdziwym błogosławieństwem.

– Rzeczywiście, muszę się z panią zgodzić. – Puścił ją przodem i poszedł do pokoju, który zajmował z Lisette.

Już tam była, wkładała swoje ubrania do walizki. Oczy miała czerwone od płaczu.

– Jak tam? – spytał, obejmując ją.

Przytuliła się do niego na chwilę i rozluźniła. Potem się odsunęła i powiedziała:

– Domyślam się, że to pożegnanie. Prawda? – Spojrzała mu spokojnie w oczy.

Martin nie mógł odpowiedzieć inaczej:

– Tak, masz rację. To pożegnanie.

Lisette ujęła jego twarz w dłonie i pocałowała w policzek.

– Przepraszam, że się głupio zachowałam.

– No wiesz, okoliczności były... trudne, i wszyscy to odczuliśmy. Tak czy inaczej.

– Porządny z ciebie facet.

Pocałowała go jeszcze raz, wzięła walizkę i wyszła, nie oglądając się za siebie. Martin stał dłuższą chwilę. Czuł głównie ogromną ulgę, ale jednocześnie było mu trochę przykro. Kolejny jego związek zakończył się niepowodzeniem. Zaczynał mieć tego serdecznie dość. Czy już nigdy nikogo nie znajdzie?

Z westchnieniem wrzucił swoje rzeczy do torby i zarzucił ją na ramię. Komórkę Bernarda i książkę o Sherlocku Holmesie włożył do papierowych torebek. Ostrożnie zawinął je w swoje koszulki i ułożył na wierzchu. Wcześniej bezpiecznie spakował szklankę z wigilijnej kolacji. Bałby się ją zostawić.

Ale zamiast od razu pójść za resztą, poszedł do pokoju Mattego. Stanął w drzwiach i długo patrzył, jakby czekał, aż pokój opowie mu, co się stało. Lekko odwrócił głowę w lewo i zobaczył wbity w drzwi pocisk. Nadal irytowała go szczerba w gzymsie kominka. Czuł, że to ważne, choć za nic nie mógł dojść dlaczego.

Dziesięć minut później całą gromadką brnęli przez śnieg do pomostu. Z trudem, bo nieśli bagaże. Börje poszedł przodem i sądząc po odgłosach silnika, bez problemu uruchomił motorówkę. Wkrótce znów będą na stałym lądzie. Postanowili, że najpierw zaniosą bagaże, a potem panowie wrócą do chłodni po zwłoki. Nikt się do tego nie palił. Martin wiedział, że właściwie powinien je zostawić na miejscu. Ale ciągle miał przed oczami spojrzenie Britten, gdy pytała, czy zabiorą ze sobą Mattego, więc zagryzł zęby. Niech tak będzie.

Idąc z powrotem do domu, głowę miał pełną różnych myśli. Myślał o pistolecie, o książce, o rozmowach z członkami rodziny Liljecrona, o kolacji pierwszego wieczoru, gdy padały rozmaite aluzje i docinki, ostre jak groty strzał. Wszystko zmieszało się w jedną wielką bezkształtną masę. Matte i Ruben. Dziadek i wnuk. Bliżsi sobie niż inni członkowie tej rodziny. Spotkania w każdy piątek, żeby porozmawiać, wymienić poglądy. Jeden młody, drugi stary. Jeden chory na ciele, drugi na duszy. Wspólny konik, Sherlock Holmes. Martin widział tylko filmowe adaptacje powieści i nie potrafił zrozumieć, że można tak sfiksować... Zatrzymał się w środku tej myśli. Coś się poruszyło na skraju jego świadomości. Stanął jak wryty. Bernard wpadł na niego z tyłu.

– Kurde, co jest...

– O, przepraszam – odparł Martin nieobecnym głosem i ruszył.

Dochodzili już do schodów. Potrząsnął głową, usiłując uchwycić tę myśl. Ciągle mu uciekała. Coś, co ma związek z Sherlockiem Holmesem i filmem... O! Jest! Poczuł, że ma pewność. Rozpierało go poczucie triumfu. Rzucił się do domu.

– Co się stało? – zawołał za nim Bernard, ale Martin nie zwrócił na niego uwagi.

Nawet nie zdjął zaśnieżonych butów. O mało się nie przewrócił i nie klapnął na siedzenie. W ostatniej chwili złapał się poręczy i odzyskał równowagę. Sadząc po dwa stopnie naraz, wbiegł na górę i pognał korytarzem do pokoju Mattego. Słyszał, że ktoś za nim woła, ale był tak skupiony na tym, co ma zrobić, że ledwie to zarejestrował. Musi mieć rację. Na pewno. To wszystko wyjaśnia!

Otworzył drzwi pokoju Mattego i dopiero wtedy zwolnił. Serce waliło mu z wysiłku i z podniecenia, że, jak sądził, już wie. Wszedł do środka, ostrożnie ominął plamę krwi i podszedł do kominka. Spojrzał na szczerbę w gzymsie i wyciągnął rękę. Była tak skostniała z zimna, że cofnął ją i zaczął niecierpliwie rozcierać, żeby odzyskać czucie. Po chwili było trochę lepiej. Znów wyciągnął rękę, włożył ją pod okap i zaczął ostrożnie macać. W pierwszej chwili nic nie wymacał. Już nie był taki pewny. A jeśli się myli? Szukał dalej. Gdy pod palcami wyczuł coś twardego i chłodnego, ogarnęła go błogość. Usłyszał dochodzące zza pleców głosy.

– A ty co robisz?

W drzwiach stał Bernard. Wyglądał na zdumionego, włosy sterczały mu na wszystkie strony, co jak na niego było dość niezwykłe. Za nim stali równie zdumieni Harald i Gustav.

Martin bez słowa chwycił to, co wymacał, i pociągnął. Bernardowi, Haraldowi i Gustavowi aż zaparło dech, kiedy zobaczyli, co trzyma w ręku.

– Pistolet? – powiedział z niedowierzaniem Harald. – Skąd? Jak się tam znalazł?

Martin pociągnął mocniej i pokazał im, nadal nie mówiąc ani słowa. Pistolet był przymocowany elastyczną taśmą.

– Nic z tego nie rozumiem... – Gustav wpatrywał się w pistolet i taśmę i kręcił głową.

Martin jeszcze nie chciał mówić o swoich wnioskach. Odwrócił się i znów zaczął macać pod okapem. Po jego twarzy znów rozlał się wyraz zadowolenia. Palce natrafiły na folię. Pociągnął delikatnie, folia zaszeleściła, ale nie poddawała się. Podważył i wyjął coś, co okazało się plastikową torbą ze sklepu spożywczego. Dość ciężką. Ostrożnie położył ją na podłodze i zajrzał do środka. Zawierała dwie rzeczy: kamerę wideo i kopertę.

Trzej panowie Liljecrona weszli do pokoju i otoczyli go. Wyglądali jak jeden wielki znak zapytania.

– Dlaczego w kominku była kamera? – Gustav patrzył na Martina pytającym wzrokiem.

– Przekonajmy się – odparł Martin, włączając ją. Wcisnął przewijanie, a potem odtwarzanie. Początkowo ekran był czarny, ale po kilku sekundach odezwały się znajome głosy: Mattego i Rubena. Dziadek siedział na wózku inwalidzkim na wprost kamery, którą zapewne trzymał wnuk. Dziadek chrząknął.

– Będziecie to oglądać już po mojej śmierci.

Harald musiał zaczerpnąć tchu. Gustav zbladł jak ściana, natomiast Bernard był niemal rozbawiony. Jakby już przeczuwał, co będzie dalej.

Ruben ciągnął:

– Według lekarzy zostało mi pół roku życia. Nie mam w zwyczaju się poddawać, więc skonsultowałem się z wszelkimi możliwymi specjalistami, ale wszyscy powiedzieli to samo. Koniec. W dodatku pełen cierpienia. Pozbawiający godności. Wiecie dobrze, że cierpienie potrafiłbym znieść, ale nie utratę godności... Nigdy. Dlatego postanowiłem wziąć sprawy w swoje ręce. A przy okazji nie mogę się oprzeć pokusie, żeby wam utrzeć nosa. Zawiedliście mnie najbardziej, jak się dało, nie spełniliście moich oczekiwań. Ale spokojnie, dostaniecie moje pieniądze. Jeśli dobrze was znam, nie przyniosą wam szczęścia. Raczej sami ściągniecie na siebie zgubę. Niech tak będzie. Dam je wam, ale najpierw jeszcze trochę was podręczę.

Ruben uśmiechnął się i sięgnął poza kadr. Martin rozpoznał stojące w tle łóżko z baldachimem. Nagrano to w pokoju Rubena w pensjonacie na Valö. Ruben trzymał torebkę z jakimś proszkiem, podniósł ją na wysokość twarzy.

– To cyjanek. Nietrudno go zdobyć, jeśli się ma pieniądze i odpowiednie kontakty. Sam podczas dzisiejszej kolacji wsypię go do szklanki. Mam nadzieję, że zafunduję wam prawdziwie dramatyczne przedstawienie. Podkreślam, wsypię go sam. Matte nie będzie miał żadnego udziału w mojej śmierci. Poza tym, że jest dla mnie oparciem i będzie świadkiem. Zaznaczam również, że zrobił wszystko, żeby mnie od tego odwieść, ale z czasem zrozumiał, że jestem absolutnie zdeterminowany, i w końcu posłuchał mojej prośby. Zgodził się mi pomóc dać wam wszystkim nauczkę. Mam nadzieję, że przez jakiś czas będziecie musieli żyć z podejrzeniem, w obawie i rozpaczy, że was wydziedziczę. Kiedy mój testament zostanie odczytany, dowiecie się, że tego nie zrobiłem. Wtedy też Matte dopilnuje, żebyście zobaczyli to nagranie. To proste, jak by powiedział drogi Watson*. – Ruben zachichotał z własnego żartu, wyraźnie zadowolony, że wymyślił tak dramatyczny sposób odejścia. Matte milczał. Trzymał kamerę, ale ciężki oddech zdradzał, że jest wzburzony.

Ruben poprawił się na siedzeniu, zamierzał przejść do puenty.

---

* *Elementary, dear Watson* (ang.) – to proste, drogi Watsonie (kwestia Sherlocka Holmesa z jednej z adaptacji filmowych, nie padła w żadnej z książek Conan Doyle'a).

– Życzę wam świąt z piekła rodem i paskudnego Nowego Roku. I żeby moje pieniądze nie przyniosły wam szczęścia. – Zarechotał. Obraz zrobił się czarny.

– Co za cholerny... staruch... – wysyczał Gustav.

Harald gapił się na ekran wyłączonej kamery, jakby wciąż nie potrafił przyjąć do wiadomości tego, co usłyszał. Bernard zaczął się śmiać. Śmiał się coraz głośniej, złapał się za brzuch i ronił łzy, zanosząc się, wręcz rycząc ze śmiechu. Gustav szturchnął go łokciem.

– Przestań, robisz z siebie pośmiewisko.

– Co za cholerny staruch! – Bernard nie przestawał ryczeć ze śmiechu. – Wszystkich nas wykiwał.

Płakał ze śmiechu, musiał wytrzeć oczy rękawem. Harald opadł na łóżko. Nawet się nie uśmiechnął.

– A Matte? Dlaczego?

Martin podał mu białą kopertę.

– Może tu jest wyjaśnienie.

Harald otworzył kopertę i trzęsącymi się rękami wyjął list. Wpatrywali się w niego, gdy czytał w milczeniu. Po chwili położył list na kolanach i powiedział cicho:

– Nie potrafił żyć ze świadomością, że pomógł dziadkowi odebrać sobie życie. Ruben przekonywał go, błagał o pomoc w zainscenizowaniu tej farsy. Matte miał wątpliwości, ale myślał, że da sobie radę. Nie dał. Pisze, że nie umie się pogodzić z tym, że pomógł dziadkowi umrzeć. Przeprasza cię, Bernardzie. Pisze, że podrzucił książkę do twojego pokoju i zabrał ci komórkę, żeby rzucić na ciebie podejrzenie. Wiedział, że zostaniesz oczyszczony z chwilą, gdy się wyjaśni, że popełnił samobójstwo. Pisze, że pod tym względem jest nieodrodnym wnukiem swego dziadka. Nie przepuścił okazji, żeby się zemścić. Chciał wziąć na tobie odwet.

– Samobójstwo? – Gustav wciąż nie rozumiał.

Martin zaczął wyjaśniać:

– Nagle mi się przypomniało, że widziałem to w filmie o Sherlocku Holmesie. Matte obwiązał pistolet taśmą. Drugi koniec umocował pod okapem kominka. Strzelił sobie w serce. Gdy rozluźnił chwyt, taśma wciągnęła pistolet pod okap, poza zasięg wzroku. Czary-mary i pistolet znika. Wiedział, że założymy, że został zamordowany. Pistolet zrobił szczerbę w gzymsie – powiedział Martin, wskazując na bruzdę. – Uderzył w niego, zanim został wciągnięty do środka.

– Nie myślałem, że jest taki sprytny – powiedział Bernard. Przestał się już śmiać, ale nadal był ubawiony. – Sprawa została rozwikłana, proponuję udać się na stały ląd. Łódź czeka.

Martin musiał się z nim zgodzić, choć nie podobał mu się ten beztroski ton. Więcej nie mogli zrobić.

Pół godziny później motorówka odbiła od pomostu. Wieczór był ciemny, ale pogodny, rozgwieżdżony. Światła pozycyjne łodzi oświetlały śnieg. Zalegał grubą warstwą na lodzie, po obu stronach wybitej przez lodołamacz rynny. Wszyscy już wiedzieli, co się naprawdę w ciągu ostatniej doby wydarzyło na Valö. Nie było nic do dodania. Milczeli. Martin odwrócił się tyłem do wyspy. Przed oczami miał mieniącą się światłami Fjällbackę.

Na dnie łodzi spoczywały przykryte brezentem ciała obu zmarłych.

Do Wigilii zostało jeszcze pięć dni.

Kobieta sukcesu

Drzwi do białej drewnianej willi w Enskede otwiera mi pewnego zimowego dnia sama Camilla Läckberg, nieumalowana mama trójki dzieci – *the girl next door*. W wygodnych spodniach od dresu i T-shircie, z włosami ściągniętymi na czubku głowy w niedbały koński ogon. Szykuje mocną kawę z maszyny Nespresso i szybciutko zagłębia się w róg wygodnej białej kanapy w salonie, okrywa ramiona pledem i otwiera laptopa, którego trzyma na kolanach. To jej ulubiona pozycja.

W telewizji leci właśnie kolejna powtórka amerykańskiej wersji *Top Model*. Szum ściszonego telewizora i trzask ognia na kominku stwarzają przytulny nastrój.

W ciągu dziesięciu lat Camilla Läckberg przeszła drogę od znudzonej ekonomistki do jednej z najpopularniejszych szwedzkich autorek powieści kryminalnych. Pisze je najczęściej, siedząc na tej kanapie.

Właśnie zaczęła pisać kolejny kryminał z Fjällbacki, dziewiąty tom serii, zatytułowany *Pogromca lwów*. Nie jest to jej ulubiony etap. Pisanie pierwszych pięćdziesięciu, siedemdziesięciu stron idzie jej jak po grudzie, dopiero odnajduje swoją opowieść.

Mówiąc, żywo gestykuluje i ciągle sięga po smartfona, żeby sprawdzić przychodzące tweety. Jej konto na Twitterze śledzi około czterdziestu tysięcy osób, a z najwierniejszymi fanami utrzymuje stały kontakt. Robi to od czasu, kiedy w latach 2005–2008 prowadziła popularnego bloga Deckarmamman (po polsku Mamuśka od kryminałów).

– Na początku moje blogowanie wynikało z tego, że jako pisarka chciałam być do dyspozycji moich czytelników. Potem odkryłam, jakie to fajne. Kiedy piszę, moimi największymi wrogami są Twitter, Instagram i telefon. Smartfona staram się odkładać i pozwalam sobie sięgnąć po niego w nagrodę za napisanie odpowiedniej liczby stron. – Uśmiecha się, kiedy to mówi.

Prymuska z Fjällbacki, która liceum skończyła na samych piątkach, zawsze pracowała więcej niż inni i rzadko pozwalała sobie na samozadowolenie. Ale z ostatnich dziesięciu lat, gdy pisała i wydawała kryminały, jest naprawdę dumna.

Szwecja może się poszczycić całkiem pokaźną liczbą królów i królowych kryminałów, ale tylko Henning Mankell i Liza Marklund osiągnęli większe powodzenie od niej. Ich książki sprzedały się w łącznych nakładach odpowiednio czterdziestu i trzynastu milionów egzemplarzy*.

---

* Autorka nie uwzględnia Stiega Larssona, który jest określany jako autor thrillerów politycznych, nie kryminałów. Jego

Nigdy nie ukrywała, że lubi rywalizację. W wywiadzie, którego w 2008 roku udzieliła gazecie „Expressen", powiedziała: „Dla mnie Liza jest jak sztuczny zając na wyścigach psów. Próby dogonienia jej działają na mnie niezwykle ożywczo. Chodzi o to, żeby mieć kogo podziwiać i dla kogo pobiec trochę szybciej".

Zawsze była wytrwała. W pierwszych klasach podstawówki ścigała się z Joakimem, kolegą z klasy, o to, kto będzie miał w zeszycie najwięcej złotych gwiazdek z matmy. Tak się wysforowała, że przeskoczyła jedną klasę, co odebrała jako *perfect score* i natychmiast wyznaczyła sobie następny cel: ukończenie szkoły na samych piątkach.

– Moje poczucie własnej wartości zawsze zależało od wyników, które osiągałam w szkole, i rodzice byli bardzo dumni, kiedy dostawałam dobre stopnie. Ale od zawsze wiedziałam, że chcę pisać. Było to dla mnie tak oczywiste jak oddychanie.

Pierwszą książkę upichciła już w wieku czterech, może pięciu lat. Była to ilustrowana historyjka o krasnalu, który tak się rozzłościł na żonę, że w końcu ją zabił. Na rysunkach widać wyraźnie krew cieknącą z głowy... Camilla dyktowała, a mama i tata spisywali. Powstała z tego cała seria mrożących krew w żyłach opowieści o krasnalach:

---

książki sprzedały się w rekordowej liczbie sześćdziesięciu milionów egzemplarzy w pięćdziesięciu krajach.

Camilla z najlepszą przyjaciółką Malin, 1980 rok.

Był sobie krasnal, który miał córeczkę, uroczą dziewczynkę. Pewnego dnia dziewczynka zachorowała. Krasnal się bardzo zmartwił i poszedł po doktora. Ale doktor nie mógł nic poradzić. Następnego dnia dziewczynka już nie żyła.

Camilla już wtedy rozumiała znaczenie marketingu, więc „masowy" nakład – kilkanaście egzemplarzy – zaniosła do domu pogodnej starości Åldersro we Fjällbace, ku zachwytowi pensjonariuszy.

– Moje zaciekawienie różnymi okropieństwami objawiło się bardzo wcześnie. W domu mieliśmy rocznik „Nordisk Kriminalkrönika"*, w którym można było poczytać o rozmaitych morderstwach. Byłam tym zafascynowana i godzinami mogłam oglądać czarno-białe zdjęcia przedstawiające na przykład zawinięte w dywan zwłoki. Uważałam, że to absolutnie pasjonujące!

A potem pisała wypracowania – co raczej nie dziwi – o morderstwach, katastrofach i innych dramatach. Po kolejnym takim wypracowaniu nauczyciel szwedzkiego poprosił ją na rozmowę i spytał, czy ma problemy w domu, a potem aż do czasu, kiedy ukończyła szkołę, miał ją na oku.

Uważa, że ogromny sukces, który odniosła, to swego rodzaju rewanż nieśmiałej dziewczyny z prowincji.

– W okresie dojrzewania nie należałam do tych dziewczyn, które się liczyły w szkole. Byłam kujonką w okularach ze szkłami grubymi jak dno butelki od coca-coli, a na dodatek nosiłam szynę na zębach... Grzeczna dziewczynka, która się nie buntowała przeciwko rodzicom. Ale nie miałam talentów towarzyskich. Brakowało mi pewności siebie, kiedy chodziło o dziewczyńskie przyjaźnie i relacje z chłopakami, ale też o wygląd.

---

* „Nordisk Kriminalkrönika" – „Kronika Kryminalna Północnej Europy" – opis przestępstw dokonanych w danym roku w Szwecji (i niektórych popełnionych w Danii, Norwegii i Finlandii), w sprawie których wydano wyroki skazujące.

Camilla gra na skrzypcach
podczas zakończenia roku w szkole muzycznej.

– Byłam kumpelką tej ładnej. Nie na tyle beznadziejną, żeby mnie całkiem odtrącano, ale czułam się wykorzystywana. Zachowywałam się wtedy jak popiskujący szczeniak, zaszywałam się w swoim świecie.

Odkąd w wieku pięciu czy sześciu lat nauczyła się czytać, najchętniej wsadzała nos w książki. Siadywała w swoim pokoju na trzecim piętrze rodzinnego domu we Fjällbace.

– Najfajniejsze były te chwile, gdy wracałam ze szkoły, w domu nikogo nie było i mogłam siedzieć i czytać.

Na rękach słynnej aktorki Ingrid Bergman
na Dannholmen pod Fjällbacką, 1975 rok.

Zresztą wydaje mi się, że jeśli chce się zostać pisarzem, trzeba lubić samotność, bo pisanie łączy się z długimi okresami samotności.

W dzieciństwie wymykała się z przedszkola do szkoły, która była za ścianą. Jej mama wspomina, że nauczycielka, pani Kerstin, nie potrafiła się oprzeć dziewczynce, która ciągle by tylko czytała.

– Nie chciała być w przedszkolu, chciała siedzieć w szkole i czytać książkę albo coś pisać. No to jej pozwoliliśmy.

Wkrótce była stałą bywalczynią biblioteki. Raz w tygodniu przynosiła do domu całkiem spory stos książek.

– Pani Ella, bibliotekarka, mnie uwielbiała! A czytałam wieczorem w łóżku, pod kołdrą, przyświecając sobie latarką.

Jako jedenastolatka zdążyła przeczytać wszystkie co do jednej powieści Agathy Christie i zabrała się do lektury Stephena Kinga.

Oprócz tego czytała mnóstwo książek dla młodzieży i komiksów, ale gardziła dziewczyńskimi przebojami w rodzaju „Penny" albo „Min häst"*. Wolała komiksy *Agent X-9* i *Tales from the Crypt***. A także opowieści o duchach, takie jak *Jeździec bez głowy* i cała twórczość Edgara Allana Poe.

Zamiłowanie do czytania dzieliła z ojcem, Jensem.

– Byłam raczej córeczką tatusia. Byliśmy do siebie bardzo podobni. Tata znał moje marzenia i podejrzewam, że sam marzył o pisaniu. Z okazji urodzin kogoś z przyjaciół często był proszony o napisanie przemówienia albo tekstu piosenki. Miał ogromny autorytet. W dzieciństwie stawałam na baczność, kiedy wydawał mi jakieś polecenie. A jednocześnie był bardzo ciepły i serdeczny.

W latach pięćdziesiątych kilka lat pracował w policji. Odszedł, gdy został oskarżony o nadużycie siły.

---

* „Penny" i „Min häst" – przeznaczone dla dziewczynek gazetki o koniach.

** *Agent X-9* to szwedzka wersja amerykańskiego komiksu stworzonego przez Dashiella Hammetta. *Tales from the Crypt* – Opowieści z krypty – komiks, który ukazywał się w latach pięćdziesiątych XX wieku.

Tata Jens z małą Camillą na pokładzie łódki „Camilla II". 1977 rok.

Wszczęto dochodzenie, które wykazało, że zarzuty były bezpodstawne, ale Jens Läckberg uniósł się honorem, zwłaszcza że na początku zabrakło mu wsparcia przełożonych. Zatrudnił się w firmie ochroniarskiej Securitas i z czasem został szefem okręgu.

Miał czterdzieści pięć lat, gdy w 1974 roku urodziła się Camilla. Był już wtedy na rencie z powodu kilku zawałów i operacji wszczepienia by-passów. Z kolei matka Camilli, Gunnel, cierpiała z powodu następstw wypadku samochodowego i przebywała na długookresowym zwolnieniu lekarskim. W związku z tym Camilla miała w domu oboje rodziców.

Pamięta, że czasem okropnie ją to złościło, choć matka spędzała dużo czasu u niedomagającej babci, więc często była sama z tatą.

– Tata lubił oglądać szwedzkie komedie z lat trzydziestych. Z nich wzięły się niektóre moje wyrażenia. Ale podobnie jak ja stale czytał. Ciągle chodził po domu z książką, jedną ręką przewracał kartki, a drugą mieszał coś w garnku. Oboje lubiliśmy czytać i gotować.

Jej dzieciństwo we Fjällbace, małym miasteczku na zachodnim wybrzeżu Szwecji, było sielankowe. Latem rodzina spędzała wiele czasu na pomoście przy niedużej szopie na łodzie, którą dziadek Camilli ze strony matki kupił już w latach dwudziestych XX wieku.

Pamięta bardzo wyraźnie, jak leżała na pomoście, słuchając plusku wody i krzyku mew, albo jak biegała do cukierni Zetterlindów po „migdałowe górki", ogromne bezy przełożone kremem kajmakowym.

– Wystarczy, że zamknę oczy, i widzę przed sobą Fjällbackę, fantastyczne miejsce, jedno z najpiękniejszych na świecie. Zderzenie sielskiego piękna i brutalnych morderstw w moich książkach działa na wyobraźnię.

Świadomie zdecydowała, że akcja jej pierwszej powieści, *Księżniczki z lodu*, rozegra się w zimowej scenerii. Chciała przedstawić jak najprawdziwszy obraz Fjällbacki. Z drugiej strony wykorzystała malowniczość miasteczka w sezonie letnim, kiedy jest ono prawdziwym turystycznym rajem. Morze, pomalowane na biało drewniane domy, wąskie uliczki i słynne miejsca widokowe. Było dla niej rzeczą oczywistą, że w jednej ze swoich powieści musi podrzucić zwłoki do Kungsklyftan, czyli Wąwozu Królewskiego, w którym tak bardzo lubiła się bawić w dzieciństwie.

Jej rodzice uważali, że powinna zdobyć porządne wykształcenie i postarać się o solidną posadę.

Po maturze, którą zdała w 1992 ze średnią pięć, dostała się do Wyższej Szkoły Handlowej w Göteborgu. Miała zaledwie siedemnaście lat, o rok mniej od kolegów z roku. Początek studiów okazał się ciężki.

– Do tej pory zawsze byłam najlepsza w klasie. A tu nagle wszyscy byli ode mnie starsi i mądrzejsi. Zrobiło się ciężko, nie miałam nawyku, żeby się systematycznie uczyć, bo do tej pory wystarczyło, że pouczyłam się wieczorem przed sprawdzianem. A tam się tak nie dało.

Po kilku miesiącach studiów w Göteborgu dowiedziała się, że jej ojciec – miał wtedy sześćdziesiąt trzy lata – zachorował na raka wątroby. Lekarze dali mu tylko pół roku życia. Jeździła do Fjällbacki w każdy weekend, żeby być z nim i wspierać matkę.

– Tyle było tego jeżdżenia. Ciężko mi było się pozbierać i wkrótce zaczęłam zawalać studia.

Ojciec przeszedł na dietę makrobiotyczną, dzięki czemu udało mu się przeżyć jeszcze pół roku. Gdy Camilli wydawało się, że zaczyna odzyskiwać grunt pod

nogami, Jens Läckberg umarł. Stało się to 11 sierpnia 1993 roku.

– Pod koniec życia był w domu, leżał w salonie. Pamiętam, jak wszystkie siedziałyśmy na podłodze wokół jego łóżka, razem z moimi starszymi przyrodnimi siostrami. To było coś wspaniałego. Niemalże chciałyśmy za niego oddychać, nabierałyśmy powietrza razem z nim, aż do chwili, gdy nastąpił koniec. Odpłynął, stracił świadomość.

Po pogrzebie Camilla, już z nowymi siłami, wróciła na studia. Zaczęła działać w organizacji studenckiej i pisać do gazetki związkowej. Tam poznała wysokiego blondyna, który z czasem został jej pierwszym mężem.

Mikael Eriksson był od niej pięć lat starszy, studiował rok wyżej i był skarbnikiem organizacji studenckiej w Wyższej Szkole Handlowej.

– Pamiętam Camillę jako zagubioną młodziutką dziewuszkę z prowincji. Ale szybko się zorientowałem, że jest dojrzała i bardzo pogodna, że ma ironiczne, lekko złośliwe poczucie humoru, podobne do mojego. Chyba wtedy między nami zaiskrzyło.

Wkrótce zamieszkali razem w Göteborgu.

Podczas ostatniego semestru w Szkole Handlowej Camilla wciąż miała do zdania kilka zaległych egzaminów.

– Uratowało mnie to, że byłam uparta jak mało kto. Po egzaminie końcowym Mickego przeprowadziliśmy się do Kopenhagi. Dojeżdżałam stamtąd do Lundu, na dodatkowy kurs uniwersytecki z mediów i komunikacji. A jednocześnie miałam do zdania zaległe egzaminy w Göteborgu. I dałam radę!

Ale wspomnienia z tamtej wiosny ma koszmarne. Siedziała nad podręcznikami do statystyki i na zmianę wkuwała i płakała.

– Okropnie się nad sobą użalałam, ale nigdy nie wzięłam pod uwagę, że mogłabym się poddać. Kiedy w końcu zdałam ostatni egzamin ze statystyki i dostałam dwadzieścia jeden punktów na dwadzieścia cztery możliwe, czułam się fantastycznie. Wygrałam!

Jako dyplomowana ekonomistka widziała swoją przyszłość w biurze.

– Nie bardzo mnie wprawdzie interesowały główne przedmioty moich studiów, czyli ekonomia i marketing, ale myślałam, że jak już zacznę pracować, zrobi się ciekawiej.

Dostała posadę specjalistki do spraw marketingu w Telii*. Najpierw była asystentką, potem product managerem, a potem przeszła do Birka Energi**.

– Problem w tym, że w ogóle mnie to nie bawiło. Okropnie się z tym czułam. W każdą niedzielę wieczorem na myśl o tym, że następnego dnia mam iść do pracy, bolał mnie brzuch. Miałam lęki egzystencjalne i odliczałam lata dzielące mnie od emerytury. Koszmar. Ale nie widziałam innej drogi. Tak się naharować, żeby skończyć studia i potem to rzucić?

A w jej głowie wciąż majaczyło marzenie o pisaniu.

– Równie dobrze mogłabym marzyć o karierze gwiazdy rocka. Zawsze dużo o tym opowiadałam, wszyscy wiedzieli, że lubię pisać. Ale nie wierzyłam, że mogłabym pisać zawodowo.

Jej przyjaciółka Åsa miała dość słuchania tych narzekań. Usłyszała o kursie kreatywnego pisania kryminałów organizowanym dla kobiet przez stowarzyszenie Ordfront. W 1998 roku Camilla dostała ten kurs w prezencie pod choinkę – od Mikaela i swojej mamy.

Wiosną 1999 roku się zaczęło. Kurs, który odbywał się w Göteborgu, został rozłożony na trzy weekendy. Prowadzący, Peter Gissy, od pierwszej chwili zwrócił uwagę na młodą, wówczas dwudziestoczteroletnią Camillę Läckberg, nadzwyczaj zainteresowaną pisaniem kryminałów.

---

* Telia – szwedzki operator telefoniczny.

** Birka Energi – szwedzki koncern energetyczny, po 2002 roku wchłonięty przez fiński Fortum.

– Można napisać o Fjällbace? – spytała.

Na moment jej pytanie zawisło w powietrzu, a potem odpowiedziałem:

– Dlaczego nie? Jeśli dobrze znasz to miejsce i potrafisz je dobrze opisać...

Siedzieliśmy w sali wynajętej od Towarzystwa Przyjaźni Szwedzko-Kubańskiej i nikt z nas nie domyślał się, że jedna z naszych uczestniczek już za kilka lat będzie autorką bestsellerów. Na kurs zapisało się szesnaście kobiet w różnym wieku. Miały wobec prowadzącego, czyli mnie, ogromne oczekiwania, a ja byłem dość zielony. Niektóre miały już doświadczenie, zdążyły już nawet coś wydać, ale chciały zmienić gatunek. Inne, obdarzone lekkim piórem, chciały spróbować napisać coś dłuższego i ambitniejszego.

Camilla powiedziała nam, że kurs dostała w prezencie, żeby wreszcie mogła ruszyć z pisaniem książki, o której ciągle mówiła. Jej naturalna otwartość sprawiła, że wkrótce stała się nieformalną liderką grupy. Zarówno ona, jak i pozostałe uczestniczki podchodziły do zajęć niezwykle poważnie i nie zadowalały się prostymi, ale niejasnymi odpowiedziami.

Dawałem im zadania domowe. Sam miałem duże ambicje i ciągle im przypominałem, jak ważne są ich osobiste zainteresowania (nazywałem je cegiełkami), które budują tekst. Istotna jest sama technika pisania. Jak tchnąć w swoich bohaterów życie? Jak pisać dialogi? Jak budować intrygę? Jakie otoczenie wybrać?

– Nie piszcie o Hawajach, jeśli nigdy tam nie byłyście – mówiłem. – Wykorzystajcie środowisko, które

znacie. Powinnyście być wiarygodne. Jeśli czytelnik złapie was na błędach albo nie będzie wam dowierzał, to umarł w butach.

Właśnie wtedy Camilla podniosła rękę i zadała to pytanie.

Nikt się nie połapał, że dla niej moja odpowiedź była tylko potwierdzeniem tego, co sama przeczuwała. Ale ja się domyśliłem, że właśnie nastąpiło coś ważnego. Zwłaszcza że podczas przerwy podeszła do mnie i wróciła do tematu.

Kiedy mój przyjaciel, komisarz Lasse Svensson z Biura do spraw Przestępczości Gospodarczej przyszedł, żeby opowiedzieć kursantkom o szczegółach policyjnego dochodzenia, Camilla wypytywała go najbardziej ze wszystkich. Pytała, jak należy się zachowywać na miejscu zbrodni. Co robią technicy kryminalistyki. I jak długo można trzymać podejrzanego w areszcie. Na zajęciach panował dobry nastrój, który w znacznym stopniu przyczynił się do twórczej atmosfery.

Pewnego razu dałem kilka tekstów do przeczytania Evertowi Lundströmowi, mojemu koledze niezwiązanemu z kursem. Spytałem potem, czy dostrzegł wśród nich jakiś szczególny talent. Wybrał trzy teksty, w tym jeden pióra Camilli.

Nieprawdopodobny sukces, który potem odniosła, jest oczywiście jej własną zasługą, ale nam, ludziom z tamtego kursu – nikogo nie wyłączając – przyjemnie jest wierzyć, że to my daliśmy jej kopa, którego potrzebowała, żeby ruszyć naprzód. Dla nas jest naszą Camillą – jedną z nas, tą, której się udało, i to w wyjątkowo trudnej branży. Jesteśmy z niej naprawdę dumni. Gratulacje, dziewczyno!

Peter Gissy, prowadzący kurs, pisarz

To właśnie podczas tego kursu Camilla zaczęła pisać debiutancką powieść *Księżniczka z lodu*. Pierwszy rozdział był jej zadaniem domowym.

– Specjalnie opowiadałam wszystkim dookoła, że piszę książkę, żebym później nie mogła się od tego wykręcić. Założyłam, że jak powiem to głośno, będę musiała dokończyć, bo inaczej będzie plama.

Mikael wspomina, że nie była zbyt zorganizowana, ale za to bardzo ambitna. Najlepiej pisało się jej wtedy, kiedy miała nóż na gardle. Starał się dodawać jej wiary w siebie, której jej brakowało. Gdzie tam ja... – myślała często. Przygotowanie pierwszej wersji książki zabrało jej trzy i pół roku. Bywały długie okresy, kiedy w ogóle nie pisała.

– Pisałam pięćdziesiąt, sześćdziesiąt stron, a potem dostawałam ataku niewiary w siebie. Uważałam, że są nic niewarte i że nikt nie zechce tego czytać. Odkładałam pisanie na kilka miesięcy, ale potem wracałam, pisałam następne sześćdziesiąt stron, przychodził kolejny okres zwątpienia... Nie potrafiłam wykrzesać z siebie odwagi, pogrążałam się w rozmyślaniach i niepewności.

Kiedy pracowała nad pierwszą powieścią, miały miejsce dwa ważne wydarzenia: przeprowadziła się z mężem do Sztokholmu i okazało się, że spodziewa się dziecka.

– Zdałam sobie sprawę, że jeśli mam dokończyć książkę, muszę to zrobić przed narodzinami dziecka. Przez całe lato 2002 roku ciężko pracowałam. Skończyłam w sierpniu.

Lato było upalne, a termin porodu minął prawie dwa tygodnie wcześniej. Dysząc ciężko, szła przez sztokholmskie Stare Miasto z trzema grubymi kopertami z egzemplarzami tekstu. Miały trafić do trzech wydawnictw: Bokförlaget Prisma, Tre Böcker Förlag i Warne Förlag. Jedno większe i dwa mniejsze, z Göteborga.

Już nie pamięta, co było gorsze: czekanie na poród czy na odpowiedź z wydawnictwa.

Zaledwie cztery dni później, w niedzielę, w willi Camilli i Mickego w Enskede zadzwonił telefon. Wydawca Kjell Warne przedstawił się. Camilla myślała, że chce tylko potwierdzić odbiór tekstu. Ale on od razu przystąpił do rzeczy. Powiedział, że wyjeżdżając z żoną na weekend do letniego domku w okolicach Fjällbacki, wziął ze sobą jej tekst. Nie mogli się powstrzymać – w końcu akcja powieści rozgrywała się właśnie we Fjällbace. Przeczytali go od deski do deski. Leżeli nad wodą i dosłownie wyrywali sobie kolejne kartki. Bardzo im się podobało i chcą wydać *Księżniczkę z lodu.*

Kiedy we wtorek rano znalazła pod drzwiami kopertę z umową, z wrażenia padła na podłogę i rozpłakała się z radości. Micke musiał się mocno postarać, żeby ją dźwignąć i postawić na nogi.

A w piątek poczuła ćmienie w krzyżu. O trzeciej w nocy pojechali do szpitala Karolinska i dokładnie dwanaście godzin później przyszło na świat ważące cztery kilogramy i siedemset gramów dziecko. Syn Wille.

– W ciągu tygodnia zmieniło się całe moje życie.

Dziś Camilla uważa, że gdyby wtedy jej tekst został odrzucony, pewnie zrezygnowałaby z pisania.

– Problem polega na tym, że dopiero po roku orientujesz się, czy to, co piszesz, jest dobre. Nie miałabym wystarczająco dużo wiary w siebie, żeby próbować jeszcze raz.

Ale udało się za pierwszym razem.

Siedem miesięcy później książka ukazała się w druku i trafiła do księgarń. Otrzymała dobre recenzje w lokalnej prasie, chociaż tu i ówdzie zwracano uwagę na błędy korektorskie.

W marcu 2003 roku Camilla wzięła udział w pierwszej uroczystej premierze literackiej i w obecności miejscowej prasy i szefa wydziału kultury odebrała z rąk wydawcy Kjella Warne pierwszy egzemplarz swojej debiutanckiej powieści. Przybyło również wielu mieszkańców Fjällbacki. Poczęstowano ich tortem i kawą.

Mama Camilli obserwowała to z mieszaniną zachwytu i tremy, zastanawiając się, ile egzemplarzy powinna kupić, żeby wydanie książki się opłaciło. Okazało się, że prawie wszyscy goście kupili po egzemplarzu, w sumie sto sześćdziesiąt osiem sztuk.

Dziś mama Camilli, Gunnel, jest we Fjällbace dumną ambasadorką swojej córki i chętnie o niej opowiada, kiedy ją o to proszą. Czytelnicy i turyści z całej Europy pielgrzymują do miasteczka, żeby na własne oczy zobaczyć miejsca zbrodni z powieści Camilli Läckberg. Jednym z chętnie odwiedzanych miejsc jest dom Eriki i Patrika w Sälvik. W rzeczywistości należał kiedyś do kuzyna Camilli, Eddiego.

Camilla odwiedza Fjällbackę tak często, jak się da, ale uważa, że to dobrze, że już tam nie mieszka.

– Chyba nie pisałoby mi się tak dobrze, gdybym tam mieszkała. Czasem z dystansu widać lepiej. A jeśli muszę sprawdzić jakiś szczegół, zawsze mogę zadzwonić do mamy.

Od razu na początku wyznaczyła sobie kilka jasnych celów. Nauczyła się tego na studiach ekonomicznych w Wyższej Szkole Handlowej w Göteborgu.

Pierwszy cel to napisać książkę. Drugi – znaleźć wydawcę, który ją przyjmie i opublikuje. Trzeci – znaleźć sobie agenta i osiągnąć takie nakłady, żeby móc się utrzymywać z pisania.

I tak oto w maju 2003 roku napisała list do ówczesnego agenta Lizy Marklund, Bengta Nordina. Ton tego listu był niezwykle śmiały jak na to, że napisała go dwudziestoośmioletnia autorka jednej jedynej powieści, która rozeszła się w skromnej liczbie tysiąca

pięciuset egzemplarzy i została wydana nakładem niedużego wydawnictwa z Göteborga.

– Jak na debiut, *Księżniczka z lodu* sprzedała się całkiem przyzwoicie, ale zdałam sobie sprawę, że jeśli mam żyć z pisania książek, powinnam sprzedawać znacznie więcej. Założyłam, że nakład powinien być taki, żebym mogła zarobić tyle, ile wynosił mój zasiłek rodzicielski, czyli dziesięć tysięcy koron netto miesięcznie.

Nie miała pewności, czy Nordin zechce reprezentować interesy debiutantki, ale postanowiła zaryzykować. Do koperty włożyła kilka recenzji *Księżniczki z lodu* i scenariusz drugiej książki, którą zatytułowała *Kaznodzieja*. Na dwóch stronach formatu A4 napisała o sobie i swoich ambicjach:

Osobiście jestem przekonana, że prędzej czy później zdobędę szerokie rzesze czytelników, ale wierzę, że dzięki współpracy z Panem mogłoby to nastąpić dużo szybciej.

– Tak brzmiało zakończenie tego listu. Od razu wiedziałem, że jego autorka jest osobą przedsiębiorczą i konsekwentnie dążącą do celu – mówi Bengt Nordin, dziś mieszkający przeważnie w Hiszpanii, odkąd po ciężkim wypadku samochodowym w 2008 roku zdecydował się sprzedać swoją agencję literacką. Była dziełem jego życia.

Na początku XXI wieku Bengt Nordin był jednym z nielicznych agentów literackich w Szwecji. Reprezentował wielu wybitnych autorów, takich jak Marianne Fredriksson, Liza Marklund czy Kajsa Ingemarsson.

Nowym przeważnie odmawiał, ponieważ nie chciał mieć pod opieką więcej pisarzy, niż mógłby dobrze reprezentować.

Ale po tym, jak przeczytał list ambitnej Camilli Läckberg, w czerwcu 2003 roku zaprosił ją do swego biura. Podczas pierwszego spotkania odniósł wrażenie, że jest ostrożna, a nawet nieśmiała, ale to go nie zniechęciło. Trzy tygodnie później, trzeciego lipca, podpisali umowę.

– Nie miałem wątpliwości, że powinienem się podjąć reprezentowania Camilli. Wierzyłem w nią. Jej siłą jest to, że zagadkę kryminalną osadza w zwykłej codzienności. Jej książki to klasyczne powieści sensacyjne w duchu Agathy Christie, a umieszczenie akcji w małym miasteczku sprawia, że każdemu czytelnikowi wydają się w jakimś sensie swojskie – przekonuje Nordin.

Camilla nie do końca zdawała sobie sprawę, jakie znaczenie ma to, że jej agentem literackim został Bengt Nordin. Pamięta jednak, że była pod ogromnym wrażeniem, gdy jesienią podczas targów książki w Göteborgu zabrał ją na kolację z Lizą Marklund.

– Sukces Lizy Marklund sprawił, że autorki powieści sensacyjnych nagle znalazły się w centrum zainteresowania. Powstało też zapotrzebowanie na młodsze pisarki. Camilla pojawiła się w branży w naprawdę odpowiednim momencie – mówi Bengt Nordin.

Postanowił zwrócić się do dużego i prężnego wydawnictwa. Chciał, żeby postawiło na Camillę. Wybór padł na Forum, jedno z czołowych szwedzkich wydawnictw zajmujących się literaturą rozrywkową. Odniosło spore sukcesy, lansując trzy debiutujące autorki: Johanne Hildebrandt, Kajsę Ingemarsson i Elisabet Nemert. Nordin wiedział, że poszukują prawdziwie bestsellerowej autorki.

27 sierpnia 2003 roku przesłał wydawnictwu egzemplarz *Księżniczki z lodu* wraz z propozycją wznowienia w miękkich okładkach, a 1 września maila ze scenariuszem *Kaznodziei*.

W Forum szybko dostrzegli, że książki Läckberg to duża szansa również dla nich, i już 11 września podpisali umowę na oba tytuły.

A potem oniemieli, bo młoda pisarka zażądała, aby razem z Nordinem mogła decydować o marketingu i uczestniczyć w sprzedaży swoich książek.

– Kiedy nazywałam książkę produktem, z trudem łapali oddech – wspomina Camilla. – Zdawałam sobie sprawę, że w świecie wydawniczym najwyraźniej książki nie podlegają tym samym prawom rynku co inne produkty. To oczywiste, że podczas pisania książki nie myślę o marketingu, ale co w tym złego, że chciałabym, żeby się potem sprzedała? Ostatecznie jest to produkt przeznaczony na sprzedaż i rządzą tu te same reguły co na przykład w handlu obuwiem.

Czas pokazał, że miała rację. Od niedawna coraz więcej pisarzy ma agentów i angażuje się zarówno w promocję swoich książek, jak i dotyczący ich marketing.

– Dziesięć lat temu reklama i marketing były w branży wydawniczej traktowane jak brzydkie słowa. Ja wprawdzie lubię prowokować, ale w tym przypadku to branża musiała się dostosować, nie ja.

Wydawnictwo znalazło się w centrum uwagi, gdy do wymyślenia kampanii dla czwartej książki Camilli zatrudniło agencję reklamową Ester. Kampania ta polegała między innymi na swego rodzaju podchodach: w strategicznych miejscach w Sztokholmie „gubiono" fragmenty *Ofiary losu*. Agencji Ester przyniosła Srebrne Jajo, czyli drugą nagrodę w dorocznym szwedzkim konkursie na najbardziej kreatywne rozwiązania w dziedzinie mediów. W następnym roku było to już Złote Jajo – za kampanię reklamową *Niemieckiego bękarta*.

– To był dowód, że obraliśmy właściwy kierunek. Sprytne działania marketingowe przyniosły świetne efekty, wzmocniły markę Camilli i wypromowały ją jako osobę. Podczas obu kampanii krzywa sprzedaży poszybowała w górę – mówi Sara Lindegren, która w styczniu 2006 roku została szefem marketingu wydawnictwa Forum i od tamtej pory blisko współpracuje z Camillą.

Częścią kampanii była również wielka celebrycka impreza w Café Opera w Sztokholmie.

– Camilla powiedziała otwarcie, że chce zostać celebrytką, bo uznała to za ważną część strategii marketingowej.

Camilla potakuje. Przyznaje, że tak było.

– Ale nie chodziło mi o zdjęcia i tytuły w tabloidach i w prasie kolorowej, tylko o to, żeby moje nazwisko stało się rozpoznawalne dla czytelnika, który staje przed regałem, żeby wybrać sobie książkę. Na pierwszą w życiu celebrycką imprezę poszłam z Kateriną Janouch. Zabrała mnie na dwudziestopięciolecie Café Opera. Byłam okropnie onieśmielona, jak nieokrzesana dziewczyna ze wsi!

Oglądając swoje zdjęcia z początku stulecia – nazywa je zdjęciami grubaski – przypomina sobie, jak źle się czuła we własnym ciele.

– Żeby to ukryć, ubierałam się w za duże ciotkowate ciuchy. Zwrot nastąpił, kiedy przeszłam na jedzenie produktów z niskim indeksem glikemicznym i LGHF*. Dzięki temu schudłam siedemnaście kilo. Wraz ze schudnięciem przyszła większa pewność siebie.

– To, że dziś wyglądam tak, również jest częścią mojego rewanżu. Przecież wygląd i psychika są od siebie zależne. Czuję się kompletnie inną osobą niż dziesięć lat temu. I dziś, w wieku czterdziestu lat, dużo fajniejszą, niż kiedy miałam dwadzieścia.

Jesienią 2003 roku, gdy Wille miał zaledwie trzy miesiące, Camilla dostała wymówienie. Spółka Birka Energi została wykupiona przez fiński koncern Fortum. Mówiła potem, że było to najlepsze, co jej się mogło przydarzyć.

---

* LGHF – Low Carb High Fat – dieta niskowęglowodanowa i wysokotłuszczowa.

– Dla mnie to był znak, że powinnam się skupić na pisaniu. Byłam spokojna, bo dostałam odprawę w wysokości sześciu miesięcznych pensji i wiedziałam, że na pewien czas mi to wystarczy.

Jednocześnie przeżywała trudne początki macierzyństwa. Pierwsze trzy miesiące wspomina jako czarną dziurę.

– Jedna wielka beznadzieja. Byłam jak nieprzytomna. Wille darł się jak opętany, w ciągu trzech tygodni trzy razy miałam zastój pokarmu, a już piątego dnia po powrocie ze szpitala musiałam jechać na ostry dyżur z powodu gorączki połogowej. Byłam w totalnej panice, ale przed mężem robiłam dobrą minę. Czułam się tak, jakbym tkwiła w potrzasku. Wille zasypiał, tylko jeśli mógł leżeć na mnie. Wydawało mi się, że w ogóle nie wstaję z fotela. I że bezpowrotnie straciłam wolność. W dodatku mam silną potrzebę pewnej porcji samotności. Nie mogłam spać, bo wiedziałam, że mały lada moment znów się obudzi. Wspominam tamte noce jako okres kompletnego osamotnienia i czarnych myśli, chciałam zachorować, byle tylko uciec od odpowiedzialności wynikającej z macierzyństwa. To był okropny czas.

Zwrot nastąpił, gdy przeczytała *Barnaboken* Anny Wahlgren* i zdała sobie sprawę, że cierpi na depresję poporodową.

---

* Barnaboken – czyli Książka o dzieciach.

Pisanie trzeciej książki, *Kamieniarza*, której główna bohaterka Erika Falck ma ten sam problem, było dla niej jak autoterapia.

– Uświadomiłam sobie, że nie jestem taką mamą, która uwielbia niemowlęta. Dlaczego miałabym się tego wstydzić? Spotkałam się z ogromnym odzewem ze strony czytelniczek. Do dziś podchodzą do mnie na ulicy młode matki i mi dziękują.

Kiedy postanowili z Mickem mieć drugie dziecko, czuła się trochę tak jak przed skokiem w przepaść.

– Chciałam, żeby Wille miał rodzeństwo, bo ja wychowałam się jako jedynaczka. Więc pomyślałam, że postaramy się o drugie, żeby już mieć to z głowy. Ale kiedy na teście ciążowym zobaczyłam dwie kreski, pomyślałam: co ja najlepszego zrobiłam? Przez całą ciążę okropnie się bałam.

Córeczka Meja, która urodziła się, gdy Wille miał zaledwie rok i dziewięć miesięcy, okazała się najprzyjemniejszym niemowlęciem, jakie można sobie wyobrazić.

– Urodziła się z uśmiechem na buzi.

Camilla potrafiła wykorzystać w swoich książkach własne doświadczenia, a czytelnicy się z nimi identyfikują i jest to jeden z powodów jej sukcesu – tak uważa zarówno ona sama, jak i jej wydawnictwo.

Seria z Fjällbacki to powieści w równym stopniu obyczajowe co sensacyjne.

Chociaż skończyła kurs pisania kryminałów i miała własne przemyślenia na temat sławnych autorów takiej literatury, upłynęło sporo czasu, zanim poczuła się pewnie jako pisarka.

– Kiedy zaczynałam, zastanawiałam się, jak sklecić całą książkę. Cóż, trzeba było iść na wyczucie, a miałam je dzięki temu, że dużo czytałam. Najlepszą szkołą jest dla pisarza czytanie książek innych autorów.

Camilla mówi, że ukształtowali ją angielscy autorzy kryminałów, tacy jak Agatha Christie i Arthur Conan Doyle, ale również Elizabeth George, wprawdzie

Amerykanka, ale pisząca książki nawiązujące do brytyjskiej tradycji. Wielkim źródłem inspiracji są dla niej również autorzy horrorów, tacy jak Edgar Allan Poe czy mistrz suspensu Stephen King.

Sporo wysiłku włożyła w to, żeby się nauczyć konstruować dramaturgię.

– Po fragmentach z szybką akcją następują spokojne, z elementami codzienności, jak kiedy Erika popija kawę razem z siostrą. Jednym słowem zwyczajne sytuacje. Potem dochodzę do wniosku, że zaczyna się dłużyć, i znów podkręcam tempo. Wydaje mi się, że takiego rytmu można się nauczyć.

Dzięki temu jej książki wciągają czytelników jak rzadko które, zwłaszcza że udało jej się stworzyć wiarygodne postaci.

– Chciałam opowiadać o zwyczajnych ludziach, a kobieta w roli głównej wydała mi się najbardziej logicznym rozwiązaniem. Wtedy zadałam sobie pytanie, jaki powinna mieć zawód. W książkach Lizy Marklund to dziennikarka, więc ten zawód był już zajęty. Ekonomistka wydała mi się mało sexy, ale pisarka – pomyślałam – może być fajna. I stąd pisarka.

Tak narodziła się Erika Falck. Początkowo miała być tylko jedna główna bohaterka, ale już w trakcie pisania Camilla zorientowała się, że jako osoba prywatna Erika nie miałaby pełnej swobody, żeby samotnie rozwiązywać zagadki kryminalne.

Uznała, że dobrze byłoby włączyć do akcji policjanta. Erika miała trzydzieści pięć lat i była singielką, więc mogłaby się zakochać w policjancie Patriku Hedströmie.

– Postać Patrika wzorowałam w znacznej mierze na moim byłym mężu Mikaelu. On też uwielbia chrupki chlebek z pastą kawiorową i żółtym serem, które macza w gorącej czekoladzie.

Postać Eriki mogłaby być alter ego autorki, ale Camilla zaczęła od podkreślenia różnic.

– Nie chciałam pisać o sobie, wystawiać się na widok publiczny, więc dodałam jej pięć lat i zrobiłam z niej wysoką blondynkę. Wkrótce zorientowałam się, że piszę dużo lepiej, jeśli opowiadam o własnych doświadczeniach. A więc po pewnym czasie zaczęłam wtrącać historie, które opierają się na moich własnych przeżyciach. W ten sposób można powiedzieć, że Erika to w połowie ja, a w połowie ona. Całkiem niezły miks.

Jak w jednej ze scen z *Księżniczki z lodu*:

– Która z nas nie włożyła wyszczuplających majtek, żeby dobrze wyglądać na randce? Tylko co z nimi zrobić potem?

I tym dylematem obarczyła Erikę.

– Częściej przebywałam z Eriką i Patrikiem niż ze swoimi prawdziwymi przyjaciółmi. Stali się ważną częścią mojego życia. Dzięki temu nigdy nie jestem sama. W mojej głowie aż się kłębi od różnych postaci.

Imię Erika wzięła od koleżanki z dzieciństwa, natomiast nazwisko Falck występuje w jej dalszej rodzinie.

W dwóch przypadkach jej książki zawadziły o rzeczywiste wydarzenia. Właśnie ukończyła pisanie *Kaznodziei*, gdy w styczniu 2004 roku wyszła na jaw sprawa brutalnych morderstw popełnionych w Knutby*.

– I ja, i moja wydawczyni Karin Linge Nordh byłyśmy przerażone, bo rzeczywistość okazała się jeszcze gorsza niż to, co ja wymyśliłam.

Drugi przypadek dotyczył *Fabrykantki aniołków*, w której Anna, siostra Eriki, razem z szalonym mordercą trafia na wyspę Valö. Camilla znała Valö, była tam na kilku letnich obozach, m.in. żeglarskich, i miała stamtąd wiele wspomnień. Para bohaterów jej książki przejmuje dawny budynek kolonijny i zaczyna go remontować.

– Wydawało mi się ciekawe, że kiedyś organizowano tam kolonie letnie. Wyobrażałam sobie, jak po terenie chodzą opiekunki w uniformach. Dawniej uważano, że dzieciom żyjącym w trudnych warunkach dobrze zrobi taki wyjazd na wyspę, że będą mogły przebywać na świeżym powietrzu. Potem doszły mnie słuchy, że wybuchł tam jakiś skandal, co bardzo podziałało na moją wyobraźnię...

---

* Chodzi o głośną w Szwecji sprawę z Knutby: niania zatrudniona przez rodzinę pastora zboru zielonoświątkowców zabiła jego (drugą) żonę i usiłowała zabić jego byłą kochankę, ponieważ przekonał ją, że chce tego Bóg. Pastora podejrzewano również o zamordowanie pierwszej żony.

Fabrykantka aniołków opowiada również o wrogiej uchodźcom skrajnej organizacji planującej zamach terrorystyczny, w którym ma zginąć mnóstwo niewinnych osób. Latem 2011 roku, gdy Camilla skończyła pisać, rzeczywistość przypomniała o sobie: doszło do masakry na norweskiej wyspie Utøya. Jej sprawcą był Anders Breivik.

– Zadzwoniła moja wydawczyni Karin i powiedziała, że musimy się do tego jakoś odnieść.

Postanowiłyśmy zamieścić w książce posłowie, wyjaśnić tę absolutnie przypadkową zbieżność z prawdziwymi wydarzeniami.

Ale Camilla nigdy nie miała zamiaru czynić problemów społecznych głównym tematem swoich książek.

– Moim pierwszym celem zawsze była dobra rozrywka. Z drugiej strony nie da się pisać w próżni. To oczywiste, że pisząc, daję upust osobistym przekonaniom. Lubię pisać o dynamice rodzinnych relacji, o tym, że czasem dochodzi do ich wykolejenia. Takim problemem jest na przykład przemoc wobec kobiet. Nigdy jednak nie poruszam kwestii polityki wewnętrznej ani ochrony środowiska.

Zawsze interesowało ją natomiast wszystko, co związane z drugą wojną światową.

– Pisanie *Niemieckiego bękarta* było dla mnie ogromną frajdą, jak dotąd największą. Historia ta zaczyna się już w *Księżniczce z lodu*. Dowiadujemy się, że rodzice Eriki Falck i jej siostry Anny już nie żyją. Matka pojawia się w ich wspomnieniach jako osoba emocjonalnie zimna i zdystansowana. Jej duchowa nieobecność sprawiła, że w wychowaniu Anny próbowała ją zastąpić Erika.

– Kiedy zaczynałam pisać, wiedziałam tylko tyle, że ich matka Elsy była właśnie taka, ale nie zastanawiałam się dlaczego. Potem, kiedy pisałam *Niemieckiego bękarta*, wymyśliłam wyjaśnienie. To było fantastyczne. Jeszcze dziś dostaję gęsiej skórki, kiedy o tym mówię.

Elsy wkroczyła do jej opowieści.

– Można powiedzieć, że sama do mnie przyszła. Dlaczego taka była – wyjaśniło się pięć książek później. Takich rzeczy nie da się zaplanować.

Z *Fabrykantką aniołków* było podobnie. Miała już zręby opowieści.

– Słyszałam, że Hermann Göring bawił się na przyjęciu na jednej z wysp koło Fjällbacki. Zaczęłam czytać na ten temat i natknęłam się na książkę o Carin Göring. To dopiero była sensacja. Chodziło o szczątki dwóch kobiet. Jedne odkryto w latach pięćdziesiątych i wzięto za szczątki Carin Göring. Drugie znaleziono w latach osiemdziesiątych i to one okazały się tymi właściwymi. Do dziś nie wiadomo, kim była ta pierwsza kobieta. Włączyłam to do mojej książki, bo pasowało jak ulał. Właśnie dla takich chwil, kiedy wszystkie elementy układanki nagle składają się w całość, warto być pisarzem.

Zanim zasiądzie do pisania, robi bardzo staranną dokumentację. Potem zaczyna się żmudna praca. Wtedy stara się maksymalnie odgrodzić od otoczenia.

Nikomu nie pokazuje ani kawałka tego, co napisała, i nie chce słyszeć pytań, jak jej idzie.

Pod koniec, gdy zbliża się termin oddania książki, mocno przyśpiesza. Potrafi przez piętnaście godzin nie wstać od komputera i w dwa dni napisać pięćdziesiąt stron. Wszyscy, którzy ją znają, mówią, że jest niezwykle zdyscyplinowana.

– Najlepsze fragmenty powstają zwykle pod koniec, kiedy jestem jak w transie. To fantastyczne uczucie. Tekst pisze się sam, tak jak pianola sama gra. Ale to nie jest zwykły stan. Są dni, kiedy z największym trudem wyciskam dwie strony, a potem przychodzą takie, gdy idzie mi świetnie i okazuje się, że za jednym zamachem piszę dziesięć.

– Zawsze najtrudniej napisać pierwszych pięćdziesiąt, siedemdziesiąt stron.

Muszę wtedy osadzić moich bohaterów i ich najbliższe otoczenie we Fjällbace. Idzie mi wtedy bardzo powoli. Ale gdy już się z tym uporam, praca nabiera tempa. Postaci z moich książek traktuję jak pacynki: przestawiam je tak, jak mi wygodnie. I wybieram, o których pisać.

Nigdy nie wyrzuca tego, co napisała. Opowieść musi cały czas rosnąć. W równoległym dokumencie notuje szczegóły, o których nie wolno jej zapomnieć, na przykład że Tore powinien lubić pelargonie, Alf powinien nosić monokl albo że kot coś zobaczył. Pisząc, nie zawsze do końca wie, jak połączyć poszczególne wątki, ale niezachwianie wierzy, że jej się uda.

W marcu 2004 roku podczas Gali Pocketów odebrała *Silverpocketpriset*, czyli Nagrodę Srebrnego Kieszonkowca, którą jej przyznano za sprzedanie trzydziestu tysięcy egzemplarzy *Księżniczki z lodu*.

Latem tego samego roku ukazał się *Kaznodzieja*. Prawa do wydania obu książek zostały sprzedane do Norwegii, Danii i Niemiec. Bengt Nordin stał się w tym czasie dla Camilli kimś w rodzaju zastępczego ojca.

– Prowadziliśmy ze sobą wiele zabawnych rozmów. W dodatku było się z czego cieszyć, bo sukces gonił sukces, a nakłady rosły. Wydawnictwo Forum wykonało fantastyczną robotę w Szwecji, a sprzedaż książek w kraju przełożyła się na zwiększone zainteresowanie za granicą.

Zarówno wydawnictwo, jak i Bengt Nordin bardzo wcześnie docenili jej ciężką pracę w kontaktach z mediami.

– Media ją kochają. W telewizji zachowuje się jak prawdziwa profesjonalistka. Od początku, jak to mówią, przechodziła przez ekran i gromadziła wielką widownię. W dzisiejszych czasach trzeba się pokazywać. Dla Camilli było oczywiste, że od początku trzeba wyrabiać sobie markę. Ona budzi naturalną sympatię, i to nie tylko w Szwecji, ale wszędzie, gdzie jeździ promować swoje książki.

Nordin wspomina frankfurckie targi książki w październiku 2006 roku, które stały się kamieniem milowym w międzynarodowej karierze Camilli.

– Miałem spotkanie z wielkim angielskim wydawnictwem HarperCollins, które przed targami dostało do przeczytania kilka jej książek. Zaczęliśmy przeglądać mój katalog i właśnie doszliśmy do Camilli, gdy szef wydawnictwa powiedział: „Chcemy kupić prawa na cały świat do anglojęzycznej wersji pierwszych czterech powieści Camilli Läckberg. Sprzedacie nam?".

W tamtych latach nie było takie oczywiste, że brytyjskie albo amerykańskie wydawnictwo chce kupić prawa do wydania szwedzkiego kryminału. A zakup czterech pozycji jednocześnie był czymś absolutnie wyjątkowym.

– Zrobiliśmy fantastyczny, milionowy interes, i byłem szczęśliwy, że mogę do niej zatelefonować z taką wiadomością.

W tym samym 2006 roku ukazała się w Szwecji czwarta książka Camilli, *Ofiara losu*. Wydawnictwo Forum postanowiło utrzymać szybkie tempo i wyznaczyło sobie ambitny cel. Camilla wspomina, jak szefowa marketingu Sara Lindegren zakomunikowała jej, że liczą na to, że sprzedadzą sto dwa tysiące egzemplarzy. To jakieś żarty! – pomyślałam.

Nawet Bengt Nordin nie wierzył, że sprzedadzą aż tyle. Podczas narady z kierownictwem wydawnictwa powiedział: „Jeśli przekroczymy sto tysięcy, zapraszam wszystkich na kolację do Gondolen*". Chwila, kiedy

---

* Gondolen – restauracja znajdująca się trzydzieści trzy metry nad ziemią, ze wspaniałym widokiem na jezioro Melar i wejście do sztokholmskiego portu.

tego pożałował, nadeszła już po kilku miesiącach, gdy sprzedał się sześciocyfrowy nakład. Nordin przegrał zakład i musiał zaprosić wszystkich do Gondolen.

Uroczysta premiera *Ofiary losu* odbyła się pod kryształowymi żyrandolami Café Opera. Przyszło mnóstwo celebrytów, napływ gości był ogromny. Dla Camilli było to doświadczenie wręcz surrealistyczne.

– Mama poznała panią Alice Timander*. Było to dla niej prawdziwe przeżycie.

Camilla uczciła swój sukces, zapraszając koleżanki pisarki na wytworny lunch do restauracji Riche.

Kajsa Ingemarsson, Emma Hamberg, Mari Jungstedt, Maria Ernestam, Martina Haag, Katerina Janouch, Denise Rudberg, Louise Boije af Gennäs i Åsa Larsson – to autorki, z którymi utrzymuje stały kontakt. Najpierw wpadały na siebie na targach książki i różnych galach, potem zaczęły się spotykać towarzysko i zapraszać do domów na lunch, rozmawiać między innymi o pomysłach marketingowych, a także o wadach i zaletach agentów literackich. Szybko doszły do wniosku, że nie muszą widzieć w sobie konkurentek, bo jeśli czytelnik kupi kryminał Jungstedt albo Larsson, to zechce sięgnąć również po Läckberg.

W dodatku taka namiastka kontaktów z koleżankami z pracy jest bardzo przyjemna.

---

* Alice Timander – dentystka, celebrytka znana głównie z bywania na wszystkich premierach.

Trzy autorki kryminałów: Louise Boije af Gennäs, Camilla i Maria Ernestam.

– Ludzie mają bardzo romantyczne wyobrażenie o zawodzie literata, ale prawda jest taka, że to bardzo samotne zajęcie. Zwłaszcza jeśli wcześniej człowiek przyzwyczaił się do pracy w zespole. Denise Rudberg i ja przez pewien czas odbywałyśmy regularne poranne rozmowy telefoniczne. To cudowne móc zadzwonić do koleżanki po fachu i wyrzucając z siebie stres związany z pisaniem, powiedzieć: „Patrzeć nie mogę na to gówno!”.

Rok 2006 przyniósł Camilli Läckberg przełom, również jeśli chodzi o media.

– Dążyłam do tego, żeby moje nazwisko stało się rozpoznawalne jako marka, i bardzo świadomie korzystałam z zainteresowania prasy. Postanowiłam zgadzać się na każdy wywiad. I wszystko było w porządku, dopóki prośby o wywiad nie zaczęły przychodzić z zagranicy. Przegapiłam moment, w którym należało się zatrzymać i zacząć od czasu do czasu odmawiać. Traciłam na nie okropnie dużo czasu, ale siłą rozpędu nadal się zgadzałam.

Jednocześnie utrzymywała szybkie tempo pracy i co roku wydawała nową książkę, co miało swoją cenę.

W 2006 roku, po dwunastu wspólnych latach, ona i Micke postanowili się rozstać. Camilla wyjaśnia, że rozminęli się w swoich oczekiwaniach. Ona chciała iść dalej.

– Nie było żadnych kłótni. Oboje byliśmy na tyle rozsądni, żeby zrozumieć, że to koniec.

Camilla przypuszcza, że w dniu, kiedy ogłosili separację, musiała być wielka posucha w depeszach prasowych. Jedna z popołudniówek postanowiła bowiem zrobić z tego newsa na pierwszą stronę.

– Okazało się, że to był przełomowy moment, jeśli chodzi o przedstawianie mnie w prasie. Do tej pory nie byłam specjalnie znana, ale pewnie postanowili sprawdzić, jak im pójdzie z „królową kryminałów". Widocznie się sprawdziło, bo potem były następne tytuły. Nigdy sobie nie wyobrażałam, że stanę się znana od tej strony. Dziś mam własny kanał do bezpośredniego komunikowania się z czytelnikami przez Twittera i Instagrama. Dzięki temu mogę między innymi prostować ewentualne nieporozumienia.

We Fjällbace wszystkie sklepy sprzedające gazety odmówiły wystawienia posterów z wielkimi tytułami o rozwodzie – z szacunku dla Camilli i jej rodziny. Mieszkańcy zwarli wokół niej szeregi. Jest z nich prawdziwie dumna i jednocześnie bardzo wdzięczna za wsparcie.

Pod koniec tego samego roku spotkała nową miłość. Na imprezę w Café Opera z okazji ukazania się *Ofiary losu* zaproszono między innymi Martina Melina, policjanta i zwycięzcę szwedzkiego reality show *Expedition Robinson*. Kontaktowali się od 2005 roku, gdy Camilla pracowała nad *Ofiarą losu*. Konsultowała się z nim w sprawie różnych czynności policyjnych. Przez ponad rok wymieniali maile. Camilla pytała między innymi o broń i szczegóły dotyczące prowadzenia dochodzeń.

W 2007 roku zostali parą, ale najpierw zaprosiła go na lunch, który trwał trzy godziny.

– Rozmawialiśmy o wszystkim, co nam tylko przyszło do głowy. Uderzyło mnie, jaka jest inteligentna i utalentowana. Jak szybko kojarzy. Zachwyciłem się – wspomina Martin Melin.

Wkrótce wprowadził się do jej domu w Enskede, a 4 czerwca 2009 roku urodził im się syn Charlie. W następnym roku wzięli ślub i urządzili wielkie wesele z udziałem wielu celebrytów na zamku Häringe pod Sztokholmem.

Przez kilka lat z bliska obserwował, jak ciężko Camilla pracuje na swoją pozycję.

– Widziałem, jak haruje, żeby zdążyć na czas z książką, podczas gdy dzieci ciągną ją za rękaw, domagając się uwagi.

Kiedy się poznali, właśnie stała się sławna w Szwecji, zaczęła się również jej międzynarodowa kariera. Często po powrocie do domu nawet nie rozpakowywała walizek, bo zaraz znów musiała wyjeżdżać.

– Zdarzało się, że podczas szczególnie intensywnych kampanii promocyjnych płakała ze zmęczenia, bo czasem sypiała tylko cztery godziny na dobę. W jej kalendarzu prawie nie było wolnych dni – mówi Martin Melin.

W 2007 roku Bengt Nordin sprzedał swoją agencję literacką przedsiębiorcy z Malmö Joakimowi Hanssonowi, który nie miał wątpliwości, że Camilla Läckberg zalicza się do czempionów, którzy zdołają zajść bardzo daleko.

– Mimo że już osiągnęła wielki sukces, pozostało dużo do zrobienia. Tym bardziej że zadziałał efekt Stiega Larssona, a więc był potencjał, i to ogromny.

Hansson przez pół roku jeździł po świecie – do USA, Chin, państw bałtyckich... i wszędzie opowiadał o nowej królowej szwedzkiego kryminału.

– Faktem jest, że nigdy nie musiałem streszczać jej książek. Do tej pory nie opowiadam o Erice i Patriku, tylko pokazuję zdjęcie Camilli i mówię, że wszystkie jej powieści mają niezwykle wciągającą intrygę i że ich akcja rozgrywa się w nadmorskiej miejscowości Fjällbacka. I dodaję, żeby przypomnieli sobie Agathę Christie z lat dwudziestych XX wieku.

Wkrótce książki Camilli poznali Włosi (wiosną 2010 roku *Księżniczka z lodu* trafiła na pierwsze miejsce włoskiej listy bestsellerów). We Francji *Księżniczka z lodu* wyszła w 2008 roku. Pierwszy czterdziestotysięczny nakład rozszedł się tak szybko, że trzeba było zrobić dodruk. Kilka miesięcy później sprzedany nakład przekroczył sto tysięcy egzemplarzy, a do tego Joakim Hansson sprzedał Francuzom prawa do nakręcenia filmu na podstawie *Księżniczki*.

We wrześniu 2009 roku Camilla zajęła pierwsze miejsce wśród autorów kryminałów w Norwegii, a w Danii mogła się poszczycić sprzedaniem łącznie miliona książek. Zdobyła też trzy cenne nagrody we Francji.

Wkrótce potem wydawnictwo rozpoczęło rozmowy z firmą producencką Tre Vänner, która chciała nakręcić filmy kinowe i telewizyjne na podstawie powieści z Fjällbacki. Camilla postanowiła uczestniczyć w tym projekcie, w związku z czym utworzono nową spółkę: wyprodukowała serial telewizyjny, który wyemitowano w święta Bożego Narodzenia 2012 roku, i kinowy film *Niemiecki bękart*, którego premiera odbyła się w czerwcu 2013 roku.

Ukoronowaniem tych sukcesów stała się umowa z amerykańskim wydawcą pocketów Free Press, który za prawo do wydania jej książek w wersji kieszonkowej zapłacił jej pięć milionów koron.

Właśnie razem z mężem i dziećmi jechała camperem do Skara Sommarland*, gdy dostała od Joakima Hanssona radosnego SMS-a. Martin wspomina, że aż się rozpromieniła, bo Stany zawsze były jej marzeniem. Wieczorny grill wprawdzie się nie udał (nauczka: nie da się upiec kurczaka na jednorazowym grillu), ale wcale im to nie przeszkodziło uczcić sukces butelką wina.

Wiosną 2011 roku ruszyli w trasę promocyjną po Stanach Zjednoczonych. W ciągu dwunastu dni odwiedzili dziesięć miast. Martin towarzyszył Camilli jako fotograf, ochroniarz i asystent.

– Nie była to bynajmniej pełna przepychu, luksusowa podróż. Dzień zaczynał się bladym świtem, budzik dzwonił już o czwartej. Należało wstać, szybko się umalować i wsiąść do samochodu, i jechać na lotnisko. Phoenix – Los Angeles – Portland – Chicago...

Codziennie lądowała w innym mieście, udzielała wywiadów i cały dzień podpisywała książki, a późnym wieczorem jadła kolację.

---

* Skara Sommarland – park rozrywki, jeden z największych w północnej Europie.

– Siedziała przy stole i ze zmęczenia miała łzy w oczach – wspomina Martin.

Camilla wiedziała, co do niej należy. Nigdy się nie bała ciężkiej pracy. W Stanach przynajmniej latała samolotem, nie to co w Niemczech w 2006 roku, podczas pierwszej podróży promocyjnej.

– Tam zostałam potraktowana jako osoba nic nieznacząca, jak ktoś, kto się jeszcze nie przebił. Kiedy

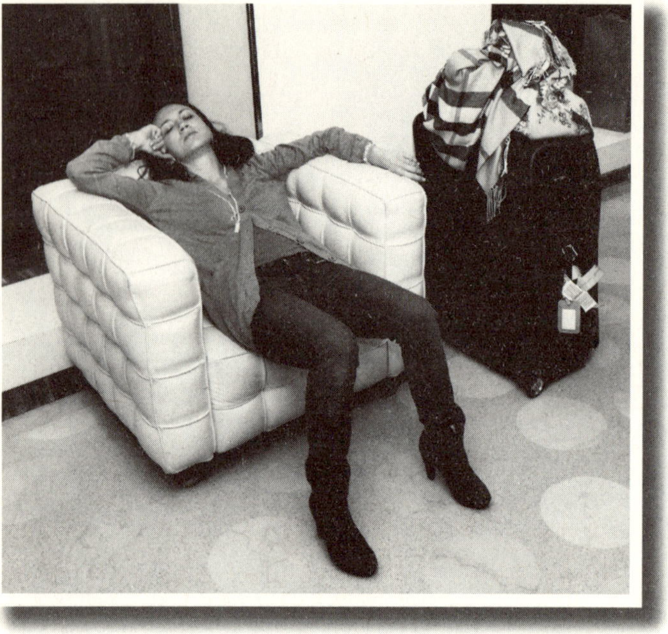

Śmiertelnie zmęczona, Nowy Jork, czwarta rano.

zjawiłam się w niemieckim wydawnictwie, jakaś kobieta wręczyła mi plik kartek i powiedziała: „Proszę, to pani bilety kolejowe". Potem wsadzili mnie do taksówki, która zawiozła mnie na dworzec, i zdałam sobie sprawę, że sama mam jeździć po Niemczech na spotkania autorskie. Nocowałam w hostelach i wszędzie opiekował się mną przedstawiciel miejscowego towarzystwa przyjaźni niemiecko-szwedzkiej. Wszyscy oni dosłownie zasypywali mnie informacjami o historii Niemiec, aż mi to wychodziło uszami. A na spotkania autorskie przychodziło nie więcej niż dwadzieścia osób.

Dziś jest inaczej. Christina Saliba, która jest asystentką Camilli do spraw PR-u, ustaliła, że będzie jeździć jedynie tam, gdzie jej obecność jest niezbędna. Jej wyjazdy wyglądają też teraz całkiem inaczej.

– Są chwile, kiedy czuję się jak gwiazda rocka. Kiedy kilka lat temu pojechałam na targi książki w Madrycie, nie mogłam uwierzyć własnym oczom. W miejscu odgrodzonym taśmą miałam podpisywać książki – przez trzy godziny. Pięć godzin przed rozpoczęciem w kolejce stało już kilkaset osób. Ktoś płakał z emocji.

Wszyscy chcieli uściskać szwedzką autorkę, której książki znalazły się na pierwszym miejscu hiszpańskiej listy bestsellerów. Kiedy stamtąd odjeżdżała, musiała ją eskortować policja.

Dziennikarka Belinda Olsson, przeprowadzając z Camillą wywiad dla gazety „Aftonbladet", nazwała ją „prawdziwym Foppakapciem"*.

– Wolałabym zostać porównana do szpilek Louboutina, ha, ha... popracuję nad tym – odpowiedziała wtedy. Ale dziś jest bardzo dumna z tego

* Foppatofflor – tak Szwedzi nazywają crocsy, które do Szwecji sprowadził niezwykle popularny hokeista Peter Forsberg, zwany Foppa.

porównania. – Lubię być popularna i uważana za swoją. Więc jestem dumna z tego określenia.

W szwedzkich kręgach kulturalnych krzywią się, kiedy mówi, że jej pisanie to biznes.

– Ciągle muszę się bronić przed zarzutami, że tak dobrze mi idzie. Odnoszę wrażenie, że to jakaś niesprawiedliwość, że pisanie przynosi mi tak duże dochody. Zawsze odpowiadam, że nikt nie ma pretensji do Foppy, że tyle zarobił, grając w hokeja. Zresztą nigdy nie aspirowałam do Nagrody Augusta*. Gdybym miała wybierać między doskonałymi recenzjami a dużą liczbą czytelników, to dobrze wiem, co bym wybrała.

Gdy premier Szwecji Fredrik Reinfeldt oznajmił w 2011 roku, że podczas letniego urlopu przeczytał po kolei cztery jej kryminały, publicyści kulturalni aż się zatrzęśli z oburzenia.

– Cztery kryminały Läckberg – czy to nie przesada? Nie mógłby, jak Obama, dorzucić do swoich lektur *Wolności* Jonathana Franzena?

W dzienniku „Dagens Nyheter" nazwano ją królową kultury brzydoty.

Powiesiła w swoim gabinecie oprawiony list od premiera, który podziękował jej za to, że przysłała mu wszystkie swoje książki:

---

* Augustpriset – doroczna nagroda literacka Szwedzkiego Stowarzyszenia Wydawców, nazwana tak na cześć Augusta Strindberga. Przyznawana jest w kategoriach literatury pięknej, faktu oraz literatury dziecięcej i młodzieżowej.

Droga Camillo!

Dziękuję za książki. Sprawiły mi dużą przyjemność. Zaraz zabieram się do czytania Fabrykantki aniołków. *Twoje kryminały podobają mi się, ponieważ łączą psychologię z codziennym życiem.*

Pisz tak dalej, a ja nadal będę Cię czytał.

Serdecznie pozdrawiam

Fredrik Reinfeldt

Dziś Camilla jest międzynarodową gwiazdą, jej książki zostały przetłumaczone na trzydzieści osiem języków i są sprzedawane w pięćdziesięciu krajach. Koncentrujemy się na USA, Meksyku, Japonii, Australii i Bliskim Wschodzie – mówi Christina Saliba.

Jednocześnie promuje się książeczki z serii *Super-Charlie* i film animowany o tym bohaterze.

Drużyna: Läckberg, Christina Saliba i Joakim Hansson, podczas roboczych śniadań planuje kolejne kroki i wyznacza nowe cele. Camilla coraz częściej próbuje realizować się w biznesie.

– Mam w sobie ciągły niepokój i szukam nowych wyzwań. Fajnie byłoby osiągnąć sukces na wielu polach. Lubię pracować i często gdy pojawia się nowy pomysł, nie potrafię się zatrzymać. Ten tkwiący we mnie duch przedsiębiorczości też w znacznym stopniu przyczynił się do moich sukcesów – mówi.

Nie odczuwa natomiast potrzeby zmian, gdy chodzi o jej powieści.

– Zawsze chciałam pisać tradycyjne kryminały. Moi czytelnicy też chcą, żeby moje książki takie były. Recenzenci narzekają czasem, że nie ma w nich nic nowatorskiego. A przecież wzbogaciłam je o znaczący wątek codziennego życia, który w pewnym sensie jest moim nowatorskim znakiem szczególnym. Intryga zawsze jest jednak bardzo klasyczna.

– W krótkiej powieści *Zamieć śnieżna i woń migdałów* popuściłam wodze fantazji, ponieważ chciałam stworzyć pastisz Sherlocka Holmesa i Agathy Christie. W związku z tym wrzuciłam do fabuły i bibliotekę, i lokaja. Uwielbiam klasyczne składniki kryminałów i wierzę w utrwalone reguły, takie jak ta, że na przedostatniej stronie nie wprowadza się nowej postaci, która ma się okazać mordercą, bo nie wolno oszukiwać czytelnika. Musi mieć szansę samodzielnie rozwikłać zagadkę.

Chętnie korzysta z tak zwanych *red herrings*, wypróbowanej metody autorów kryminałów, która polega na podrzucaniu fałszywych tropów w celu zmylenia czytelnika. Daje na przykład do zrozumienia, że któraś z postaci ma jakąś tajemnicę, co od razu stawia ją w gronie podejrzanych. A potem okazuje się, że tajemnicą był romans z bratową. To powinno wyglądać trochę jak w grze w Cluedo.

– Dziwi mnie, kiedy recenzenci narzekają, że nowy kryminał Läckberg jest taki sam jak poprzedni. Tak jest! I o to chodzi! W następnej książce też nie będzie nic nowatorskiego.

Interesuje ją nie tyle sama zbrodnia, ile zamieszani w nią ludzie i motywy, które mogą popchnąć człowieka do odebrania komuś życia. Zaczęło się już w dzieciństwie, gdy z zaciekawieniem wertowała „Kronikę Kryminalną Północnej Europy", a potem czytała fachową literaturę na temat zbrodniarzy i funkcjonowania ich mózgów.

Wciąż zamawia książki i czyta artykuły w internecie, poszerzając swoją wiedzę z dziedziny kryminologii i medycyny sądowej. Jedną z jej ulubionych stron była crimelibrary.com*.

– Uwielbiam gatunek *true crime*, czyli książki o prawdziwych zbrodniach, na przykład autorstwa Anne Rule. Ona robiła niezwykle dokładną dokumentację. To jedna z moich ulubionych pisarek. Kiedy *Księżniczka z lodu* ukazała się w USA, a ona ją pochwaliła, była to dla mnie naprawdę wielka chwila.

Poza tym ogląda bardzo dużo filmów, z których czerpie niektóre pomysły.

– Lubię filmy, których fabuła opiera się na prawdziwych wydarzeniach. Często są to produkcje telewizyjne, które sprowadzam z USA. A najbardziej lubię oglądać filmy o seryjnych mordercach, na przykład niezwykły thriller, którego bohaterem był Ted Bundy, najkrwawszy seryjny morderca w Stanach Zjednoczonych. Przez wiele lat zaprzeczał zarzutom, aż w końcu

* Strona została zamknięta w 2015 roku.

przyznał się, że w latach siedemdziesiątych zamordował przeszło trzydzieści osób*.

W marcu 2013 roku w życiu Camilli nastąpił kolejny zwrot. Na Twitterze oznajmiła krótko: „Wspólnie z Martinem Melinem złożyliśmy pozew o rozwód. Rozstajemy się w przyjaźni, nadal pozostaniemy najlepszymi przyjaciółmi".

Rozwód w świetle reflektorów – nie jest to coś, do czego można się przyzwyczaić, chociaż ona już raz tego doświadczyła.

– Ludzi wyraźnie drażni, że rozchodzimy się w zgodzie. Pewnie kłóci się to z ich wyobrażeniem o rozwodzie... Faktem jest, że lubię zaskakiwać i postępować wbrew oczekiwaniom. Dla wielu osób nasz rozwód był zaskoczeniem, ale przecież nie mają pojęcia o tym, jak nam razem było. Wprawdzie na Twitterze piszę o wielu osobistych sprawach, ale nie o wszystkim.

Decyzja o rozwodzie dojrzewała stopniowo. W Camilli coś się obudziło, kiedy w 2012 roku wzięła udział w szwedzkim *Tańcu z gwiazdami*. Zmieniła krok i ruszyła własną drogą.

Ostrożnie dobierając słowa, opisuje nowe dla niej poczucie wolności:

– Odkąd skończyłam siedemnaście lat, nigdy nie byłam sama. Zakopałam się po uszy w pracy i nawet

* Ted Bundy został skazany na śmierć i stracony w 1989 roku. Zmarła w 2015 roku Anne Rule znała go i napisała o nim książkę.

nie umiem powiedzieć, co jeszcze lubię... Może przyszła pora, żebym spróbowała dawać sobie radę sama. Żebym się zaopiekowała sama sobą, popuściła wodze i zobaczyła, co będzie.

Mówi, że kiedy zaczęła tańczyć, odkryła swoje ciało na nowo. Musiała przystanąć, sprawdzić, co czuje, zamiast ciągle pracować i pisać kolejną książkę albo wyruszyć w jeszcze jedną podróż promocyjną...

– Nagle poczułam, że jestem bardzo zmęczona, i to od bardzo dawna.

Dziś jest dla niej oczywiste, że potrafi tupnąć nogą. Przyczyniły się do tego między innymi doświadczenia z *Tańca z gwiazdami*. Uruchomiły w niej proces myślowy sprowadzający się do pytania:

– Czego JA chcę? Co mnie bawi? Czego chcę od życia? Po co zaharowuję się na śmierć? Przecież nie muszę w tym tkwić. Mogę robić dokładnie to, co mi się podoba.

Odnalazła już swój właściwy rytm, zarówno w pisaniu, jak i w życiu. Idealny dzień wygląda tak: o ósmej, po odwiezieniu dzieci, wraca do domu, siada przed telewizorem i je śniadanie, oglądając *Nyhetsmorgon** albo *Voice*** na kanale piątym. A potem wynajduje sobie różne powody, żeby jeszcze nie zasiąść do pracy.

---

* *Nyhetsmorgon* – najpopularniejszy szwedzki program telewizji śniadaniowej, nadawany przez komercyjną stację TV4.

** The Voice TV – kanał muzyczny.

– Zawsze się boję tego momentu, kiedy siadam przy komputerze. Bo może to będzie ten dzień, kiedy okaże się, że brak mi słów i że nic nie potrafię napisać. To uczucie towarzyszy mi za każdym razem, gdy zasiadam do pisania.

Więc zabiera się do sortowania prania albo do czegokolwiek innego, żeby po godzinie, może więcej, zasiąść w ulubionej pozycji na kanapie i pozwolić palcom biegać po klawiaturze. Wtedy jest już zazwyczaj około wpół do dziesiątej. Pisze do dwunastej, robi przerwę na lunch i wraca do pracy, pisze aż do czwartej, gdy musi odebrać dzieci, i później, gdy są na treningach piłki ręcznej i nożnej.

– Jestem zafiksowana na liczbie stron. Pamiętam, że pisanie czwartej książki okropnie mi się dłużyło. W ciągu kilku tygodni udało mi się sklecić zaledwie siedemnaście stron. I wtedy nagle uderzyło mnie, że to niemożliwe, że coś się nie zgadza. Zawsze używam czcionki Times New Roman i robię odstęp półtorej linii. Sprawdziłam i okazało się, że przez pomyłkę robiłam pojedynczy odstęp, więc kiedy to zmieniłam, z siedemnastu stron nagle zrobiło się dwadzieścia osiem. Wciąż pamiętam uczucie szczęścia, które mnie ogarnęło.

Wspomina też, jaka była przerażona, gdy przez awarię komputera straciła osiem stron.

– Na szczęście tylko osiem, ale jaka zgroza! To było przy trzeciej albo czwartej książce. Dwa dni pracy szlag trafił. Od tamtego czasu zawsze robię kopię zapasową, a pod koniec dnia wysyłam to, co napisałam, na własny adres mailowy.

W jej programie zajęć jest teraz miejsce na dalsze lekcje tańca. W sali do ćwiczeń w sztokholmskiej dzielnicy Söder spędza wiele godzin tygodniowo, tańcząc ze Stefano Oradei, mistrzem Szwecji w tańcach latino.

Pewnego wtorkowego ranka sunie po parkiecie, tańcząc cza-czę przy piosence Michaela Jacksona *The Man In The Mirror*. Widać, że jest bardzo skupiona.

– Taniec jest dla mnie prawdziwym wytchnieniem. Myślę wtedy tylko o tym, czy najpierw postawić prawą nogę, czy lewą.

W lipcu 2013 roku osiągnęła jeden z założonych celów, gdy razem ze Stefano zdobyła drugie miejsce w Pro Am, konkursie tańca dla par mieszanych, składających się z zawodowca i amatora. Po *Tańcu z gwiazdami* czuła, że nie ma dość.

– Wszystko się we mnie aż wyrywało, żeby nadal tańczyć, ale nie w tym sensie, żeby czasem poskakać dla przyjemności. Ja muszę mieć cel, do którego mogłabym dążyć. Mierzyć się z innymi, żeby wiedzieć, że robię postępy. – Odprężam się, kiedy tańczę. W ciągu ostatnich dziesięciu lat przyzwyczaiłam się do tego, że żyję w ciągłym stresie, ale na dłuższą metę tak się przecież nie da.

Klucz do jej nowego życia i dalszych sukcesów to sprawianie sobie więcej przyjemności. Na przykład pisanie muzyki razem z mieszkającym po sąsiedzku Pelle Nylénem, znanym kompozytorem piosenek, między innymi dla Westlife*. Utworzyli spółkę One Spoon Music (od nazwy ich podmiejskiej dzielnicy Enskede, czyli jedna łyżka).

W wolne dni do takich przyjemności zalicza się na przykład obejrzenie kilku odcinków serialu czy zabranie dzieci na kręgle do pobliskiego centrum handlowego – zwyczajne rzeczy na przemian z wieczornymi wyjściami i kolacjami.

– Zawsze lubiłam stawać się coraz starsza. Byłam przeszczęśliwa, kiedy skończyłam trzydzieści lat, i nie

* Westlife – popowa kapela z Irlandii działająca do 2012 roku.

mogę się doczekać czterdziestych urodzin. Czuję, że będzie mi z tym do twarzy.

Nie boi się, że przeżyje wtedy załamanie. Pierwsze dziecko to był życiowy kryzys. Podobnie pierwszy rozwód. A w chwili śmierci ojca miała zaledwie dziewiętnaście lat.

– Cieszyłby się z moich sukcesów bardziej niż ktokolwiek inny. I byłby dumny... Żal, że tego nie dożył, nie zobaczył.

Camilla mówi to ze smutkiem, ale już po chwili na jej twarz wraca uśmiech.

– Mimo wszystko wierzę, że nadal mi towarzyszy i mnie obserwuje. Nie wierzę, że człowiek tak po prostu znika. Pamiętam, jak moja córka Meja, kiedy była malutka, podniosła rysunek do nieba i powiedziała: „Spójrz, dziadku! Widzisz?".

Camilla myśli podobnie: „Spójrz, tato, widzisz, co zrobiłam?".

Uzupełnienie tłumaczki:
Camilla jest od trzech lat związana z Simonem Sköldem, modelem i zawodnikiem mieszanych sztuk walki, z którym ma córeczkę Polly.

Galeria postaci

Erika Falck, pisarka. Zaczynała jako autorka biografii znanych szwedzkich pisarek, by potem zająć się dokumentami na temat rzeczywistych zbrodni. Pochodzi z Fjällbacki. Po śmierci rodziców wróciła do miasteczka i zamieszkała w rodzinnym domu. Jej mężem jest komisarz policji Patrik Hedström, z którym ma troje dzieci, córeczkę Maję i bliźniaki Noela i Antona. Erika lubi wszystko wiedzieć, co nie zawsze wychodzi jej na zdrowie, nie potrafi się powstrzymać przed wtrącaniem się w dochodzenia męża. Jest kimś w rodzaju alter ego Camilli, która użyczyła jej wielu własnych cech i doświadczeń.

Patrik Hedström, komisarz policji, mąż Eriki. Charakterologicznie wzorowany na pierwszym mężu Camilli, Mikaelu. Patrik również lubi chrupki chleb z masłem, żółtym serem i pastą kawiorową, i macza go w gorącej czekoladzie.

Anna Falck, siostra Eriki. Erika bywa wobec niej nadopiekuńcza. Chce jej w ten sposób zrekompensować brak miłości matki. Anna jest matką Adriana i Emmy, dzieci z małżeństwa z Lucasem, który stosował wobec niej przemoc fizyczną i psychiczną. Obecnie jest w związku z Danem i spodziewa się następnego dziecka.

Dan Karlsson, przyjaciel Eriki, jej pierwsza miłość. Ich związek rozpadł się, gdy Dan postanowił zostać we Fjällbace i tak jak ojciec być rybakiem, a Erika wyjechała na studia do Göteborga. Partner Anny. Wcześniej żonaty z Pernillą, z którą ma córki Belindę, Malin i Lisen.

Bertil Mellberg, gburowaty, wiecznie zmęczony szef komisariatu w Tanumshede. Sam uważa się za mężczyznę dojrzałego, doświadczonego, o ładnie zaokrąglonych kształtach. Znak rozpoznawczy: nieustannie próbuje ukryć łysinę pod pożyczką w kształcie ptasiego gniazda. Zmienił się na lepsze, odkąd odnowił kontakt z synem Simonem i poznał obecną partnerkę Ritę. Dumny przyszywany dziadek Leo, synka Pauli, czyli córki Rity, i jej partnerki Johanny.

Martin Molin, asystent policji, najmłodszy funkcjonariusz w komisariacie. Wyróżniają go płomiennie rude włosy i liczne piegi. Miły, dobry i nazbyt naiwny. Jego partnerką była Pia, która umarła na raka, gdy ich córeczka Tuva miała dwa lata.

Gösta Flygare, najstarszy funkcjonariusz w komisariacie. Nie pali się do pracy i czeka na emeryturę, żeby móc się poświęcić swojej wielkiej pasji – golfowi. Wdowiec, od wielu lat w żałobie po ukochanej żonie Maj-Britt i dziecku, które stracili.

Paula Morales, policjantka, w komisariacie od stosunkowo niedawna. Zastąpiła zwolnionego z pracy beznadziejnego Ernsta Lundgrena, na którego cześć Mellberg nazwał swego psa. Pięć lat służyła w sztokholmskim wydziale zabójstw. Pierwsze lata życia spędziła w Chile. Potem uciekła z matką do Szwecji. Partnerka Johanny, z którą ma syna Leo i córeczkę Lisę.

Annika Jansson, sekretarka i opoka komisariatu. Ma oko na wszystkich i szczególny sentyment do Martina Molina. Szczęśliwa żona Lennarta i matka adoptowanej córeczki Lei.

Tord Pedersen, lekarz sądowy z Wydziału Medycyny Sądowej w Göteborgu. Konkretny, rzeczowy i bardzo dokładny.

Torbjörn Ruud, szef ekipy techników kryminalistyki z Uddevalli.

Powieści

KSIĘŻNICZKA Z LODU
(2003, polskie wydanie 2009)

Zima 2003 roku. Erika Falck przyjeżdża ze Sztokholmu do Fjällbacki i zatrzymuje się w rodzinnym domu. Jej rodzice, Elsy i Thore, zginęli w wypadku samochodowym. Erika zamierza zrobić w domu porządek i dokończyć pisanie biografii Selmy Lagerlöf. Plan bierze w łeb, gdy jej przyjaciółka z dzieciństwa, właścicielka galerii sztuki Alexandra Wijkner, zostaje znaleziona martwa w wannie w swoim letnim domu we Fjällbace. Okazuje się, że jej śmierć ma związek z pewnym zaginięciem sprzed dwudziestu pięciu lat. Erika uważa, że nie może tej sprawy tak zostawić, i usiłuje ustalić, co się przydarzyło jej przyjaciółce. Spotyka Patrika Hedströma, policjanta z komisariatu w pobliskim Tanumshede, który we wczesnej młodości był w niej zakochany. To ponowne spotkanie po latach prowadzi do wybuchu uczuć, z czasem coraz silniejszych. Jednocześnie oboje zostają wciągnięci w plątaninę kłamstw, zdrad i tajemnic z odległej przeszłości.

KAZNODZIEJA

(2004, polskie wydanie 2010)

Jest gorący letni dzień 2004 roku. Jakiś chłopczyk bawi się w rycerza w Wąwozie Królewskim we Fjällbace. Zabawa kończy się, gdy natyka się na nagie zwłoki kobiety. Wezwana na miejsce ekipa techniczna odkrywa pod nimi szczątki dwóch kobiet, które od 1979 roku są uważane za zaginione. Patrik Hedström wraz z kolegami musi rozwiązać starą zagadkę, która zaprowadzi ich do świata tak zwanych wolnych Kościołów, przypominających raczej sekty. Erika, która po zaledwie sześciu miesiącach związku z Patrikiem zaszła w ciążę, niedługo będzie rodzić. Jej książka o Alex Wijkner odniosła sukces, więc postanawia zmienić gatunek i pisać książki dokumentalne o prawdziwych zbrodniach.

KAMIENIARZ

(2005, polskie wydanie 2010)

Wczesna jesień 2004 roku. Rybak Frans Bengtsson wypływa na morze. Zaczyna opróżniać więcierze na homary, gdy nagle czuje opór. Gdy w końcu udaje mu się go pokonać, wyciąga z wody zwłoki dziewczynki. Podczas sekcji zwłok okazuje się, że w jej płucach była słodka woda i resztki mydła. A więc ktoś ją utopił w domu i wrzucił ciało do morza. Kto mógł tak skrzywdzić dziecko i dlaczego? Patrik prowadzi skomplikowane dochodzenie, a jednocześnie przeżywa ciężkie chwile w domu, bo po urodzeniu córeczki Mai Erika cierpi na depresję poporodową. Kłopoty i napięcia związane z macierzyństwem znajdują odbicie zarówno w tym, co się dzieje obecnie, jak i w tym, co się stało w przeszłości.

OFIARA LOSU

(2006, polskie wydanie 2010)

Wiosną 2005 roku do Fjällbacki przyjeżdża ekipa produkująca reality show *Fucking Tanum*, i oto w miasteczku znów dochodzi do tragedii. To, co wyglądało na zwykły wypadek drogowy, okazuje się morderstwem. Patrik odkrywa, że w różnych miejscach w Szwecji doszło do podobnych wypadków, i uzmysławia sobie, że sprawca prawdopodobnie ma na sumieniu kilka osób. Wkrótce potem miejscowy śmieciarz znajduje w pojemniku na odpadki ciało uczestniczki *Fucking Tanum*. Patrik staje przed jak dotąd największym zawodowym wyzwaniem: musi poprowadzić dwa dochodzenia w sprawie morderstw. Jednocześnie wielkimi krokami zbliża się termin ślubu z Eriką.

NIEMIECKI BĘKART

(2007, polskie wydanie 2011)

Pewnego sierpniowego dnia 2005 roku Erika dokonuje na strychu swego domu niezwykłego odkrycia. W skrzyni należącej niegdyś do jej matki znajduje hitlerowski medal i poplamiony krwią dziecięcy kaftanik. Postanawia dowiedzieć się, co to za medal i jak się znalazł u jej matki. W tym celu udaje się do starszego pana, który jest specjalistą od historii drugiej wojny światowej. Dwa dni później okazuje się, że człowiek ten nie żyje. Erika ma wprawdzie pilną pracę, ale nie może się powstrzymać – musi się zaangażować w tę sprawę. Wciąga w nią również Patrika, chociaż ten właśnie zaczął urlop ojcowski. Pod koniec śledztwa udaje im się uzyskać odpowiedź na pytanie, dlaczego Elsy, matka Eriki, była taka oziębła wobec córek.

SYRENKA

(2008, polskie wydanie 2011)

We Fjällbace ginie bez śladu pewien człowiek. Cztery miesiące później, w lutym 2006 roku, mężczyzna spacerujący z psem znajduje jego przymarznięte do lodu ciało. Sprawa się komplikuje, gdy okazuje się, że znajomy zmarłego, pisarz Christian Thydell, dostaje anonimy, odkąd zaczął pracę nad powieścią, którą zatytułował *Syrenka*.

Erika jest w ciąży i spodziewa się bliźniąt, ale jak zwykle jej ciekawość jest silniejsza od zmęczenia, zwłaszcza że zna Christiana. Policja dosyć szybko odkrywa związek między morderstwem a anonimami. Tropy prowadzą w przeszłość. Policjanci są coraz bardziej przekonani, że to tam należy szukać rozwiązania zagadki.

LATARNIK

(2009, polskie wydanie 2011)

W jasną wiosenną noc pewna kobieta w panice biegnie do samochodu, kładzie na tylnym siedzeniu synka i ucieka do jedynego miejsca, które uważa za bezpieczne: do latarni morskiej na wysepce Gråskär w pobliżu Fjällbacki. Kilka dni później zostaje zamordowany szef gminnego wydziału finansów, który po wielu latach nieobecności powrócił do rodzinnej Fjällbacki. Okazuje się, że przed śmiercią odwiedził mieszkankę latarni. Erika pamięta obydwoje z czasów szkolnych, pamięta również tajemniczą wyspę Gråskär, zwaną Wyspą Duchów. Ma wprawdzie mnóstwo zajęć przy dwuletniej Mai i bliźniętach, Antonie i Noelu, ale postanawia zgłębić historię wyspy i jak zwykle ciekawość prowadzi ją do różnych tajemniczych i nieoczekiwanych wydarzeń.

FABRYKANTKA ANIOŁKÓW

(2011, polskie wydanie 2012)

Jesienią 1974 roku z wyspy Valö niedaleko Fjällbacki znika pewna rodzina. W jadalni stoi stół nakryty do wielkanocnego obiadu, ale w domu nie ma nikogo oprócz ich rocznej córeczki Ebby.

Latem 2007 roku Ebba wraca na wyspę z mężem i wprowadza się do dawnego budynku kolonijnego. Potem mieściła się w nim szkoła z internatem, którą twardą ręką zarządzał jej ojciec. Zaraz po przybyciu nowych gospodarzy ktoś podejmuje próbę podpalenia budynku, a gdy podczas remontu zrywają podłogę w dawnej jadalni, pod deskami znajdują zaschniętą krew.

Erika oczywiście czytała o tajemniczym zaginięciu rodziny i mimo protestów Patrika zaczyna grzebać w przeszłości. Odkrywa, że praprababka Ebby była osławioną fabrykantką aniołków – nie mówiąc już o tym, że prababka była kochanką Göringa. Będzie to miało fatalne skutki.

POGROMCA LWÓW
(2014, polskie wydanie 2015)

Styczeń, Fjällbacka w okowach mrozu. Z zaśnieżonego lasu wybiega na drogę półnaga dziewczyna. Nadjeżdżający samochód nie jest w stanie ani zahamować, ani jej wyminąć.

Patrik Hedström otrzymuje powiadomienie o wypadku, gdy już wiadomo, że potrącona dziewczyna to Victoria, która cztery miesiące wcześniej zaginęła, wracając do domu ze szkółki jeździeckiej. Okazuje się, że padła ofiarą okrutnych tortur – co gorsza, nie tylko ona.

Tymczasem Erika bada sprawę sprzed lat: sprawę rodzinnej tragedii, która skończyła się śmiercią ojca rodziny. Raz po raz odwiedza w więzieniu jego żonę, skazaną za zabójstwo męża, tytułowego pogromcy lwów, ale ona nie chce mówić o tym, co się wtedy wydarzyło. Erika czuje, że coś się nie zgadza, że kobieta coś ukrywa. Wydaje się również, że przeszłość kładzie się złowieszczym cieniem na teraźniejszości.

Szkoła detektywów Camilli

Każdy może napisać kryminał. Nie są do tego potrzebne żadne czary-mary ani wrodzony talent. Niezbędne są za to pewne predyspozycje do pisania, a także czas i chęć. Samo pisanie jest jednak rzemiosłem, którego można się nauczyć, jeśli tylko jest się gotowym do ciężkiej pracy i dysponuje się odpowiednimi narzędziami. Oto niezbędne narzędzia. Pracę będziecie musieli wykonać sami. I nie zapomnijcie o najważniejszym: żeby przysiąść fałdów i zabrać się do pisania. Powodzenia!

LEKCJA 1

RZEMIOSŁO

Zasiadając do pisania kryminału, dobrze jest się najpierw zastanowić, jakie warunki musi spełniać kryminał. Otóż żeby stworzyć odpowiedni nastrój, trzeba pamiętać o pięciu regułach. Nie znaczy to, że koniecznie trzeba ich przestrzegać, ale dobrze jest je znać, żeby uniknąć pułapek: nie można pod koniec wrzucić postaci, która okaże się mordercą. Albo za bardzo ułatwić czytelnikowi odgadnięcie, kto jest sprawcą.

Pięć ważnych reguł

1. Czytelnik musi poznać wszystkie tropy.
2. Postać mordercy powinno się wprowadzić do akcji jak najwcześniej.
3. Tematem powinno być poważne przestępstwo. Nikt nie zechce czytać o złodzieju, który ukradł sąsiadowi tulipany.
4. Czytelnik powinien uczestniczyć w rozwiązywaniu zagadki, a nie natknąć się na nie dopiero na końcu.
5. Powinno być kilkoro podejrzanych, a morderca ma być jednym z nich.

Zacznij od napisania scenariusza

Żeby powstał kryminał, potrzebna jest intryga. Doświadczony pisarz może i mógłby wymyślić intrygę, a potem usiąść i napisać całą książkę, ale ktoś, kto pisze pierwszy kryminał, powinien zacząć od scenariusza, czyli streszczenia opowieści i przedstawienia najważniejszych postaci.

Aby napisać scenariusz z wyraźną nicią przewodnią, należy najpierw odpowiedzieć sobie na pytania odnoszące się do czterech kwestii: mordercy, motywu, narzędzi i możliwości. Gdy będziecie mieli co do tego wszystkiego jasność, łatwiej wam będzie zwieść czytelnika, sprowadzić go na manowce.

Kim jest morderca/morderczyni?
Dlaczego zamordował/a?
W jaki sposób zamordował/a?
Jakie miał/a możliwości?

Ćwiczenie

1. Napisz kilka różnych scenariuszy, biorąc za punkt wyjścia powyższe pytania. Poniżej przykład. Spróbuj wymyślić możliwie jak najwięcej morderców, motywów, narzędzi i możliwości. To dobry sposób na pobudzenie wyobraźni.
   Morderca: żona – kobieta po pięćdziesiątce, z apetytem na życie.
   Motyw: pieniądze – mąż znalazł sobie nową kobietę i chce się z nią ożenić. Żona straciłaby dostęp do jego pieniędzy.

Narzędzie zbrodni: arszenik – zatruła jedzenie.
Możliwość: wiele możliwości w ciągu sześciu miesięcy.

2. Przeczytaj dowolny kryminał i napisz dwustronicowe streszczenie. Może to być powieść, którą już kiedyś czytałeś. Spójrz na nią świeżym okiem. Pisząc, myśl o konstrukcji opowiadania i próbuj znaleźć nić przewodnią. Koniecznie uwzględnij cztery wspomniane kwestie.

Polecane lektury

Dwie książki, które stanowią prawdziwe wyzwanie dla koncepcji kryminału, to *Wyspa skazańców* Dennisa Lehane'a i *Pachnidło* Patrika Süskinda.

Przydatne książki to również *Jak pisać. Pamiętnik rzemieślnika* Stephena Kinga, *How to Write Crime Novels* Isobel Lambot, *Writing Mysteries* Sue Grafton (s. 9–14 i 77–88) oraz *How to Write Mysteries* Shannon O'Cork (s. 1–34).

LEKCJA 2

NAPIĘCIE

Pewnie zdążyliście już zauważyć, że wykoncypowanie intrygi kryminału nie jest tak trudne, jak by się wydawało. Jeśli pominąć wszystkie okoliczności towarzyszące, chodzi o to, żeby wymyślić motyw, mordercę i sposób (a nawet kilka sposobów) dokonania zbrodni. To będzie podstawa, na której zbudujemy poszczególne elementy naszej opowieści. Zacznijmy od najważniejszego – od budowania napięcia.

Budowanie napięcia

Chodzi o to, żeby napisać emocjonującą opowieść. Wizja zanudzenia czytelnika to koszmar każdego autora kryminałów. Istnieje wiele sposobów, po które można sięgnąć, żeby stworzyć napięcie:

Zmiana środowiska zewnętrznego

Środowisko zewnętrzne, czyli miejscowość, kraj albo kultura, w której osadzona jest akcja albo w której żyją bohaterowie. Zmieniając je, zwiększasz napięcie.

W *Kaznodziei* podzieliłam rodzinę Hultów na dwie części i umieściłam je w dwóch różnych miejscach. Jedna gałąź mieszka we dworze, gdzie żyje stosownie do miejsca, podczas gdy członkowie drugiej – niechlujne złodziejaszki – gnieżdżą się w nędznym małym domku. Z kolei w *Księżniczce z lodu* część akcji przeniosłam poza Fjällbackę, a kilka postaci mieszka w Göteborgu.

Istnieje wiele sposobów urozmaicania otoczenia, nie tylko topograficznego – pozwólcie działać wyobraźni!

Zmiana środowiska wewnętrznego

Środowisko wewnętrzne to to, co mamy w środku: nasze myśli, rozważania, osobowość i tak dalej. Zmieniać je można, wprowadzając nowe postaci, które prezentują różne punkty widzenia. Ja to lubię, bo pisząc w ten sposób, osiągam naturalną zmienność tempa akcji, tonu i wielu innych rzeczy.

Podrzucanie fałszywych tropów

...albo *red herrings*, czyli mydlenie oczu. Istnieje wiele sposobów korzystania z tego narzędzia. Pierwszy to stworzyć postać, która nie ma ani motywu, ani możliwości i wydaje się zupełnie niewinna. Zgodnie z zasadą, że mordercą jest osoba najmniej podejrzana, czytelnik nie spuści jej z oka.

Inny przykład fałszywego tropu: ktoś zupełnie niewinny zostaje przyłapany na kłamstwie w sprawie alibi.

Czytelnik zaczyna go podejrzewać, chociaż w gruncie rzeczy ten ktoś nie ma z morderstwem nic wspólnego. Może skłamał po to, żeby ukryć zdradę małżeńską.

Jeszcze jeden sposób: ktoś usiłuje zamordować jednego z bohaterów. Policja ściga sprawcę, chociaż w tym przypadku to on sam zainscenizował próbę zamachu na siebie.

Klasyczny sposób na fałszywy trop to kazać mordercy wyglądać tak samo jak jedna z jego potencjalnych ofiar. (Przeczytajcie choćby *Dziesięciu małych Murzynków*: mamy uwierzyć nawet w to, że morderca został zamordowany...).

Jak widać, czytelnika można zwodzić niemal bez końca, żeby skierować jego podejrzenia w niewłaściwą stronę. Dla autora kryminałów to jedno z najlepszych narzędzi do zwiększenia napięcia – pod warunkiem, że zostanie użyte właściwie.

Wielu podejrzanych

Zadbaj o to, żeby motyw miało kilku bohaterów twojej historii. Jeśli wydaje się, że ma go tylko jeden z nich, czytelnik od razu go skreśli.

Aluzje

Bardzo skuteczne narzędzie. Dajemy na przykład do zrozumienia, że jedna z postaci ma jakąś tajemnicę. Czytelnik nie wie ani co to za tajemnica, ani czy ma coś wspólnego z morderstwem, ale bardzo go to zaciekawia. W praktyce oznacza to, że ty, czyli autor, przedstawiłeś jedynie niewielką część prawdy. W *Kaznodziei* zrobiłam tak pod koniec jednego z rozdziałów:

„Mimo to coś nie dawało Martinowi spokoju. Gorączkowo starał się sobie przypomnieć, co widział. Było tam coś, na co powinien był zwrócić uwagę. Bębnił palcami po kierownicy, zły, że pamięć go zawodzi. W końcu dał za wygraną. Wracali w ciszy".

Prawda, że jesteśmy ciekawi, co takiego widział, ale nie może sobie przypomnieć?

Zastosuj tak zwane *cliffhangers*

To mój ulubiony sposób. Polega na tym, że rozdział kończy się dramatycznym wydarzeniem. Wyrażenie *cliffhanger* (zwisający ze skały) zostało wzięte z telewizji: odcinek serialu kończy się na tym, że ktoś zwisa ze skały. Dopiero w następnym odcinku dowiemy się, czy ocalał.

W powieści kryminalnej bohater może pod koniec rozdziału odkryć coś istotnego dla sprawy, ale czytelnik nie dowie się, co to takiego. Albo ktoś wpada w prawdziwe tarapaty – i jest zdany tylko na siebie. Autor tymczasem ciągnie inny wątek opowieści. Również w tym przypadku jedynym ograniczeniem jest wyobraźnia. *Cliffhanger* to doskonały sposób, żeby czytelnik z zapartym tchem czytał dalej. Lektura nie będzie jednak ciekawa, jeśli po takim fragmencie nie nastąpi taki, który przyniesie czytelnikowi wytchnienie.

Oto dwa krótkie fragmenty *Kaznodziei*. Oba – żeby uzyskać najlepszy efekt – kończą rozdział.

„...znów zadzwonił telefon. Tym razem zakład medycyny sądowej. Czekał na informacje z laboratorium z wielkim przejęciem. Być może już za chwilę dostanie wreszcie brakujący kawałek układanki. Ale nawet w najdzikszych fantazjach nie mógłby przewidzieć tego, co usłyszał".

„Sto metrów dalej Möllerowie w przyczepie czekają na córkę. Patrik miał nieprzyjemne przeczucie, że Per ma rację, że czekają nadaremnie. Ktoś wziął Jenny do samochodu. Ktoś, kto miał wobec niej złe zamiary".

Ćwiczenie

1. Wybierz jedną z książek Agathy Christie i przeczytaj ją DWUKROTNIE. Za drugim razem, gdy już wiesz, kim jest morderca i jakie tropy do niego prowadzą, zobaczysz bardzo wyraźnie, jak elegancko podrzuca je Agatha Christie – często zupełnie otwarcie.
2. Napisz cztery krótkie szkice na pół strony, każdy zakończony innym *cliffhangerem*.
3. Opisz kobietę będącą na zakupach z córką. Stwórz cztery wersje, zmieniając otoczenie, na przykład

kraj, kulturę bądź epokę. Zwróć uwagę, jak bardzo będą się od siebie różnić.

Polecane lektury

Agatha Christie, *Dziesięciu małych Murzynków*
Sue Grafton*, *Writing Mysteries*, s. 109–116, 126–131
Shannon O'Cork**, *How to Write Mysteries*, s. 56–86

* Sue Grafton, *Writing Mysteries: A Handbook by the Mystery Writers of America*, Writer's Digest 1992.

** Shannon O'Cork, *How to Write Mysteries*, Writer's Digest 1989.

LEKCJA 3

CHARAKTERYSTYKA POSTACI

Napięcie napięciem, ale nic z naszego kryminału nie będzie, jeśli występujące w nim osoby okażą się nieciekawe albo – co gorsza – niewiarygodne. Dla mnie najfajniejsze podczas pisania jest właśnie tworzenie postaci. Pomyślcie tylko: zaludniam świat swoimi bohaterami.

Człowieka można opisać na wiele sposobów. Można pisać o wieku, zawodzie, wyglądzie, zapachu, stylu ubierania się, zainteresowaniach, stanie cywilnym, dialekcie, sposobie mówienia, głosie, postawie, gestykulacji i chodzie. Gdyby napisać o wszystkim jednocześnie, byłoby nudno. Lepiej skorzystać z rozmaitych uprzedzeń, którymi się kierujemy, oceniając bliźnich. Trzy, cztery szczegóły wystarczą, żeby czytelnik mógł sam wypełnić luki i stworzyć sobie obraz bohatera twojej książki. Jeśli na przykład napiszesz, że jest filatelistą, czytelnik automatycznie przyjmie rozmaite założenia dotyczące jego charakteru. Ale strzeż się tworzenia wyłącznie stereotypowych postaci. Stereotypy możesz również wykorzystać do tego, żeby czytelnika zaskoczyć. Wspomniany filatelista może być policjantem twardzielem, który klnie jak szewc i spuszcza łomot oprychom – a w domowych pieleszach oddaje się swej wielkiej pasji – zbieraniu znaczków.

Aby stworzyć wiarygodnych bohaterów, naturalnych i prawdziwych, powinieneś sobie wyobrazić, jak zareagowaliby w różnych sytuacjach. A potem bądź konsekwentny. Sam musisz dobrze poznać bohatera swojej książki. Jeśli nie stanie się to samo przez się – mnie zdarza się to często – wyobraź sobie, że robisz z tym kimś wywiad. Podpowiedzi w formie pytań znajdziesz w linku podanym po ćwiczeniach. Na pewno potrafisz wymyślić własne pytania, ważne dla fabuły twojej książki.

Ćwiczenie

1. Wybierz kogoś z najbliższego otoczenia. Przyjaciela, członka rodziny, kolegę albo kogoś w tym rodzaju. Spróbuj go opisać, nie używając przymiotników (piękny, stary, blady). Każ mu działać. Na przykład: chwycił ciężką komodę i podniósł bez wysiłku – innymi słowy to człowiek silny, ale nie musiałeś tego mówić.
2. Opisz osobę, która wkrótce zostanie zamordowana. Podaj imię i nazwisko, płeć, wiek, narodowość. Napisz o barwie głosu, wzroście, kolorze włosów i oczu, wadze, charakterystycznych cechach postawy, napisz, czy ma rodzeństwo, wykształcenie,

przedstaw sytuację materialną, napisz o wyznaniu, orientacji seksualnej, ulubionej potrawie, ulubionym filmie, ulubionej powieści, stanie cywilnym, zatrudnieniu, dzieciach, warunkach mieszkaniowych, napisz, czy ma, czy nie ma prawa jazdy, jaki ma samochód, poczucie humoru, czy ma duże, czy niewielkie grono znajomych, jakie ma przywary, jakie miejsce lubi najbardziej.

3. Napisz scenę z udziałem tej osoby tuż przed pojawieniem się mordercy. Morderstwo nastąpi na zakończenie, ale zadbaj, żeby czytelnik zdążył sobie stworzyć właściwy obraz ofiary. Opisując ofiarę, nie podawaj zbyt wielu szczegółów, spróbuj raczej mimochodem wtrącić relację z ostatnich chwil jego/jej życia. Inaczej niż w poprzednim ćwiczeniu, tym razem możesz używać przymiotników, byle rozważnie.

Zauważ, że nie chodzi o to, żeby wykorzystać wszystkie szczegóły dotyczące tej osoby. Tamta część ćwiczenia służyła do tego, żebyś mógł sobie tego kogoś wyobrazić. W tej wybierasz cechy, które według ciebie najlepiej oddają jej charakter.

Polecane lektury

Göran Hägg*, *Författarskolan*, s. 80–85

---

* Göran Hägg, *Författarskolan*, Pocket Svenska 2005.

Lars Åke Augustsson*, *Att skriva romaner och noveller*, s. 69–78, 103
Sue Grafton, *Writing Mysteries*, s. 49–55
Isobel Lambot**, *How to Write Crime Novels*, s. 53–66

Link

http://www.eclectics.com/articles/character.html

* Lars Åke Augustsson, *Att skriva romaner och noveller*, Voltaire Publishing 1993.
** Isobel Lambot, *How to Write Crime Novels*, Paperback 1992.

LEKCJA 4

DIALOG

Stworzyłeś już bohaterów powieści. Czujesz się tak, jakbyś nawiązał nowe znajomości, prawda? Ale twoi bohaterowie muszą mówić, nie tylko chodzić i działać. Pora na dialogi.

Dialogi

Dobrze napisany dialog powinien dać wyobrażenie o jego uczestnikach, a jednocześnie posuwać akcję do przodu. Źle napisany dialog sprawi, że czytelnik odrzuci książkę. Pisanie dialogów jest sztuką, którą można wyćwiczyć. Należy pamiętać o kilku rzeczach:

1. Każda z postaci ma własny, osobny głos. Zastanów się, co mówi i jak formułuje myśli. Czy na pewno odpowiedziałby/odpowiedziałaby w ten sposób? Czynniki, które wpływają na sposób wyrażania się, to: wiek, płeć, pozycja społeczna, przynależność kulturowa, zawód i wykształcenie.
2. Nadaj tekstowi dynamikę, od czasu do czasu zaczynając rozdział od dialogu. Zamiast pisać: „Patrik zapukał do drzwi starszej pani i czekał, aż otworzy...",

możesz zacząć od dialogu, z którego wynika, gdzie jest Patrik, z kim się spotyka i po co.

3. Spróbuj wskazać, kto mówi, inaczej niż pisząc: „powiedział Patrik". Często nie jest to w ogóle konieczne, bo wynika z kontekstu, jeśli rozmawiają dwie osoby.
4. Nie nadużywaj przysłówków, nie syp nimi zbyt obficie. Przykład zastosowania przysłówka: „powiedział ochryple", „wyszeptała cicho", „ryknął wściekle". Zaufaj czytelnikowi: sam potrafi wysnuć ten wniosek z kontekstu.

Oto dialog z mojej powieści *Kaznodzieja*:

„– Linda?

Boże, nawet w stajni nie zostawią jej w spokoju.

– Linda? – W jego głosie słychać było ponaglenie. Wiedział, że siostra jest w stajni, nie miała szans umknąć.

– Ojejej, znowu. Co jest?

– Niepotrzebnie odpowiadasz takim tonem. Nie wymagam wiele, ale mogłabyś być grzeczniejsza.

W odpowiedzi zaklęła pod nosem. Jacob postanowił nie zwracać na to uwagi.

– Pomyślałeś o tym, że jesteś moim bratem, a nie ojcem?

– Wiem o tym bardzo dobrze, ale jak długo mieszkasz pod moim dachem, ponoszę za ciebie odpowiedzialność".

Każde z nich mówi charakterystycznym dla siebie tonem: ona jest arogancką nastolatką, mówi niedbale i przeklina, jemu świadomie włożyłam w usta język formalny i nadęty, żeby zaznaczyć, że jest od niej znacznie starszy i w dodatku sztywny, oschły.

Jak więc wygląda realistyczny dialog? Prawdziwi ludzie używają wielu formułek grzecznościowych: „No i jak się dzisiaj czujemy?", „Miło, że przyszliście" i „Jak tam małżonka"? Ogranicz tego rodzaju zwroty. Chodzi o to, żeby dialog posuwał akcję do przodu. Zbyt wiele nic nieznaczących rozmów nudzi i spowalnia jej tempo.

Na koniec – przeczytaj głośno napisany dialog. Od razu wyczujesz, co brzmi fałszywie i co należy skreślić lub napisać na nowo.

Ćwiczenie

1. Podsłuchaj rozmowę w autobusie, w kawiarni albo innym publicznym miejscu. Zanotuj ją i napisz potem scenkę z tą rozmową.
2. Spróbuj napisać kilka wersji scenki, zmieniając niektóre z okoliczności, o których wspomniałam wcześniej (wiek, wykształcenie, praca), i zobacz, jak zmieni się dialog. (Nawet gdy wykorzystujesz autentyczny dialog, możesz wprowadzać zmiany – przecież jesteś pisarzem!).

3. Napisz dialog na co najmniej dwie strony, biorąc za punkt wyjścia jeden z dwóch następujących scenariuszy:
Policjant przesłuchuje mężczyznę, który jest podejrzany o zamordowanie żony. Mężczyzna twierdzi, że żona wyszła z domu trzy dni wcześniej i znikła.
Mężczyzna i kobieta rozmawiają o swoim synu. Podejrzewają, że może być zamieszany w kilka gwałtów i zabójstw młodych dziewczyn. Ojciec chce pójść na policję, matka chce chronić syna i milczeć.

Polecane lektury

Tajemna historia Donny Tartt* to jeden z najlepszych thrillerów, jakie kiedykolwiek zostały napisane. Można się z niego nauczyć, jak budować i utrzymywać napięcie.

Isobel Lambot, *How to Write Crime Novels*, s. 125–129

Sue Grafton, *Writing Mysteries*, s. 101–109

Shannon O'Cork, *How to Write Mysteries*, s. 87–97

Link

www.skrivarsidan.nu (portal autorów opowiadań i wierszy)

---

* Donna Tartt, *Tajemna historia*, Znak Literanova 2015.

LEKCJA 5

ŚRODOWISKO

Napisanie dobrego dialogu to zadanie trudne, ale bardzo inspirujące, prawda? Czasem sama robię to, co zaproponowałam w poprzednim ćwiczeniu, czyli przysłuchuję się rozmowom innych ludzi. Ciekawe staram się zapamiętać, żeby potem wykorzystać w książkach. To bardzo przydatne, a w nagrodę czasem usłyszę coś wyjątkowo interesującego.

Żeby opowieść była naprawdę żywa, ważne jest środowisko. Według mnie często równie ważne jak postać, ale musi mieć wyrazisty ton. Środowisko to wdzięczny temat: kilka mocnych pociągnięć pędzlem i parę szczegółów wystarczy, żeby czytelnik mógł je sobie wyobrazić. W lekcji budowania napięcia wspomniałam o środowisku zewnętrznym i wewnętrznym. Podpowiem wam teraz, jak wybrać środowisko.

Wybór głównego środowiska

Wybierz takie, które dobrze znasz. Jeśli na przykład w Norrlandii byłeś tylko raz, na wakacjach – wybierz inne miejsce, bo choćbyś zrobił nie wiem jak staranną dokumentację, nigdy nie poznasz jej na tyle, żeby ją opisać w sposób wiarygodny. W miejscu, gdzie mieszkasz, gdzie się wychowałeś albo często bywałeś, znasz atmosferę, mentalność ludzi, wiesz, jak mówią i jak rozumują. Właśnie dlatego akcja moich książek rozgrywa się we Fjällbace, tam, gdzie się wychowałam. Wyjechałam wprawdzie po maturze, ale znam to środowisko na pamięć. Sztokholmu, gdzie mieszkam od wielu lat, nie potrafiłabym tak dobrze wykorzystać jako miejsca akcji moich książek.

Środowisko to nie tylko miejsce

Pogoda to potężny czynnik oddziałujący na nastrój. Wykorzystaj to. Na przykład nieustannie siąpiący deszcz pomaga oddać ciężką, ponurą atmosferę. Tło nie może być wyłącznie dekoracją, musi wpływać na nastrój. Główny bohater może w rozpaczy unieść głowę do nieba i poczuć na twarzy krople deszczu, jak łzy, słońce może palić gołe plecy kopiącego grób w lesie, i tak dalej, i tak dalej.

W opisach wykorzystaj wszystkie zmysły, żeby czytelnik wąchał, słyszał, czuł i smakował. „Powietrze przyniosło mu na język smak metalu, nos wyczuł dziwny słodkawy zapach".

Opisuj, zamiast mówić czytelnikowi, co powinien przeżywać. Zamiast opowiadać o tym, że pada deszcz, napisz: „Widoczność ograniczały wielkie krople wody. Rozpryskiwały się, bębniąc o szybę". Zamiast pisać, że dzień był upalny, opisz ubranie lepiące się od potu.

Podaj więcej informacji o danym miejscu niż to niezbędne: ciekawostki dotyczące historii, gospodarki, demografii, religii, i tak dalej. W swoich książkach kilka razy wspominam o schartauanizmie* i przy okazji wyjaśniam krótko, czym się charakteryzował ten kierunek teologiczny i dlaczego tak mocno wpłynął na mieszkańców Bohuslän – a tym samym na moich bohaterów.

Ćwiczenie

Pewna kobieta po raz pierwszy od dwudziestu lat przyjeżdża tam, gdzie się wychowała (tak się składa, że ty również się tam wychowałeś). Opisz to miejsce i jej emocje na co najmniej dwóch stronach.

Polecane lektury

Cztery rzeczy ostatnie Andrew Taylora** to książka z pasjonującą intrygą i wspaniale nakreślonym środowiskiem.

Isobel Lambot, *How to Write Crime Novels*, s. 66–77

Sue Grafton, *Writing Mysteries*, s. 39–49

---

* Henric Schartau, pastor szwedzkiego Kościoła luterańskiego, działający w okresie przebudzenia religijnego w XVIII wieku, nawiązujący do ideałów wczesnego chrześcijaństwa.

** Andrew Taylor, *Cztery rzeczy ostatnie*, Zysk i S-ka 2003.

LEKCJA 6

DOKUMENTACJA

Do tej pory zajmowaliśmy się tym, co ma bezpośredni związek z procesem tworzenia, a więc tym, co bierzemy z wyobraźni. Aby napisać kryminał, prawdopodobnie będziesz musiał zrobić dokumentację. Dla mnie to szansa, żeby się nauczyć czegoś nowego. Nawet jeśli nie wszystko trafi potem do książek, to może kiedyś wygram jakiś teleturniej...

Pamiętaj, że nie wszystko, co piszesz, musi być prawdą. Najważniejsze, żeby wydawało się prawdziwe. Trik polega na tym, by posiąść wystarczającą wiedzę na dany temat, żeby opis wydawał się wiarygodny. Przede wszystkim korzystaj ze swojej wiedzy. Odkryjesz, że wiesz całkiem sporo o różnych rzeczach. Ale gdy wiedzy zabraknie, trzeba robić dokumentację.

Sposób dokumentowania zależy od tego, czego masz się dowiedzieć. Wielu rzeczy dowiesz się prawdopodobnie z internetu albo z książek. Ale czasem będziesz musiał kogoś wypytać, odwiedzić jakieś miejsce, może przyjrzeć się ludziom wykonującym określoną pracę albo żyjącym w określonym środowisku.

Ćwiczenie

Wybierz jedną z poniższych scen i zrób niezbędną dokumentację, aby czytelnik uwierzył, że wiesz, o czym piszesz. Pamiętaj o podtrzymywaniu napięcia. Nie musisz się popisywać znajomością każdego szczegółu. Innymi słowy ma to być tekst, który będzie się wpisywał w gatunek, jakim jest kryminał, a nie kompletny opis tego, co się stało.

Sam zdecydujesz, w jaki sposób zrobisz dokumentację.

1. Lekarz sądowy ma przeprowadzić sekcję zwłok kobiety. Nie wiadomo, jak została zamordowana, zadaniem lekarza jest to ustalić. Napisz co najmniej dwie strony.
2. Żydowska rodzina obchodzi święto Chanuki, gdy jeden z jej członków zostaje zamordowany. Napisz tekst na co najmniej dwie strony, opisz zbrodnię na tle świątecznych uroczystości.

Polecana lektura

Brian Lane, *The Encyclopaedia of Forensic Science*, Paperback 2005

LEKCJA 7

GŁÓWNY BOHATER

Mam nadzieję, że już masz silne przekonanie, że chcesz i potrafisz napisać powieść kryminalną. Zwłaszcza że przed tobą najprzyjemniejsze zadanie – stworzyć głównego bohatera! Tylko nieliczni autorzy kryminałów decydują się go nie tworzyć. Główny bohater nadaje książce charakter, a jeśli zamierzasz napisać cykl powieści, powinna to być postać, do której masz osobisty stosunek.

Zastanów się, czy bohaterem ma być amator, czy policjant. Policjant ma tę zaletę, że jego udział w dochodzeniu jest rzeczą naturalną i oczywistą. Z kolei amator nadaje kryminałowi pewną świeżość. Oto autorki, które na głównego bohatera wybrały amatorkę:

u Ingrid Kampås bohaterką jest pielęgniarka
u Lizy Marklund – dziennikarka
u Agathy Christie – staruszka robiąca na drutach.

Można również wybrać kogoś, kto nie jest policjantem, a mimo to ma jakąś styczność z policyjnymi dochodzeniami:

w książkach Patricii Cornwell jest to Kay Scarpetta – lekarka sądowa (czyli półamatorka)
u Åsy Larsson – adwokatka
u Jonathana Kellermana – psycholog.

Jeśli główny bohater wykonuje zawód, który samemu zna się z autopsji, jest to niewątpliwa zaleta. Ingrid Kampås sama jest pielęgniarką, a Liza Marklund, jak wiadomo, dziennikarką. Najlepiej korzystać z własnych doświadczeń!

Ćwiczenie

Wymyśl głównego bohatera i napisz prezentację na co najmniej dwie strony.

Polecane lektury

Ingrid Kampås, *Människans varg*, Norstedts 2004
Agatha Christie, *Śmiertelna klątwa*, Wydawnictwo Dolnośląskie 2015